卜喜逢 著

蔡胡红学论争考辨

红学史上的第一次学术碰撞

齐鲁书社
·济南·

图书在版编目（CIP）数据

蔡胡红学论争考辨 : 红学史上的第一次学术碰撞 /
卜喜逢著. -- 济南 : 齐鲁书社, 2024.6
ISBN 978-7-5333-4886-1

Ⅰ. ①蔡… Ⅱ. ①卜… Ⅲ. ①《红楼梦》研究 Ⅳ.
①I207.411

中国国家版本馆CIP数据核字(2024)第101397号

责任编辑　王小倩　史全超
装帧设计　亓旭欣

蔡胡红学论争考辨：红学史上的第一次学术碰撞

CAI HU HONGXUE LUNZHENG KAOBIAN HONGXUE SHI SHANG DE DIYICI XUESHU PENGZHUANG

卜喜逢　著

主管单位	山东出版传媒股份有限公司
出版发行	齐鲁书社
社　　址	济南市市中区舜耕路517号
邮　　编	250003
网　　址	www.qlss.com.cn
电子邮箱	qilupress@126.com
营销中心	（0531）82098521　82098519　82098517
印　　刷	山东华立印务有限公司
开　　本	880mm×1230mm　1/32
印　　张	10.75
字　　数	200千
插　　页	2
版　　次	2024年6月第1版
印　　次	2024年6月第1次印刷
标准书号	ISBN 978-7-5333-4886-1
定　　价	60.00元

序

孙伟科

蔡胡论争，是20世纪初著名的红学事件，在"开谈不说《红楼梦》，读尽诗书也枉然"的红学中，这一事件的参与者分别是蔡元培和胡适。他们二人的身份大家都是知道的，是现代中国借由"新文化运动"走向社会转型的杰出领袖。谁都没有想到，不管是蔡元培所代表的索隐派，还是方兴未艾的考证派，红学会在他们的影响下其后有那么长足的发展。后者积累了大量的成果后形成了新红学派，在整个20世纪中都是新说不断、绵延不绝的，使《红楼梦》成为"说不尽的《红楼梦》"，使"红学"成为"显学"。

卜喜逢以蔡胡论争为题展开专题研究，自是有一番用心的。

第一，因为蔡元培的观点属于索隐派，所以后来人们容易不假思索、大而化之地予以否定，认为"自传说"比"他传说"更合理，考证方法比比附映射更可靠，所以蔡元培的索隐观点可以轻易地被扫进垃圾箱了。对于蔡胡论争的双方，学者们更多地对胡适一方的考证派进行学术追源和阐释，而对蔡元培的观点则较少深入研究，大多数采取了"人云亦云"的方式，把蔡元培的观点看成了"过去式"。胡适说索隐派"猜笨谜"，蔡元培是"笨伯"，事实真是如此吗？从历史评价和到当代的定位来看，都不是如此。所以，不深挖蔡元培在《红楼梦》观点上的学术源流和形成过程，是难以回答这个问题的。卜喜逢对此进行的历史还原，在此书中诚可一观。

第二，诚然，胡适之后索隐派在考证派面前失势了，但其对小说"本事"的追索却依然让人们兴味盎然，并时不时地形成文化热点，比考证派更能赚取眼球，形成热门话题。比如，即便是跨入21世纪的二十多年，索隐派的学说还在增加，山头林立，"谁写的谁家事"，更是莫衷一是，令人眼花缭乱。其实，考证派和索隐派只是在争论"他家事"和"自家事"的分别，在学术方法上考证派貌似更"科学"，但在对小说艺术的理解上，却和索隐派犯了同一个毛病：不把小说当小说，而是历史实录，共同去寻找所谓"本事"。小说所展现的生活或历史内容越多，就越是能令人看到"自家事"，还往往能看见"他家事"。面对一部小说，能找到多少可以形成自己观点的考证内容，两个学派可能完全是盲人摸象，各有所执，因此各不相让。这些共同点，让我们在今天可以将它们放置在同一水平线上，更加理性地审视、评判其学说、观点和方法，反思如何超越之。卜喜逢在缕述蔡胡论争的影响时，透视真相，将不同评论家的观点进行列举与分析，很好地完成了分析。

第三，索隐派更像是本土学派，而胡适的考证派由于结合了杜威的"实用主义"，与时代的"科学和民主"旗帜相映衬，容易被认为是从西洋引进的舶来品。两相对照，时过境迁，三十年河东，三十年河西，似乎如今本土学派更有历史渊源，更有民族心理与文化优势，因此也更具原创性，更有前景。果真如此，是不是考证派要再次被索隐派战胜？可是，我们不能不说情难副实，水难倒流。尽管考证派在《红楼梦》的自传性研究上也越来越与索隐派相似，但"自传说"还是要压过且势必压过"他传说"的，其立场针锋相对、锋芒未减。

蔡胡之争开启了红学中持不同观点者相互批评的先河，蔡元培和胡适各自表现出了极具个性的态度，也是有趣的学术景观。一贯温文尔雅的胡适言辞刻薄、得理不让人，兼容并蓄的蔡元培也固守堡垒、寸步不让，并不认可拥趸越来越多的自传说。观点分歧夹杂着恩怨离散、人际分合，一度使红学成为令人不敢沾惹的学术"雷区"。俱往矣，"还红学以学""还红学以文学"，学术之争必然会走入当代，我们也必将迎来学术新貌。

卜喜逢将蔡胡之争放入《红楼梦》的经典化叙述中，也是具有一番苦心的。《红楼梦》的经典地位无人置疑，它作为一座文学高峰，只立千古，其典范意义超出了文学的范围。围绕着《红楼梦》，红学的发展已经远远超出了文学的范围，与历史学、政治学、美学、文化学、传播学、译介学等相交叉，多学科协同使红学成为跨学科的存在，使其学术方法、学术成果具有走向体系化、学科化的示范意义。如今，红学已经具有自己独特的话语体系、学术体系、学科体系，对蔡胡之争的历史叙述，也在建构着、彰显着红学独特的风貌。

当代红学蔚为大观，掀开历史一角，可以洞见无数生动的历史人物和《红楼梦》的诸多面相。因此，想要走入历史与当代纠合的红学，建议您从本书开始。

是为序。

2024年5月12日

于北京

目 录

绪　言

　　《红楼梦》是中国古典小说的经典之作，以其永恒的魅力，征服了一代又一代的读者，并形成了专学——"红学"。在大众的口碑之中，《红楼梦》早已坐实了经典之名。喜爱《红楼梦》的人有很多，研究《红楼梦》的人亦复不少，《红楼梦》也就从各个层面被加以解读，在《红楼梦》出现后的二百多年中，诸多观点依附于《红楼梦》的传播为大家所熟知。当提起《红楼梦》之时，就算是尚未阅读者，也会多多少少了解与《红楼梦》相关的话题。而依附于《红楼梦》并广为人知的观点，也就成为经典的附加，成为与经典本身不可分割的一部分，并且也是《红楼梦》经典化过程中的有机组成部分。

　　例如红学索隐派的诸多观点。从学理角度看，索隐以其附会的本质而不被学界所认可，但在《红楼梦》经典化的过程中，索隐的功用是不能忽视的。再如《红楼梦》的考证，考证本身是经史之学的治学方法，当运用于作者、版本研究等领域之时，以考证本身的严谨以及与研究对象的相适合，得出的结论自然是可以信任的。但考证用于《红楼梦》的文学艺术研究之时，因其证实的理念，必然会导致实录的结论，"自叙传说"也就生成了，但此显然是违背文学研究的。至20世纪50年代始，又有社会——历史学方法的运用，将《红楼梦》的主题解读为封建贵族阶级走向没落的必然。

但是，我们并不能因为这些观点的非文学性，而忽略了它们在《红楼梦》经典化过程中所起到的作用。小说似乎天生就不能摆脱误读的困扰，小说的阅读受限于作者、文本、读者三个要素，读者对作者的认知、读者自身的基础、文本的艺术魅力，三者之间的相互关系随时都在变化，再加以时代的影响，严格意义上的正读也仅存在于理想之中。小说的文学艺术性研究与小说的社会功用之间，小说的正读与"误读"之间，小说的研究与民众的接受之间，都会产生种种的矛盾。而学术的研究，也在解决这些矛盾的过程中逐步向前。

如此，厘清经典与经典附加之间的关系，以及对经典附加生成的原因、功用等加以考辨，是文学研究中的一项重要内容。

一、经典的内部规定性

何谓经典？这已成为一个学术研究的命题，在文艺理论界得到了广泛且深入的讨论。学者或关注于经典本身的特质，或关注于权力的作用，或关注于经典化的进程，等等。不同的思考起点，导致不同的着重点，从而得到不同的定义。作为文学研究者，是不能回避这些争鸣的。这些争鸣本身均是从现象至本质的研究，各有其合理性，同时也为文学研究提供了多角度的视野。譬如：从特质出发，研究对象的哪些内在特质尚未被充分阐释？从权力出发，哪些研究对象的现实作用尚未被开发？从经典化的进程出发，哪些研究对象的不同侧面产生了非文学的误读或过度阐释？这均涉及文学研究的命题，也是可以借助和发挥的地方。

我们有必要来看一下经典的定义。

詹福瑞先生将中、西方对于经典含义的概括之后提出，"经典"的规定条件当有三点：其一，经典是指传统的传世精神产品；其二，经典应该是杰出的精神产品；其三，经典具有典范的文化价值和意义。[①]如就此规定再进行提炼，会发现有三组核心概念：其一为传统的、传世的，其二为杰出的精神产品，其三则是极高的文化价值。以传统、传世而言，应是经过长时间的传播，换言之，经典是经过时间检验以确定其"普适性"的，经典脱离某时某世的限制，从而具有永久价值。就杰出的精神产品来说，这关系到作者、文本、读者三种要素，其根本源自作者的创作思考，最终以读者的意义阐释来显示其作为杰出精神产品的特性。而所谓杰出者，是指读者服膺于经典，并通过阅读来成就自我之思考，这也体现了经典的"权威性"。极高的文化价值指向经典文本本身的蕴藉，因文本对社

---

① 詹福瑞：《论经典》，人民文学出版社2015年版，第4页。

会人生的表达深刻而典型，从而具有了"耐读性"，使读者百看不厌。

如果就此三条再作阐发，经典必须是经历过时间考验的，具有艺术上长久的生命力，能经得起一代代读者的阅读与阐释。这就对经典本身提出了要求，也成为经典的内在本质。总而言之，詹先生以"传世性""普适性""权威性""耐读性"对经典的定义进行了概括。

童庆炳先生就经典的内部要素做出解答。

首先，"文学作品本身的艺术价值是建构文学经典的基础"，经典"写出了人类共通的'人性心理结构'和'共同美'的问题。就是说，某些作品被建构为文学经典，主要在于作品本身以真切的体验写出了属人的情感，这些情感是人区别于动物之所在，容易引起人的共鸣"。

其次，"文学作品的言说空间的大小，也是文学经典建构的必要条件"，"如果我们面对的作品思想意义比较开阔，可供挖掘的东西很多很深厚，就是人们通常所说的某部作品'说不尽'"。①

童庆炳先生提出的两个要素是有层级的。经典的文学首先得是写人的，"文学"即"人学"，而文学经典想要写出"人性心理结构"和"共同美"，就需要对人性深入地挖掘，使读者

---

① 童庆炳：《文学经典建构诸因素及其关系》，见童庆炳、陶东风主编《文学经典的建构、解构与重构》，北京大学出版社2007年版，第81~82页。

获得真实的阅读体验，并生成共鸣。"言说空间"的提出，是针对文本的思想意义而言的，需要经典文本本身所提出的命题具有普遍性、延续性，从而使文本的阅读能够提供陌生感，经得起多方位、多层次的解读与阐释，保持常读常新的阅读体验。

就经典文本本身来说，童先生所言之"人性心理结构"和"共同美"，是读者产生共鸣的基本条件，也是使文本具有传世性的条件，无共鸣则文本不可能传世，更不可能普适。不能触发不同时代不同读者的审美感发，文本就不会成为审美视野中的活体，无法跨越时间与空间，从而丧失生命力。

从言说空间来看，它以文本深度作为阐发基础，是产生"权威性""耐读性"的前置因素。言说空间来自作者的充分表达，充分表达则建立在作者本身思想的广博以及对社会、历史、人生的深入思考之上。只有满足这些条件，才会有深度、广度的言说空间，权威性的文本才会建立起来，引发常读常新的审美感受。

对于经典尤其是经典化的探讨，更多起源于西方的文论研究。但经典的普适性，也使得经典的内在要求相对固定。产生于不同地域、不同文化背景的文学经典，都有着很强的共性。且理论是对实践的总结，在有关经典的理论产生之前，经典已经出现，如儒家的各种经典。这说明在中国古代已经有了认定文学经典的标准。孔子的"兴观群怨"一说，虽源于对《诗经》的解说，但也从接受角度概括了文学经典的功用价值。当此功用价值的评判标准反馈于创作之时，也就成为文学经典的内在规定，进而影响到诸多文体。

"兴"与"观"是相连且不可分割的。所谓"兴"者，朱熹云"感发意志"，冯宪光与付其林以"审美感发"[①]予以概括，从阅读层面来讲颇为合适。"观"有两个层面：其一，观文本所反映的现实，即郑玄所谓"观风俗之盛衰"；其二，观作者自身的思想，即"以诗观志"。如果说"兴"与"观"还着重于文本与读者的交互作用，"群"与"怨"则更着重于这种交互作用之后的阶段，体现出一种社会功用。何为"群"？张载云"盖不为邪所以可群居"，朱熹云"和而不流"，这些解读，均强调了人与人之间的关系。何为"怨"？古人多解为"怨而不怒"。以程颐所言，"怨"是一种"讥""刺"，以张载所言，"怨"起于"人情"，是"正于礼义，所怨者当理"的批判。[②]

"兴观群怨"，四者之间联络有序，以兴为起，以怨为终。清人王夫之认为："'诗可以兴，可以观，可以怨。'尽矣。辨汉、魏、唐、宋雅俗得失以此，读三百篇者必此也。'可以'云者，随所以而皆可也。于所兴而可观，其兴也深；于所观而可兴，其观也审。以其群者而怨，怨愈

---

① 冯宪光、傅其林：《文学经典的存在和认定》，见童庆炳、陶东风主编《文学经典的建构、解构和重构》，北京大学出版社2007年版，第38页。

② 朱杰人、严佐之、刘永翔主编：《朱子全书》第七册，上海古籍出版社2002年版，第577页。

不忘；以其怨者而群，群乃益挚。出于四情之外，以生起四情；游于四情之中，情无所窒。作者用一致之思，读者各以其情而自得。"①王夫之对"兴观群怨"的阐释，是非常有代表性的。他充分运用"兴观群怨"的功用，并将之综合。王夫之所言"于所兴而可观""于所观而可兴"，这是深入阅读的表达："兴"之后的"观"，与"观"之后的"兴"。二者统一，形成螺旋上升的推进式阅读，读者与作者之间产生深刻共鸣，触发深层思考，从而带来"深"而"审"的阅读体验。"兴""观"之后，方有"群""怨"。而"群"与"怨"的结合，则着重于人与人、人与社会之间的关系，针对不同的人群，因文学的作用而产生"不忘"与"益挚"的效果。王夫之以兴与观建立起作者、文本与读者之间的关联，又以群与怨贯串读者与现实，从而将文学的功用与价值完整展现。

　　"兴观群怨"是诗论，也可作为对文学艺术社会作用认识的总结。中国历代的学者都在丰富着这一理论的内涵。正如张杰在《从"兴观群怨"到"薰浸刺提"》一文中所说："'兴观群怨'在实际上可以看作是对中国古代美学思想中有关阅读效果研究的理论的一种概括。"②冯梦龙在《喻世明言·绪》中写道：

---

① 〔清〕王夫之等：《清诗话》，中华书局1963年版，第3页。
② 张杰：《从"兴观群怨"到"薰浸刺提"——角度嬗变中的阅读效果研究》，载《武汉大学学报》（社会科学版）1992年第4期。

> 试今说话人当场描写，可喜可愕，可悲可涕，可歌可舞；再欲捉刀，再欲下拜，再欲决胆，再欲捐金；怯者勇，淫者贞，薄者敦，顽钝者汗下。[①]

此种描述，正是小说产生"兴观群怨"的阅读效果的体现。

基于功用，"可以兴，可以观，可以群，可以怨"之"可以"，也就成为经典文本的内在要求，成为经典的评判原则。而如何达到"可以"，就要对人群、文体等因素进行区分。

汉赋、唐诗、宋词，"文变染乎世情"[②]。明中叶后，文人的市民化与世俗化倾向，使白话小说得以大发展，以小说、戏曲为代表的俗文学得以兴盛，文学活动范围由传统的文人雅士走向市井，文学的主体产生变化。"王学左派"的兴起，以及李贽"童心说"、汤显祖"至情说"的出现，使文人第一次抛开了"文以载道"的创作条例，转而以人的自然性情为文学的表现对象，呈现出注重个体、注重真情的倾向。小说作为一种独立于史传而存在的体裁，特性逐渐呈现，逐渐走出

---

① 〔明〕冯梦龙编著，东篱子解译：《喻世明言全鉴》，中国纺织出版社2019年版，第1页。

② 〔南朝梁〕刘勰著，韩泉欣校注：《文心雕龙》，浙江古籍出版社2001年版，第244页。

"羽翼信史而不违"①的创作要求。如庸愚子在《三国志通俗演义·序》中评价《三国志通俗演义》时认为其书"事纪其实""亦庶几乎史",而毕竟还有"留心损益",②他已注意到历史小说的创作需要虚构。袁于令的认知更进一步,在《隋史遗文·序》中,他写道:

> 史以遗名者何?所以辅正史也。正史以纪事,纪事者何?传信也。遗史以搜逸,搜逸者何?传奇也。传信者贵真,为子死孝,为臣死忠,摹圣贤心事,如道子写生,面面逼肖。传奇者贵幻,忽焉怒发,忽焉嘻笑,英雄本色,如阳羡书生,恍惚不可方物。③

在这里,袁于令就史与小说的不同展开辨析,以"贵真"与"贵幻"加以区分。贵幻,正是小说虚构的本质特征的表现。这是小说发展的内在理路,同时也为作家的创作解缚。针对这种解缚,金圣叹就史与小说的分界谈道:

---

① 〔明〕修髯子:《三国志通俗演义·引》,见〔明〕罗贯中著《三国志通俗演义》,人民文学出版社1974年版,第17页。

② 〔明〕庸愚子:《三国志通俗演义·序》,见〔明〕罗贯中著、沈伯俊校注《三国志通俗演义》上册,花山文艺出版社1993年版,第1页。

③ 〔明〕袁于令:《隋史遗文·序》,见《隋史遗文》,人民文学出版社1999年版,第1页。

> 某尝道：《水浒》胜似《史记》，人都不肯信，殊不
> 知某却不是乱说。其实《史记》是以文运事，《水浒》是
> 因文生事。以文运事，是先有事生成如此如此，却要算记
> 出一篇文字来，虽是史公高才，也毕竟是吃苦事。因文生
> 事即不然，只是顺着笔性去，削高补低都由我。①

这是一段非常精彩的论述，借"以文运事"与"因文生事"，来概括说明了史与小说的不同之处，同时也强调了作家"削高补低"的创作自由。这种自由创作的模式，使小说与史得以分离，也使稗官野史的功用产生转移，在评价之时，"实"不再作为标准，审美的功用逐渐体现，对于小说的内部规定逐步生成，大致如下。

第一，白话小说的语言与阅读人群。白话小说作为俗文学之一种，其"俗"有两方面的含义：其一，用俗语；其二，适俗人。用俗语是适俗人的前提，适俗人是用俗语的目的。如冯梦龙就提及"宋人通俗，谐于里耳"②，袁宏道在《西汉通俗演义·序》中也说"文不能通而俗可通"③，白话小说语言的

---

① 林乾主编：《金圣叹评点才子全集》第3、4卷，光明日报出版社1997年版，第19页。

② 〔明〕冯梦龙编著，东篱子解译：《喻世明言全鉴》，中国纺织出版社2019年版，第1页。

③ 〔明〕袁宏道：《西汉开国演义·序》，见〔明〕甄伟著《西汉开国演义》，三秦出版社1996年版，第3页。

通俗化，是白话小说适应读者群体的必然要求，也是能让市井中人感兴趣的首要条件。

第二，小说的创作主旨。既然将市井中人作为主要的阅读群体，则小说就寄托了作家的创作目的。长久以来，小说一直为小道，其功能不过是供人娱乐，这种认知来源于孔子的言说："虽小道，必有可观者焉，致远恐泥，是以君子不为也。"①这种看法延续良久。可一居士则提出了不一样的观点：

> 崇儒之代，不废二教，亦谓导愚适俗，或有藉焉。以二教为儒之辅可也，以《明言》《通言》《恒言》为六经国史之辅，不亦可乎？②

在可一居士看来，小说有"六经国史之辅"的功效，可"导愚适俗"。冯梦龙也借小说来宣扬自己的认知，他在《情史序》中写道："天地若无情，不生一切物。一切物无情，不能环相生。生生而不灭，由情不灭故。四大皆幻设，惟情不虚假。……子有情于父，臣有情于君。推之种种相，俱作如是

---

① 〔东汉〕班固撰，〔唐〕颜师古注：《汉书》，中华书局1962年版，第1745页。

② 〔明〕冯梦龙著，绿天馆主人、无碍居士、可一居士评点，韩欣主编：《名家评点冯梦龙三言》，天津古籍出版社2010年版，第1页。

观。"①他借小说宣传自己的认知，此亦可视作另一种形式的载道。

第三，创作的批评理论。批评理论的诞生，是对小说创作的归纳总结。李贽与金圣叹对此的论述较多，如李贽提出的三个命题："传神论"、"妙处只是个情事逼真"以及"通作者之意，开览者之心"的批评论。②前二者是对小说的总结，从而演化成经典文本的必需；另一则是从评点的角度，提出评点者需要建立与作者和读者之间的联系。这三个命题，包括了对典型人物的塑造、生活与艺术的关系，以及评点功能等的思考，其中的思考是非常深入的。

在中国古代小说理论研究里，金圣叹可谓是一座高峰。他将"性格"作为评点术语，来进行文学人物批评，如在《读第五才子书法》中说："《水浒传》写一百八个人性格，真是一百八样。"③对于有着近似性格的人，"犯中求避"，也能做到区分。如谈《水浒传》中的人物时，他讲道：

　　《水浒传》只是写人粗卤处，便有许多写法。如鲁

---

① 〔明〕冯梦龙：《情史序》，见冯骥才主编《中华散文精粹》（明清卷），作家出版社2006年版，第158页。

② 赖力行等编著：《中国古代文论》，南海出版公司2003年版，第225~226页。

③ 〔明〕金圣叹：《读第五才子书法》，见〔明〕施耐庵著《水浒传》，齐鲁书社1991年版，第20页。

达粗卤是性急，史进粗卤是少年任气，李逵粗卤是蛮，
武松粗卤是豪杰不受羁靮，阮小七粗卤是悲愤无说处，
焦挺粗卤是气质不好。①

之所以如此，是因为作家在写作的时候，能够做到"亲动
心"，去体悟艺术人物，进入人物的内心世界，并由此设计人
物的行为，所以能够达到"写淫妇居然淫妇，写偷儿居然偷
儿"的境界。对此种写法，金圣叹借助于佛教用语称之为"因
缘生法"。在谈及结构论时，金圣叹以"倒插""夹叙""草蛇
灰线"等诸多文法来进行概括，此等皆为以后的创作奠定理论
的基础。

当我们反思这些理论生成时，便会发现这是一个闭环。先
有小说的创作，在创作中技法不断丰富，思考不断深入，而后
产生理论，继而再指导创作。作者无论如何创作，都是为了更
好地表达思考，引导读者理解与接受，继而阐释。

从此角度来看"兴观群怨"，只要阅读就会进入"兴观群
怨"的阐释通道，与其说这是孔子的发现，不如说是孔子对自
身阅读体验的总结。这是基于文本与阅读、文本与社会之间关
系产生的，是阅读行为自然产生的现象，孔子所做的只是总结
与命名。这种阅读的现象，是无分古今中外的。正是有这种

---

① 〔明〕金圣叹：《读第五才子书法》，见〔明〕施耐庵著《水浒
传》，齐鲁书社1991年版，第21页。

自然而然产生的阅读体验的层级，才会出现经典与非经典的区别。我们讨论经典的内部规定性，实质上是在对经典文本的解构与探讨的基础上寻找其中的规律。经典的内部规定性，就是对如何生成高等级的"兴观群怨"的规律性总结。

再进一步思考，"兴观群怨"是由文学而社会学的内容，是文学作为人学的体现，也是文学的功用与价值所在，由此也衍生出文学对人的审美、思维的提升。文学的审美、文学技法的运用、文学典型的塑造、情节的铺陈，无不是为了起兴服务，从而进入"兴观群怨"这一阅读通道。

这些理论的生成与发展，正可说明这种内部的规定性。对于西方经典的内涵，也可基于共性而互相参照。

文本需要写到人性的深处才会引起读者的共鸣，而此共鸣正可以"兴"来阐释。无论是李贽的"传神""妙处只是个情事逼真"，还是金圣叹的"因缘生法""亲动心"，都是立足于对人物真实的追求，从而深入人物内心的创作。至于言说空间，则源于作家的思考深度，也源于作家的生活广度。只有具有思想性的文本，才会经得起多层面、多方位的解读，从而起到"观"的作用。"群"与"怨"建立在"兴"与"观"的基础之上，是深入阐释以后文学的社会效益。

二、《红楼梦》的经典性内因

《红楼梦》所写为何？曹雪芹明言"大旨谈情"，整部书也是一个"因空见色，由色生情，传情入色，自色悟空"的故事。

曹雪芹创作《红楼梦》又有何目的？也不过是警世人的"谋虚逐妄"之心。

第一回中，曹雪芹老老实实地交代了自己的创作思想与目的。如此看来，《红楼梦》似也平常。中国古典小说颇不缺佳作，谈情的小说与戏曲佳作亦复不少，更不缺警鉴之作，然而为何《红楼梦》却是经典呢？

曹雪芹在第一回中曾介绍写作的方式：

> 不过只取其事体情理罢了……
>
> 至若离合悲欢，兴衰际遇，则又追踪蹑迹，不敢稍加穿凿，徒为供人之目而反失其真传者。①

"追踪蹑迹"与"不敢稍加穿凿"和"只取其事体情理"，似是矛盾，但曹雪片所不敢穿凿的，也正是这"事体情理"，所谓"真事隐"与"假语存"之中，这正是写实的完整表达。

《红楼梦》的凡例里有："当此，则自欲将已往所赖天恩祖德，锦衣纨绔之时，饫甘餍肥之日，背父兄教育之恩，负师友规训之德，以至今日一技无成、半生潦倒之罪，编述一集，

---

① 〔清〕曹雪芹著、无名氏续，〔清〕程伟元、高鹗整理：《红楼梦》，人民文学出版社2008年版，第5页。本书所引原文均依据此版本，不另注。

以告天下人：我之罪固不免，然闺阁中本自历历有人，万不可因我之不肖，自护己短，一并使其泯灭也。"这段话包含着作者深深的忏悔意识，悔过往，亦悔当下，唯有"编述一集"，来昭显所思所想。

曹雪芹又为何要忏悔呢？这与曹雪芹的家族经历有关。关于曹雪芹的个人资料，我们目前所能确定的并不多，关于曹家，却已了解得足够充分。

曹氏家族为康熙朝显族，旗属正白旗包衣。自曹雪芹的上世曹世选被俘入旗后，至其高祖曹振彦时已以军功起家。多尔衮死后，正白旗归属皇帝直接掌管，成为上三旗之一，归入内务府，曹家因此成为皇室的家奴，与皇帝之间的关系紧密起来。

曹雪芹的祖父曹寅，字子清，号荔轩、楝亭，是康熙年间颇为重要的人物。曹寅早年曾担任康熙皇帝侍卫，又曾任正白旗旗鼓佐领、内务府慎刑司郎中等职，后以内务府广储司郎中衔出任苏州织造（康熙二十九年），两年后转任江宁织造，累官至通政使，一直供职到康熙五十一年病逝。其间他还与内兄李煦轮流兼任两淮巡盐御史之职，其长女为平郡王讷尔苏的王妃。织造官有皇帝耳目这一功能，有密折专奏权，此权颇大，凸显了曹寅与康熙皇帝之间的亲密关系。康熙皇帝六次南巡，有四次以江宁织造署为行宫，由曹寅负责接驾，此时是曹氏家族最为鼎盛之时，堪称"鲜花着锦""烈火烹油"。

曹家四次接驾，以及曹家对皇亲国戚、王公贵族无休止的应酬与奉养，加上曹寅奢靡的习气，如广交名士、刻书、造园林、养戏班等，使曹家兴盛的外表之下已有了巨大亏空。《关于江宁织造曹家档案史料》载，曹寅晚年，江宁织造的亏空已经到了银九万余两，两淮盐务的亏空也到了银二十三万两。曹寅去世三年之后，又查出亏欠织造银两三十七万三千两。这也难怪晚年的曹寅总是"日夜悚惧"，以"树倒猢狲散"为口头禅了。

曹寅去世后，他的儿子曹颙接任了江宁织造一职。曹颙病逝后，康熙皇帝念及曹家两代孀妇无所依靠，特命将曹寅之弟曹宣子曹頫过继给曹寅妻为子，并让他继续担任江宁织造。

雍正皇帝即位后，一方面严惩与他争夺帝位的兄弟，另一方面澄清吏治、严查亏空。曹氏家族有着巨大的亏空，自然在雍正皇帝的彻查范围之内。雍正元年就查出曹頫亏欠银八万五千余两，又因种种事项，曹家圣宠不再。雍正六年初，曹家因"骚扰驿站案"被抄，抄家时有"当票百余张"的记录。抄家后，曹頫本人还被枷号催索骚扰驿站案后应分赔的银两。这种追索一直到雍正皇帝驾崩后、乾隆皇帝临朝之时才予以豁免。有史料记载，曹頫骚扰驿站案应赔付四百四十三两二钱，已赔付一百四十一两，尚缺三百二两二钱。由此可知，在曹雪芹主要生活的年代里，曹家已如小说中所说"祖宗根基"尽了。

以康熙五十四年论，至曹家被抄家时，曹雪芹已经十三岁了。他出生之时，曹氏家族虽已近末世，但仍是钟鼎富贵之家，可谓生于繁华。曹家势败之后，曹雪芹的生活是非常逼仄的，曹雪芹友人敦诚诗云："满径蓬蒿老不华，举家食粥酒常赊。"①此是曹雪芹生活的真实写照。

在曹雪芹友人们的记述中，曹雪芹工诗、善画、放达、喜酒，诗风奇诡，有魏晋名士之风。敦敏在《题芹圃画石》一诗中写道："傲骨如君世已奇，嶙峋更见此支离。"②此句很能体现曹雪芹的风貌。此种记述还有很多，不一一列举。

在脂批的记述中，曹雪芹的去世是因为"泪尽而逝"，敦诚《挽曹雪芹》"肠回故垄孤儿泣"句旁有小注："前数月，伊子殇，因感伤成疾。"③这也为曹雪芹的去世做了说明。

忏悔意识与曹雪芹的个体及家族经历相融合，再加以他天才的敏锐眼光，当这些内在因素共同作用于《红楼梦》之时，《红楼梦》就有了丰富、厚重的言说空间。

在《红楼梦》中，曹雪芹将他对家族没落的思考忠实地表达了出来，如冷子兴演说之时的"不善教育""不能将就节省"。冷子兴之语，是冷眼旁观的结果，曹雪芹又以故事情节来加以承托，如第九回《恋风流情友入家塾 起嫌疑顽童闹学堂》，将贾府子弟私塾中的生活描写殆尽，又如对宁国府中诸

---

① 〔清〕敦诚：《赠曹芹圃》，见朱一玄编《红楼梦资料汇编》，南开大学出版社1985年版，第23页。

② 〔清〕敦敏：《题芹圃画石》，见朱一玄编《红楼梦资料汇编》，南开大学出版社1985年版，第28页。

③ 〔清〕敦诚：《挽曹雪芹》，见朱一玄编《红楼梦资料汇编》，南开大学出版社1985年版，第26页。

多荒唐之事的绘写，等等。此种例证实无须多举，贾府之中不缺荒唐，这些荒唐之事将冷子兴的演说落于实处。子孙们不求上进，以淫乐为唯一生活追求，面对末世即将来临的局面，仍然沉迷于酒色之中，恰如大厦将倾之时，大厦中的人们却在进行着最后的狂欢。

曹雪芹也曾反思如何回避家族的没落，如写秦可卿临死之前的托梦，又如探春理家。秦可卿的托梦着眼于家族既败之后，探春理家着眼于家族将败之时。在《红楼梦》中的人物设置上，曹雪芹也曾将希望寄托于元春、贾政、贾宝玉等人身上，如以元春的地位来维持贾府的荣华，以贾政的方正来阻止家族的没落，或以贾宝玉的"以情补天"来延续贾府的光荣。然而这毕竟是无济于事的，曹雪芹的种种反思均在世间规律面前失去效力，贾府终归要走向没落，无法挽救。这也许就是曹雪芹对于家族覆灭一事所寻求到的答案。

一个家族如此，世间万物又如何？有学者认为《红楼梦》是"以家写国"的，曹雪芹对家族的描写，也是基于他对历史的认知与反思。这种理解方式扩大了《红楼梦》的意义阐释，也符合曹雪芹的创作心理。曹雪芹的创作虽聚焦于贾府之中，限制在闺阁之内，但其思考却是着眼于古今的。一僧一道，以及那块幻化为通灵宝玉的顽石，将《红楼梦》中的时间虚化，《红楼梦》既可假于汉唐，又为何不可意指当下？青埂峰与"花柳繁华地""温柔富贵乡"也模糊了地域。"此系身前身后事"，即此事在于前，也在于后。《红楼梦》中有四季叙事，这种叙事的模式，将事物的发展规律纳入小说之中，形成一种对历史走向的书写，而"美中不足"与"好事多魔"是世间人事的永恒规律。

曹雪芹敏锐地察觉到了这种规律，并把握住世间的规则。这种横贯古今的认知，造就了曹雪芹独特的生命厚度，于是，"甄士隐"与"贾雨村"也就产生了。历史与人性是共通的，前时之事，今世亦有，基于规律与规则的书写，其言说空间广大，其命题也自然普适。

普适当然不只是对事物发展、对历史规律来说的，言说空间更不能仅对标于功用。否则，《红楼梦》也仅仅是写实的、固化的、历史的。《红楼梦》的伟大，更多来源于曹雪芹对人，尤其是对人的精神的探索。人才是形成世间规则与规律的主体。

我们常用"美好的被毁灭"来总结《红楼梦》的悲剧。《红楼梦》构建了一系列的美好，如亲情、友情、爱情，又如无忧的生活、丰富的物质。曹雪芹特特创造出一个大观园，将这些美好纳入其中。大观者，美之大观也，诸美皆俱，美美与共。然而又能如何？大观园只是一个美好的园林，有着有形的围墙与无形的围墙。有形的围墙为大观园的建筑，无形的围墙为贾府的权势。当这些围墙抵不住世间的压力与诱惑之时，大观园也就走向了毁灭。于是，在大观园中建立小厨房与探春改革之后，欲望侵蚀了大观园，人性之中的恶被释放了出来，大观园内部出现了裂痕。当此之时，大观园的围墙也就失去了作用，毁灭即将来临。

《红楼梦》也塑造了一系列美好的人物。如黛玉、宝钗、探春、湘云，乃至晴雯、香菱，哪怕是仅出场一次的二丫头，也以其质朴给读者留下深刻的印象。然而这些人物终归是要回到太虚幻境薄命司之中的，当这些美丽的女子成为美好的符号，而美好终归于薄命，这种反差就出现了，社会毁灭美好的本质也就被曹雪芹表达出来。

对美的喜好是人的共性，也是人之所以为人的本质。可为何人的集体——社会，却会去毁灭美呢？曹雪芹以"欲望"二字给出了答案。如"鱼眼睛论"、贾宝玉的"正死"之说，又如薛宝钗的"螃蟹咏"、甄士隐的"好了歌解注"，无不在总结欲望的威力。保护美好的大观园与这些美好的女子，均在欲望推动形成的社会规律中凋落。人，终归是带有恶的基因的。

美好的毁灭，是曹雪芹艺术构思中早已确定的题旨，第五回中的判词、判曲以及那一幅幅图画，早已对此做出说明。这是控诉，是不甘，也是无奈与惆怅。但如果仅仅如此，《红楼梦》也只是控诉之书、血泪之书。

人，生而何为？人，因何而贵？《红楼梦》提出了这样的追问。于是《红楼梦》中也就有了各种划分，如世人、畸人，又如浊与清、皮肤滥淫与意淫，有了"谋虚逐妄"之众人，也有了执于情、忠于情的"蠢物"，也就有了较之于家族毁灭更为深层的悲剧：人的价值观的毁灭。

《红楼梦》的整体故事围绕贾宝玉一人而已。若以"宝黛爱情"为主要线索，将林黛玉与薛宝钗共同列为主角，则未免被故事情节所限，从而将曹雪芹对人的探索理解为对事的臧否，继而将重心放在"美好的毁灭"上，读者就会在悲叹与哀怨之中结束自己的阅读。

贾宝玉之所以独特，是因为他本自仙界而来，他因生起凡心，而无法存于清冷无欲的仙界，只能到世间来经历一回，如吕洞宾一般经历梦幻、洗去凡心，继而重归于仙界。他的凡心，正是他的天赋属性"情不情"。

鲁迅先生评价贾宝玉是"爱博而心劳"[①]。"爱博"，是"情不情"的另一种说法，而"心劳"，也是贾宝玉在付出之后的心理体验。"情不情"是付出，是对不情之物付出以情。然而贾宝玉的付出对象是有选择的，所谓"因空见色"，这种色并不是佛家所谓事物的外在形象，而是美好之色。贾宝玉的情只对美好而发。比如贾宝玉"鱼眼睛论"中所讲的三类人物，我们无法想象贾宝玉对"鱼眼睛"式的人物付出以情是何种景象。贾宝玉也以"男人是泥作的骨肉，女儿是水作的骨肉"来对人群加以区分，男人为浊，女儿为洁，这也是贾宝玉对"情"的付出对象的划分。

---

① 鲁迅：《中国小说史略》，见《鲁迅全集》第9卷，人民文学出版社2005年版，第237页。

　　贾宝玉又有"意淫"的性情。这种性情是贾宝玉"情不情"的天赋付诸"女儿"身上之时的专有称呼，是与"皮肤滥淫"相对的。皮肤滥淫是以自我的获取为目的、满足自我的淫乐之好；而意淫，则是对具有美好属性女子的呵护，是倾向于付出的。二者之间形成鲜明的对比。

　　以"情"呵护美好，正是曹雪芹对贾宝玉这一人物的预设，而贾宝玉是替代曹雪芹进行实践的载体，更是曹雪芹思想的载体。曹雪芹用"正邪两赋论"将贾宝玉列为"正邪两赋中人"之时，提出了正、邪之外的第三条道路，由功利之求转为自我的建设，对于曹雪芹而言，也即"有情"的生活方式。

　　曹雪芹构建了大观园，并将具有美好属性的女子们置于大观园之中，由贾宝玉去任意挥洒着自己的"意淫"，去呵护着这些美好，大观园成为"有情之世界"。这也让贾宝玉的情得以纯化，而宝黛爱情无疑正是这种纯化的促进者，贾宝玉由懵懂的天赋性情出发，慢慢了解了情的真谛。

　　林黛玉的"情情"是至为纯粹的，"情"只为"情"而发，林黛玉更是因情而生、因情而死的。当"情不情"遇到了"情情"，《红楼梦》中最震撼人心的故事展开了。在经历了"你证我证，心证意证"之后，林黛玉的眼泪给贾宝玉以"情悟"，从而使贾宝玉的情更纯粹，使其明确情的专属。"意淫"得到升华，从渴望获得众人的眼泪转而成为纯粹的付出。这也是一个去浊的过程，贾宝玉世俗中的浊也在逐渐净化。世俗中的浊，多与欲望相伴随，而随着大观园中生活的展开，贾宝玉已经沉湎于这一单纯的世界，离世俗越来越远。在此时，大观园这个"有情之世界"是至为美好的。

但大观园毕竟毁灭了，美好的女子们都归于薄命司了。当《姽婳词》中血淋淋的场景出现以后，当《芙蓉女儿诔》中贾宝玉的愤怒喷涌而出之时，贾宝玉的人生信念也就崩塌了，而曹雪芹所探索的人当"何为"、人当"何贵"的命题，也有了答案。

神瑛侍者因生了"情"这一凡心，而进入世间来消除情。在凡尘之中，贾宝玉却将情纯粹化了。贾宝玉终归无法回归于仙界，"情僧"是他唯一的出路：执着于情，而又游离于世间。

小说中执于情的贾宝玉，现实中执于情的曹雪芹，在世间都未找到出路。当情被毁灭之时，人的价值观也就毁灭了。

《红楼梦》是探索的书，不是了悟的书。贾宝玉的归途，是因他的价值观无法存于世，而非宗教的胜利。

于是，《红楼梦》也就形成了三重悲剧：现实的毁灭，美好的毁灭，人的价值观的毁灭。这种深沉的悲剧，指向了人类的共通之处。曹雪芹塑造的大美为我们所向往，大美的毁灭又给人以震撼。而人当如何？读者又被引向了更深层次的思考。

曹雪芹写出了真正的"情"，这就使得《红楼梦》具有了极高的哲学品质。但若只是如此，《红楼梦》的故事仅仅为了表达曹雪芹的认知，那么《红楼梦》尚不能称之为小说，而只能如"佛话""仙话"般，称之为"情话"。

曹雪芹有着天才的敏锐，更是一个天才的作家。敏锐赋予曹雪芹思考的深度，作家的天才赋予曹雪芹表达的能力。

鲁迅针对《红楼梦》对人物的描绘，曾做出这样的评价：

> 其要点在敢于如实描述，并无讳饰，和从前的小说叙好人完全是好，坏人完全是坏的，大不相同，所以其中所叙的人物，都是真的人物。[①]

"正因写实，转成新鲜"[②]，曹雪芹对人与事的把握，无疑是第一流的天才，他艺术地再现了人生，使读者陷入了亦幻亦真的小说语境之中。

《红楼梦》中人物的刻画之精、情节穿插之巧妙，已有太多文章进行过论述，此处若多言，反为累赘。从人物刻画来说，"人人有其声口"；就情节穿插而言，《红楼梦》恰如一精美的艺术品，牵一发而动全身。多有学者以"网状结构""伞状结构"等加以形容，但均未能体现《红楼梦》的结构之妙，笔者也无能对此加以形容。

---

① 鲁迅：《中国小说历史的变迁》，见《鲁迅全集》第9卷，人民文学出版社2005年版，第348页。

② 鲁迅：《中国小说史略》，见《鲁迅全集》第9卷，人民文学出版社2005年版，第242页。

《红楼梦》中诸体皆备，诗、词、曲、赋俱全，又均深入情节之中，人、诗相映，颇显精神。单以诗论，《红楼梦》中虽不乏佳句，仍难有绝顶诗歌，毕竟代小说中的人物拟诗是受局限的。但当《红楼梦》中的诗歌与《红楼梦》中的情节、人物相结合的时候，就如化学反应一般，产生了质的变化。诗歌与人、事紧密结合，形成一个整体，共同服务于曹雪芹的创作。

《红楼梦》的散文语言也极为优美，我们常用"诗化的语言"来加以形容。在《红楼梦》的散文部分，曹雪芹的造境能力极为突出，如林黛玉与史湘云在凹晶馆联诗之时，将散文与诗结合，与山与水相映，极静之时，又有"渡鹤"，将这一画境完整展现出来。

《红楼梦》既是杰出的精神产品，也有着极高的文化价值，又因把握住了时代与历史的轨迹而有了丰富的言说空间，最为难得的是，《红楼梦》写出了人类共同的美。正因如此，《红楼梦》具备了成为经典的一切内因，而阅读《红楼梦》，就极易进入"兴观群怨"的阅读通道。

三、小说功用性的产生与经典的附加

阅读的本质是一种生产，读者基于自身的认知，作出源自经典文本又独属于读者的意义阐释。这与"一千个读者，就有一千个哈姆雷特"的说法是相似的。读者所作出的意义阐释附着于经典文本本身，从而产生累积，对新一代的读者产生影

响。在这一过程中，也会产生学术经典，在研究范式、学术命题等方面，引领一个时代的研究与阅读。

阅读受制于时代，时代的风尚必然会影响到阅读，从而使某一个时代呈现出较为统一的阅读特点。

如果将整部红学史视为《红楼梦》的阅读史或阐释史，我们就会发现，《红楼梦》的阅读分为两种：基于文学的、艺术的阐释，我们将之视为正读；文学、艺术之外的阐释，我们将之视为"误读"。

非文学的解读，在红学史中颇为常见，并常集中于某一时段，如季新的《红楼梦新评》。此文将《红楼梦》视为"中国之家庭小说"，而"中国之国家组织，全是专制的；故中国之家庭组织，亦全是专制的"。礼教是专制的辅助，两者都是压抑人的情感的，并且造成了一个伪饰的社会。"一部《红楼梦》一百二十回，无非痛陈夫妇制度之不良，故其书绝未提出一对美满夫妇，而所言者俱是婚姻苦事。"[①]

佩之《红楼梦新评》撰写的目的就是要"重新给他一个价值"，这种价值是基于佩之个人的感想而生成的。他认为《红楼梦》的主义只有"批评社会"四个大字，这种批评来源于"书里面的社会情形"，而这正是"吾国社会极好的一幅写

---

① 季新：《红楼梦新评》，载《小说海》1915年卷第1、2期。

照"。①于是，对宝黛爱情悲剧的书写，就成为反映时代婚姻制度问题的内容；对宝钗笼络手段的描写，成为对虚伪人物的批判；对王熙凤的描写，说明作者认为有这种揽权者，社会便不能存在……凡此种种，《红楼梦》中诸多写实的内容，都成为"批评社会"的内容。而由于中国人的守旧与保守，清初之时的社会与佩之写作此文时的社会没有区别，因而《红楼梦》也就具有了现实的意义与价值。

这两篇文章，一个得出《红楼梦》的主旨为"批评社会"，一个基于《红楼梦》提出"家庭革命说"。这两种结论的得出，均植根于《红楼梦》对社会规则、社会规律的摹写，以及在此之下的《红楼梦》人物的悲剧人生。他们的阐释，却并非因《红楼梦》而发，而是为了满足时代的需求。如佩之即明言：

> 从前人说："戴蓝色眼镜的人看出来，世界没有一件不是蓝的。"这话很有意味。同是一个境界，诗家和哲学家见了，各人的感想便有不同，正是因为个人的观察力不同的缘故。我现在做这篇《红楼梦新评》，也只是把我个人看了这书，所发生的感想写出来，也是片面

---

① 佩之：《红楼梦新评》，见吕启祥、林东海主编《红楼梦研究稀见资料汇编》，人民文学出版社2001年版，第49页。

的，所以我自己承认也是"戴蓝色眼镜"中的一个。[①]

"蓝色眼镜"反映出佩之的态度，也折射出他的需求。"重新给他一个价值"，也反映出佩之的阐释是其自我所赋予《红楼梦》的。从本质上而言，这均是以读者作为主体，借《红楼梦》中的故事，来抒发自我的认知与情感，有着明显的"六经注我"的痕迹。

再如蔡元培的《石头记索隐》。蔡元培开篇就将《红楼梦》定位为"清康熙朝政治小说"，"作者持民族主义甚挚"。[②]其原因在于蔡元培本身为革命者，也参与过清朝末年关于"仇满"的讨论，又深知满汉之争一直贯穿于有清一代。这正是鲁迅所言的"革命家看见排满"[③]。但从创作态度上，蔡元培却并非从读者的本位出发的，而是以还原作者本意作为研究目的得出结论，只是他的方法是以附会为主体。这就与季新和佩之形成区别。

胡适的《〈红楼梦〉考证》从史料出发，首先论证了《红楼梦》的作者为曹雪芹，再以曹雪芹的家事与《红楼梦》中的情节相勾连，从而得出《红楼梦》为曹雪芹"自叙传"的

---

① 佩之：《红楼梦新评》，见吕启祥、林东海主编《红楼梦研究稀见资料汇编》，人民文学出版社2001年版，第48页。

② 蔡元培：《石头记索隐》，上海书店出版社2008年版，第6页。

③ 鲁迅：《〈绛洞花主〉小引》，见《鲁迅全集》第8卷，人民文学出版社2005年版，第179页。

结论，并由此做出《红楼梦》是自然主义杰作这一文学上的判断。胡适的论证，也是以阐发作者原意为目的的，他的方法以考证为主。

此四篇著作，均是基于《红楼梦》的研究，且大体时代相同，而结论迥然不同。前二者为基于读者本位说的解读，后两篇则是基于作者本位说的解读；前二者倾向于"六经注我"式的解读，后两篇倾向于"我注六经"式的解读。但这四篇都没有从文学本位的角度出发来对《红楼梦》做出解读，也即我们前面所说到的"误读"。

然而，这些"误读"都有着社会的功用，这些功用对社会都有着促进的作用。季新的《红楼梦新评》发表于1915年，蔡元培的《石头记索隐》首次发表于1916年，佩之的《红楼梦新评》发表于1920年，胡适的《〈红楼梦〉考证》发表于1921年。这些著作的发表都是在中国新文化运动时期。如季新、佩之的两篇文章，着重于对社会的批判，期望通过对古典文学的解读来促进社会的变革。又如胡适的《红楼梦新证》，其研究方法虽与前二者不同，但其根本目的在于通过对"科学的方法"的展示，从而推进"整理国故"这一进程，最终也是以"再造文明"为目的。这三篇文章，均以《红楼梦》为展示对象，其创作目的与《红楼梦》并无多大关联，所借重的也仅仅因为《红楼梦》是白话的，以及《红楼梦》有着很大的社会影响力等。

从创作目的而言，虽然蔡元培所作《石头记索隐》并非基于社会功用（关于此点的论述会在后文展开），但在客观呈现上，仍然起到了与其他三文共同的作用。他主张的"政治小说"，以及《红楼梦》作者持"民族主义甚挚"等观点，也被许多人所接受。

此一时期之前的读者多关注《红楼梦》的爱情故事，或借《红楼梦》中的幻灭之感，来浇自己人生虚无的块垒。这些文章的发表，拓展了对《红楼梦》的阐释角度，同时也体现出名著对于社会的作用。而中国传统的"兴观群怨"的判断标准，也是从读者的阅读出发，以经典对社会的作用为终点的。

《红楼梦》之所以有这些作用，正如我们前文所分析的，是因为《红楼梦》本身所具有的艺术魅力及其他内在的因素。基于此，《红楼梦》足以支撑各种形式的解读。因《红楼梦》凝练地将社会存在与社会规律纳入小说之中，《红楼梦》中的人物也摆脱了"好人全好""坏人全坏"的脸谱式书写，成为立体的圆形人物，所以《红楼梦》中的小说情节就与社会中的事、小说人物与社会中的真人有了共同点，也就使读者产生了"真"的阅读体验。甚或可说，《红楼梦》中的社会，是更为真实的社会，是曹雪芹替代读者穿越古今、勘透迷雾，从而将社会最为真实的一面呈现在读者面前。这当然也是诸多学者选择《红楼梦》为工具，以阐释《红楼梦》的方式来寄托自我情怀、抒发个人主张的原因。

学术在进步，附加于《红楼梦》上的诸多观点，也成为后人阅读《红楼梦》、接受红学时的反思对象。将这种观点放置于前面四篇文章产生的时期，我们就会发现，阐释是具有当代性的。从当代性而言，在胡适写作《〈红楼梦〉考证》之前，《石头记索隐》是否被广为认可？《石头记索隐》是否拥有积极的社会作用？这是肯定的。胡适的《〈红楼梦〉考证》发表之后，"自叙传说"是否广被承认？考证之法是否适合于小说研究？这又是否定的。固然，《〈红楼梦〉考证》打倒了以索隐派为代表的旧红学，创建了新红学，并提供了一套"科学的方法"来进行学术研究，然而在不停前进的学术进程里，这套"科学的方法"也暴露出非文学研究的内核。但我们仍不能否认"新红学"对红学研究、对当时社会功用的贡献。他们只是从《红楼梦》不同侧面出发做出集中阐释，并使这些阐释成为经典的附加。这些侧面被大众共同审美认知确定后，也就在这个时代替代了经典的全部。当他们选择的侧面与文学研究相悖逆时，也就被称为"误读"。过度地关注某个读者或某个群体对于作品的阐释，则会使作品本身内在的规定性走向虚无，继而幻灭。这种角度，实质上是对作品本身的文学价值、美学价值的一种损害。

于是，文学认知上的"对错"与经典的社会功用之间产生了脱节。我们固然可以用"读者本位"与"作者本位"来解释小说研究与功用之间的分界与联系，但显然这是不完整的。蔡元培与胡适均是从"作者本位"的角度深入，季新与佩之从"读者本位"的角度加以阐释，但二者之间是有一致性的，并没有因为出发点的不同而形成"正读"与"误读"的差异。

文学经典也是具有永恒性的，那就是以文学的眼光对经典本身所做出的文学的阐释。与"误读"不同，从文学角度出发的解读，对经典本身所具有的内在因素加以阐发，这种阐发是具有连续性的，并不会因为时代的因素而产生大的变化。如王国维在1904年发表的《红楼梦评论》，至今尚被时时提及；牟宗三1935年所写的《红楼梦悲剧之演成》，对《红楼梦》的悲剧也有着深入的阐发；李长之的《红楼梦批判》，由作者至文本，对作者对于文学的态度、《红楼梦》的文学技巧等方面做出考察。这类文章在20世纪前半叶尚有许多，不一一列举。此种基于文学本身所做出的研究，对于深入挖掘《红楼梦》的文学价值、艺术价值等，均是"深入无浅语"，具有不可替代的作用。相较于"误读"的社会功用，文学的"正读"深植于作品本身，挖掘出文学的深层意义，从而体现出永恒的社会价值。

以上绪言，也是笔者选取"蔡胡论争"作为研究对象的原因。"蔡胡论争"是红学史上第一次学术的碰撞，笔者寄希望于通过场景的还原，本着知人论事的原则，从发生的角度来对这次论争做一梳理，以期深入论争的肌理，明了论争产生的原因及影响。

第一章 《石头记索隐》背景考

　　假如红学史上也有反派，那么蔡元培先生简直就是反派的代表。当然，此处的"反派"，只是就学术观点在红学史上的反映而言。

　　蔡元培先生与他的《石头记索隐》，在当今红学界一直是被批判的对象，在诸多红学史家的论述中尤为明显。郭豫适先生认为，蔡元培的《石头记索隐》是"从小说《红楼梦》里宰割下来的东西，跟他所摘取的史事等互相比附"，实质是"把文学创作和社会历史混为一谈"。[①]白盾先生认为蔡元培眼中的《红楼梦》"就成为一部猜谜大全，而消解了它的全部艺术魅力"。[②]韩进廉先生在论及蔡元培的错误之时说道："其唯心主义和形而上学以及对文艺反映社会生活的庸俗化的理解且不论，在客观上盖由对曹雪芹的身世一无所知所致。"[③]诸如此类评价还有很多，无须再罗列了。

---

① 郭豫适：《红楼研究小史稿》，上海文艺出版社1980年版，第148页。
② 白盾：《红楼梦研究史论》，天津人民出版社1997年版，第134页。
③ 韩进廉：《红学史稿》，河北人民出版社1981年版，第149页。

也有许多学者在思考蔡元培红学观点的积极作用，如刘梦溪先生指出："《红楼梦》在思想上和艺术表现上有多种层次和多种角度，使读者有横看成岭侧成峰的感觉，是确实的，蔡元培看到并指出这一点，不愧有识之见。他指出《红楼梦》有反满思想，也完全符合作品的实际……"①认为《红楼梦》中有反满思想，是刘梦溪先生与蔡元培先生因观点上的一致而出现的评价。陈维昭先生提出："蔡元培以其独特的身份、怀抱排满的目的而进行索隐，其《石头记索隐》把当时的排满革命情绪作了一次集中的表达，故引起了广泛的影响。"②此种论说，以蔡元培先生的写作目的为先导，来反思《石头记索隐》的观点，其做法也具有代表性。

作为新红学的对立面，《石头记索隐》成为胡适批判的靶标，蔡元培也成了"猜笨谜"的"笨伯"。正如苗怀明先生在《风起红楼》中所说："他屡屡以索隐派代表人物的身份受到红学家们的轮番批评，成为他们批评旧红学的一面靶子，被脸谱化、丑化。"③索隐之风虽遭到考证派的沉重打击，至今却也并未结束。

任何一种学说都不会是凭空产生的。作为红学史上不可绕

---

① 刘梦溪：《红楼梦与百年中国》，中央编译出版社2005年版，第168页。

② 陈维昭：《红学通史》，上海人民出版社2005年版，第121页。

③ 苗怀明：《风起红楼》，中华书局2006年版，第18页。

过的一种学说，索隐派红学有其传承，也有其意义。作为其中的代表，《石头记索隐》也就成为一个标本，供我们深入了解其学理、机制，以祛除脸谱化与丑化的批评，反思索隐派红学的价值与意义。

第一节　蔡元培写作《石头记索隐》的个体背景

识其人，方易读其文，这是知人论世的做法，也是以意逆志的辅助。欲谈《石头记索隐》，则不可抛开作者凭空而论。《石头记索隐》的产生极为复杂，且与蔡元培接受的学术训练、人生经历等密切相关，凡此种种，均影响到《石头记索隐》的成书。在《石头记索隐》一书中，蔡元培有着明确的主张：《红楼梦》为政治小说。蔡元培自称其方法为疏证。此二者与他的政治主张以及他所接受的传统学术训练有关，故本节也着重于此。

1868年1月14日，蔡元培出生于浙江绍兴。绍兴一带是人文荟萃之地，近代诞生了许多在政治史、文化史上留下浓墨重彩的人物，如蔡元培、徐锡麟、秋瑾、陶成章、刘大白、鲁迅、马寅初、夏丏尊、周恩来、朱自清、俞平伯、钱三强……对于家乡的文化传承，蔡元培是引以为傲的。他在自述中就详细记载了自己出生地笔飞坊的传说，自得之意溢于言表。

蔡元培家族是商业世家，其高祖必达公命其诸子以贩卖绸缎为业，获利颇丰。因漏税，其第三曾伯祖为官吏所查，将处死刑，蔡家倾家营救始得获免，但家族也因此中落。其祖父在一家典当行中工作，渐渐升为经理，以俭省持家，购地造屋，也就成了小康的家庭。

蔡元培六岁入家塾，塾师是一位周姓先生，以《百家姓》《千字文》《神童诗》等启蒙，继而读"四书"，再至"五经"。从文义的角度来看，蔡元培经历了识字、习字、对句等训练。对句训练之后开始修习八股文，由破题至承题，再至起讲，终至全篇，作全篇之时，又在起讲后先作领题，后分作六比或八比，最后再作结论。这种重复训练的方法，蔡元培讥之为"重床叠架"。[①]在《我所受旧教育的回忆》中，蔡元培写道：

> 不知道何时的八股先生，竟头上安头，把这种练习的手续都放在上面，这实在是八股文时代一种笑柄。[②]

十四岁时，蔡元培就塾于王子庄先生，因科举中不能用

---

① 蔡元培：《自写年谱》，见蔡元培著、文明国编《蔡元培自述》，人民日报出版社2011年版，第7页。

② 蔡元培：《我所受旧教育的回忆》，见蔡元培著、文明国编《蔡元培自述》，人民日报出版社2011年版，第173~174页。

"四书""五经"以外的典故和辞藻，所以王先生禁止他看杂书。但王先生自己读书却颇杂，且服膺于刘蕺山（刘宗周）。蔡元培受教于王子庄先生的四年时间里主要学习八股，但也获得不少常识，此时他已读过"四书"及《诗》《书》《易》三经，还有删除了丧礼内容的《小戴礼记》，正在读《春秋左氏传》。王子庄先生对蔡元培的影响是极大的。王先生极为信奉宋儒，使得蔡元培二十岁以前"最崇拜宋儒"[1]，这也为蔡元培的治学方法埋下伏笔。此一时期，蔡元培的六叔蔡铭恩也曾指导蔡元培读书，在他的引导之下，蔡元培也读过许多"杂书"，如《史记》《汉书》等。

　十七岁[2]时，蔡元培第二次应试即考取秀才，之后就在姚氏家中充任塾师，这是蔡元培的初次执教。在这一时期，蔡元培得以"放胆阅书"，计有"《说文通训定声》《章氏遗书》《日知录》《困学纪闻》《湖海诗传》《国朝骈体正宗》《绝

---

[1] 蔡元培：《传略上》，见蔡元培著、文明国编《蔡元培自述》，人民日报出版社2011年版，第123页。

[2] 在《自传之一章》中，蔡元培说道："余从王先生学至十七岁，余入学游泮矣。"《我青年时代的读书生活》中记："我十六岁，考取了秀才，我从此不再到王先生处受业，而自由读书了。"在《自写年谱》十七岁条目中，有"直到我十七岁，才进了学"的记载。按蔡元培先生《自写年谱》的记岁，以同治六年丁卯年为一岁，光绪九年癸未年蔡元培中秀才，其时应为十七岁。

妙好词笺》等"①。在《传略》中，蔡元培自述道："子民以十七岁补褚生，自此不治举子业，专治小学、经学，为骈体文。"②这段时间的读书为蔡元培奠定了学术基础，并将其引入专门的学术领域。

在"放胆阅书"的同时，蔡元培也有了许多的计划，他与诸友约同编书，如《廿四史索引》《经籍籑诂补正》，但都很难进行下去，徐维则就曾评价蔡元培"无物不贪，无事不偏"。这一方面反映了蔡元培思维的活跃，另一方面也反映出蔡元培关注的重心在不断转移，这在他中进士后的阅读中体现得更为明显。

二十三岁时，蔡元培参加了己丑恩科，并得中举人。按照清朝科举惯例，恩科乡试的次年会有恩科会试。1890年春，蔡元培入京赶考，被取为第八十一名贡士。清代科举规定，贡士须经过复试，列出等次后再参加殿试，考中就成为进士。与会试等不同，复试及殿试的考卷不经誊录，因而字迹就成为判卷的重要因素。蔡元培自觉字"写得不好"，因而"留俟下科殿试"。③二十六岁时，蔡元培参加了殿试，被取为二甲进士，

① 蔡元培：《自写年谱》，见蔡元培著、文明国编《蔡元培自述》，人民日报出版社2011年版，第12页。

② 蔡元培：《传略上》，见蔡元培著、文明国编《蔡元培自述》，人民日报出版社2011年版，第123~124页。

③ 蔡元培：《自写年谱》，见蔡元培著、文明国编《蔡元培自述》，人民日报出版社2011年版，第14页。

朝考后充任庶吉士。

与大多数读书人相比，蔡元培的科举之途是极为顺利的。科举时期的蔡元培以"怪八股"闻名。所谓"怪八股"，蔡元培曾作解释："读定盦先生文，喜而学之，又厕以九经诸子假借之字、倒句互文之法，观者辄讶为奇僻。"①此种文风，使得房官认为蔡元培是一位"老儒久困场屋者"②。一时之间，"怪八股"之风在江浙士子中广泛传播，颇有开一时风气的势头。当时坊间曾编"怪八股"特刊《通雅集》，将蔡元培的文章作为压卷。然而蔡元培却认为自己己丑、庚寅乡、会试的联捷出于意外。在《告嵊县剡山书院诸生书》中，蔡元培曾说道："惟八股文、八韵诗，鄙人自二十岁以后，即已屏弃，虽侥幸得第，并不系此。"③但"怪八股"虽怪，却是建立在学识渊深的基础之上，非此则难以做出此类文章，房官的判断并非偶然。从应考的角度而言，"怪八股"也是极为冒险的，所以蔡元培以"其好奇而淡于禄利"④来说明自己写"怪八股"

---

① 蔡元培：《自写年谱》，见蔡元培著、文明国编《蔡元培自述》人民日报出版社2011年版，第19页。

② 蔡元培：《自写年谱》，见蔡元培著、文明国编《蔡元培自述》人民日报出版社2011年版，第19页。

③ 蔡元培：《告嵊县剡山书院诸生书》，见高平叔编《蔡元培全集》第1卷，中华书局1984年版，第111页。

④ 蔡元培：《传略上》，见蔡元培著、文明国编《蔡元培自述》，人民日报出版社2011年版，第124页。

的目的。

在蔡元培所受到的旧教育中，以考据与词章为主，这在他1935年所写的《假如我的年纪回到二十岁》及《我的读书经验》中均有提及。其中对蔡元培影响最大的是朱骏声《说文通训定声》、章学诚《文史通义》以及余正燮的《癸巳类稿》《癸巳存稿》。

蔡元培曾经做过徐维则的伴读，并受到田春农的赏识。此二家均为藏书颇丰之家，在此期间蔡元培得以博览群书，也就有了丰厚的积累。他又曾为徐氏校勘《绍兴先正遗书》中的《重订周易小义》《群书拾补初编》《群书拾补补遗》《重论文斋笔录》《铸学斋丛书》等若干部，学术得以精进。蔡元培曾总结自己治经史之学的特点：

> 孑民之治经，偏于故训及大义。其治史，则偏于儒林、文苑诸传、艺文志，及其他关系文化、风俗之记载，不能为战史、经济史及地理、官制之考据。盖其尚推想而拙于记忆，性近于学术而不宜于政治。于旧学时代，已见其端矣。[①]

蔡元培治经偏于大义，治史偏于儒林，这些均在《石头记索

---

① 蔡元培：《传略上》，见蔡元培著、文明国编《蔡元培自述》，人民日报出版社2011年版，第124页。

隐》中得以呈现，也是蔡元培得出《红楼梦》为"政治小说"
与附会的人物均为儒林中人的结论的基础。他对今文经学的倾
向，也是在此时间段内形成的。在《刿山二戴两书院学约》
中，蔡元培写道：

> 元培生六年而入塾，以次读《百家姓》、《千字
> 文》、四子书、五经，循文雒诵，未了其义也。十二岁
> 而学为制艺，汩没者六七年，乃迁于词章，深服脭章实
> 斋氏言公之义。又一年而读王伯申氏、段懋堂氏诸书，
> 乃治故训之学。于时脱制义之范围矣。应试之作，皆称
> 意而书，虽子朱子之说，不无异同也。可三四年，而读
> 庄方耕氏、刘申受氏、宋于庭氏诸家之书，乃致力于
> 《公羊春秋》而左之以太史公书，油油然寝馈于其间。①

此段内容可视作蔡元培对旧学教育经历的回顾。庄存与、刘逢
禄、宋翔凤等，是乾嘉年间常州学派名家，均致力于今文经
学，治《春秋公羊传》。他们喜欢以微言大义比附现实，以经
世致用为要，这也深深影响了蔡元培。正如张晓唯先生在《蔡
元培评传》中写的："这样的治学取向，与他日后投身社会变

---

① 蔡元培：《刿山二戴两书院学约》，见高平叔编《蔡元培全集》第1
卷，中华书局1984年版，第96页。

革潮流，应当具有某种内在关联。"①偏于大义，而又以经世致用为首要的治学态度，自然会形成关注现实的倾向。

1892年6月8日，蔡元培被授为翰林院庶常馆庶吉士。其后的一年多时间中，蔡元培的大部分时间均在游历，由其自述及函件可知，他先后到达宁波、上海、南京、镇江、扬州、靖江、香港、广州、潮州、汕头等地，这些地方覆盖了几乎自1842年以来中国与海外通商的绝大部分地区。蔡元培本已经读过了万卷书，又有了行万里路的阅历。于书本之外，蔡元培对社会、人生有了更多的认知。

1894年春，蔡元培自潮州返回绍兴，又进京应散馆考试，充任翰林院编修。此时，中日之间的战争已迫在眉睫。

旧历六月十三日，蔡元培的日记中记录了他读上海《新闻报》的内容，得知"中日已构兵"，但苦未得到其他信息。旧历六月十九日，蔡元培和李慈铭《廷树为风雨所折叹》五律，其中有"三摘敦瓜苦，孤军瘝叶怜"句，旁有小注："越南已折入佛朗西，日本又争朝鲜，藩篱尽撤，能无剥床之惧。""朝鲜乞援，李傅相遣叶军门志超往，挈兵仅三千，而日兵驻韩已六千余人，来者尚骆驿不绝。"②蔡元培对时局的焦虑之感跃然纸上。十月间，帝党人物、翰林院侍讲学士文廷式召集院中同人联名上奏，建议光绪皇帝"密连英德以御倭

---

① 张晓唯：《蔡元培评传》，百花洲文艺出版社1993年版，第14页。
② 高平叔：《蔡元培年谱长编》，人民教育出版社1999年版，第65页。

人"，蔡元培列名其中。他的主战意向非常明显，在"倭事传闻款议将成"之际，蔡元培尚与同院聚集，讨论丁叔衡与冯梦华两位编修的主战提案。在旧历十月五日的日记中，蔡元培记录翰林院编修陈昌绅约集十余人上书恭亲王，主张和议，其中有"自古至弱之国有以战而亡，未有以和而亡者"语，针对于此，蔡元培大发感慨："乌呼，是何言与！"①愤懑之情溢于言表。1895年旧历四月六日，蔡元培在日记中写道：

> 六日丁未　黄昏有黑祲如圭，白气环之，亘月北，白虹竟天，亘月东。天津海啸，直隶督奏戌兵精锐及火器皆汛没矣。于是上决与倭议和，和约十事，其大者，割台湾，割奉天辽阳以东，遵海而南至旅；给兵费二万万，定七年毕给。倭人驻兵威海，岁给兵费五十万。俟二巨万毕给，乃退兵，皆允之矣。日蹙百里，且伏祸机。韩魏于秦，宋于金，不如是之甚也！倭饷竭师罢，不能持久。而依宋、聂诸军，经数十战，渐成劲旅，杀敌致果，此其时矣。圣上谦抑，博访廷议，而疆臣跋扈，政府阘茸，外内狼狈，虚疑恫喝，以成炀灶之计，聚铁铸错，一至于此，可为痛哭流涕长太息者也！②

---

① 王世儒编：《蔡元培日记》，北京大学出版社2010年版，第25页。
② 王世儒编：《蔡元培日记》，北京大学出版社2010年版，第31页。

由焦虑，至愤懑，再至痛哭叹息，中日甲午之战对蔡元培的刺激是极为强烈的。但此时的他对皇帝还抱有希望，故"皇帝谦抑"，错在疆臣。这一时期的蔡元培尚未形成反清意识。

因《马关条约》的签订，许多朝中士人离京返乡。据蔡元培《复陶濬宣函》中载："家兄来书，劝作归计。培首施两端，迟迟吾行……"①在1895年夏的《致陶濬宣函》中，蔡元培已作决定，向两广总督谭钟麟谋求广雅书局之职。②是年冬，蔡元培请假一年，返回绍兴长居。

1896年12月，蔡元培回京销假，由绍兴至北京，其间"闻见特新，作诗颇多，可惜检不到记录"③。"作诗颇多"，可见蔡元培感慨良多，而"特新"的由来，或即维新前夜的种种思潮宣传。1897年的正月初一，蔡元培抵达北京。此时的北京已经形成改良风潮，如《时务报》《国闻报》等倡导变法的报刊发刊，粤学会、蜀学会、闽学会等维新团体纷纷成立。康有为、梁启超等维新人士积极联络，维新从一种思潮转而成为一场政治运动，"采西学"也在向"采西制"转化。梁启超在《变法通义》中讲道：

---

① 蔡元培：《复陶濬宣函》，见高平叔编《蔡元培全集》第1卷，中华书局1984年版，第53页。

② 蔡元培：《致陶濬宣函》，见高平叔编《蔡元培全集》第1卷，中华书局1984年版，第53页。

③ 蔡元培：《自写年谱》，见蔡元培著、文明国编《蔡元培自述》，人民日报出版社2011年版，第18页。

> 吾今为一言以蔽之曰：变法之本，在育人才；人才
> 之兴，在开学校；学校之立，在变科举；而一切要其大
> 成，在变官制。①

梁启超的这一言论，将变法的途径以及终极目的和盘托出。此可体现甲午之战后，国人民族危机意识的加重以及谋求未来的思考。

身处此种环境之下的蔡元培并未直接付诸行动，但他内心对变法是认同的。在《自写年谱》中，蔡元培坦承对于新政是"同情"的，只因"不喜赶热闹"②的性格，蔡元培并未去联系乡试同年梁启超。1898年旧历八月间，戊戌六君子被杀，蔡元培甚为愤懑，因此他在旧历九月里携家眷回到了绍兴，且"虽有人说我是康党，我也不与辩"③。

对于康、梁的事败，蔡元培也有着深入的反思。他认为维新的失败在于"不先培养革新之人才，而欲以少数人弋取政

---

① 梁启超：《变法通义》，见张品兴主编《梁启超全集》，北京出版社1999年版，第15页。

② 蔡元培：《自写年谱》，见蔡元培著、文明国编《蔡元培自述》，人民日报出版社2011年版，第20页。

③ 蔡元培：《自写年谱》，见蔡元培著、文明国编《蔡元培自述》，人民日报出版社2011年版，第20页。

权，排斥顽旧，不能不情见势绌"。①这或是蔡元培投身教育的根本原因。

蔡元培曾拒绝维新人士的拉拢，罗家伦先生曾问及蔡元培此事，蔡元培回复：

> 我认为中国这样大，积弊这样深，不在根本上从培养人才着手，他们要想靠下几道上谕，来从事改革，把这全部腐败的局面转变过来，是不可能的。我并且觉得他们的态度也未免太轻率。听说有几位年轻气盛的新贵们在办公室里彼此通条子时，不写西太后，而称"老淫妇"，这种态度，我认为不足以当大事，还是回家乡去办学堂罢。②

正是因为蔡元培明了问题积弊之深，并且不能将希望寄托于上层改革，他才会舍弃维新，从培养人才的角度入手，投身教育。蔡元培的教育理念，与他的认知紧密相关。在甲午中日战争初始之时，蔡元培已有意识地去接触新事物，开始阅读顾厚琨的《日本新政考》。在此之后，蔡元培的日记中常出现此类

---

① 蔡元培：《传略上》，见蔡元培著、文明国编《蔡元培自述》，人民日报出版社2011年版，第125页。

② 罗家伦：《从蔡孑民先生致吴稚晖先生函看辛亥武昌起义时留欧革命党人动态》，见罗家伦著、罗久芳修订《逝者如斯集》，商务印书馆2015年出版，第98~99页。

书籍，如《货币论》《环游地球新录》等。甲午战争之后，年近而立之年的蔡元培在"朝士竞言西学"的风气之下，开始广泛阅读各种学科的图书，如《电学纲目》《电学启蒙》《光学》《声学》《梅氏丛书》《代数难题》《算草丛存》《日本史略》《俄游汇编》等①，再至严复译赫胥黎的《天演论》、亚当·斯密的《原富》、斯宾塞的《群学肄言》，正如蔡元培自言的"生三十年，始知不足"②。知不足之后的蔡元培，又重新开始攫取新知识，解答新疑惑。蔡元培在《剡山二戴两书院学约》中对此有回顾：

> 又四五年，而得阅严幼陵氏之说及所译西儒天演论，始知炼心之要，进化之义，乃证之于旧译物理学、心灵学诸书，而反之于春秋、孟子及黄梨州氏、龚定盦诸家之言，而怡然理顺，涣然冰释，豁然拨云雾而睹青天。近之推之于日本哲学家言，揆之于时局之纠纷，人情之变幻，而推寻其故，益以深信笃好，寻味而无穷，未尝不痛恨于前二十年之迷惑而闻道之晚。③

---

① 蔡元培：《自写年谱》，见蔡元培著、文明国编《蔡元培自述》人民日报出版社2011年版，第17页。

② 蔡元培：《学堂教科论》，见高平叔编《蔡元培全集》第1卷，中华书局1984年版，第139页。

③ 蔡元培：《剡山二戴两书院学约》，见高平叔编《蔡元培全集》第1卷，中华书局1984年版，第96页。

一位从旧学走出的翰林学士，肯用极大工夫来学习这些新知识，尤可见蔡元培的困惑与求知欲望。对于这些新知识，蔡元培以旧学为基，与西学相互印证，并推之于哲学，反馈于时事，使之融会贯通。张晓唯先生曾有总结：

> 他特别喜好以《公羊春秋》的三世说阐释进化论观点，从而将自己早先颇为倾心的"常州学派"的论点与风行当时的西方进化论观念嫁接起来，以此求得外来学说的可接受性，也达成一种文化心理上的平衡。这大概就是上述所谓"拨云雾而睹青天"的境界吧。[①]

蔡元培将个体的读书经验与教育相结合，并将所思所得加以推行。1901年4月的《自题摄影片》中，蔡元培写道：

> 侯官浏阳，为吾先觉。……志以教育，挽彼沦胥。众难群疑，独立不惧。[②]

这是蔡元培在自己照片背面题写的内容，其中有他从事教育的心声，其中的自勉之意、自励之心十分明显。

---

① 张晓唯：《蔡元培评传》，百花洲文艺出版社1993年版，第29页。
② 蔡元培：《自题摄影片》，见高平叔编《蔡元培全集》第1卷，中华书局1984年版，第126页。

"侯官浏阳"，即严复与谭嗣同，此二人在中国历史上皆有引领之功，他们对蔡元培也有着深远的影响。这种影响，使他在学者与革命者的身份之间相互转换，在治学与暴力革命的重心转移中得以无缝衔接，从而形成蔡元培的两面性，互为表里，相辅相成。

这种影响体现在蔡元培的教育事业之中时，"挽彼沦胥"是蔡元培从事教育的目的，"众难群疑"是他的处境，"独立不惧"则是蔡元培的态度，这来自蔡元培的个性，也有着严复与谭嗣同的影响。

蔡元培虽曾做过塾师，但他从事近代教育事业实应从绍兴中西学堂开始。1898年12月，绍兴乡绅徐树兰与绍兴知府熊起磻邀请蔡元培担任绍兴中西学堂的总理。接手之初，蔡元培立即聘任教职人员，修订章程，整理图书，增加外语课程，并将《强学报》《时务报》《国闻报》等报刊引入校园，这些举动为中西学堂带来了新的气象，也显示出蔡元培的教育理念。

中西学堂的教员中存在新旧两派，新派教员常向学生灌输"民权""女权"等思想，对"君尊民卑""男重女轻"等传统观念加以驳斥。这种行为自然引发旧派教员的反感。旧派教员向校董徐树兰反映，徐树兰遂要求蔡元培将有关"正人心"的"上谕""恭录而悬诸学堂"。① 此上谕为清廷镇压变法后，

---

① 蔡元培：《自写年谱》，见蔡元培著、文明国编《蔡元培自述》，人民日报出版社2011年版，第21页。

对同情变法的维新人士的警告。为此，蔡元培以函复徐树兰，
函中写道：

> 使其言而果出于我皇上与，勿欺而犯，先师所训，
> 面从后言，尚书所戒，亦不能不绎其言之何如而漫焉崇
> 奉之。况乎二十四年八月以后所下上谕，岂尚有一字出
> 于我皇上哉？皆黎邱之鬼所为耳。……元培而有权力如
> 张之洞焉，则将兴晋阳之甲矣。然而力不能为，则姑尽
> 吾保国保种之心，而为其所可为者而已。其能偿吾意
> 与否，尚未可知也。岂有取顽固者之言而崇奉之之理
> 哉！
>
> ……盖元培所慕者，独谭嗣同耳。若康、梁之首事
> 而逃，经元善之电奏而逃，则固所唾弃不屑者也，况其
> 无康、经之难而屑屑求免也乎。且夫避祸者，所以求生
> 也。充求生之量，必极之富贵利达。元培而欲求富贵利
> 达也，固将进京考差，日奔走于彼顽固者之门，亦复何
> 求不得，而顾恋恋此青毡乎。①

此函对慈禧太后假光绪皇帝之名颁布上谕的行为予以痛斥，
直言其为"黎邱之鬼"，此语可谓酣畅淋漓。蔡元培的这种行

---

① 蔡元培：《致徐树兰函》，见高平叔编《蔡元培全集》第1卷，中华
书局1984年版，第91~92页。

为，坚定地表达了他对戊戌变法的认同与同情。其中"有权力如张之洞焉"句，更是由痛骂转为直抒胸臆。此时的蔡元培，已经颇有激烈之感，于世人眼中的谦谦君子之外，展露出别样锋芒，也为其向暴力革命的转变埋下伏笔。

在这封函件中，蔡元培对康有为、梁启超的批评也是鞭辟入里的，所谓"唾弃不屑"者，是因他们"欲求富贵利达"的本质，并以谭嗣同之壮烈与其形成比较，进而展露自我心迹。在发出这封函件后，蔡元培于当日即离开绍兴中西学堂，前往嵊县，主讲于剡山、二戴两书院。

这封函件的形成以及其中的激烈情绪，非因蔡元培一时之意气。1899年秋的一天，蔡元培大醉，起身高声批评康梁变法的不彻底，并提出欲要变革，非摒弃清廷不可的主张。蒋梦麟先生在《西潮》一文中记有此事：

> 他在绍兴中西学堂当校长时，有一天晚上参加一个宴会，酒过三巡之后，他推杯而起，高声批评康有为、梁启超维新运动的不彻底，因为他们主张保存满清皇室来领导维新。说到激烈时，他高举右臂大喊道："我蔡元培可不这样。除非你推翻满清，否则任何改革都不可能！"①

---

① 蒋梦麟：《西潮》，云南人民出版社2016年版，第118页。

这次蔡元培的酒后发言，与致徐树兰的函件相比更为激烈。

在离开绍兴舟中写就的《剡山二戴两书院学约》里，蔡元培明确学人求学之宗旨，在"不可存争利之见"的前提下，"求有益于己"，并辨析己与世之间的关系，"无益于世"必不能"有益于己"，"有害于世"必将"有害于己"，所以求学当以"益己""益世"为目的。[1]这种"己""世"之间的辨析，是蔡元培理想中的教育旨归，其中蕴含学以致用的思想，也是蔡元培教育救国的实施，更是对离任绍兴中西学堂的一种表达：蔡元培是无私欲的，其作为均是以育人、救世为目的。这与《致徐树兰函》中的思想是相承接的。

这次冲突，源于新旧两派的不同认知，其中也涉及男尊女卑之事。似乎是特意为新派张目，在1900年旧历三月间，蔡元培写有《夫妇公约》，其中虽有"主臣"之别，其因却是"地球上国主，亦男主多而女主少"。《公约》中提及的"男女自择""臣而不称职者，夫之可也""主而不受谏者，自夫可也""禁缠足"等思想，[2]这种言论在当时是惊世骇俗的。尤当关注的是，蔡元培在《夫妇公约》中，仿国家之体制，解释家庭之构成，有"家国同构"的故意。在此种解读之下，《夫

---

① 蔡元培：《剡山二戴两书院学约》，见高平叔编《蔡元培全集》第1卷，中华书局1984年版，第93~94页。

② 蔡元培：《夫妇公约》，见高平叔编《蔡元培全集》第1卷，中华书局1984年版，第101~104页。

妇公约》就有了另一种意味。"男女自择"为何？"去之可也"与"自去可也"又蕴含何种思考？其后的保身之术、教子之法、保家之术等，又均与教育有关，又似牵扯君民之责。蔡元培既善掘"隐"，其创作也当有"隐"可发现。这与同一时期的《上皇帝书》可对看。在《上皇帝书》中，蔡元培以"三惑"质之于光绪皇帝。

首先，蔡元培分析了皇帝权力来自丘民，而光绪皇帝"请训"于慈禧太后，慈禧太后则以家天下视之，且唯知"一身之娱乐"。因此，蔡元培质疑光绪皇帝"以总办之贤若此，而忽欲借剑以杀人，此何为者也"。

其次，蔡元培以"人臣无将，将则必诛"入题，辨君臣之义，慈禧太后作为"总办之母"，并非君王。在戊戌变法失败之后，光绪皇帝"所杀、所放、所锢、所追捕"者"不胜举矣"，以"谋围怡和园"之罪名，纵然是士子与皇帝之间，也"唯有如此者"，而"悍然为之，此何为者也"。

最后，蔡元培对光绪皇帝继任之人发疑，认为"盖前总办之卸其责于后总办也，问其能胜任与否而已，其人之与我为父子与，为兄弟与，为君臣与，皆不足问也"。但清廷"必择其不胜总办任者而立之，又何为者也"。①

此三问，颇有剑拔弩张之势。蔡元培从皇帝权力来源分

━━━━━━━━━━━━━━

① 蔡元培：《上皇帝书》，见高平叔编《蔡元培全集》第1卷，中华书局1984年版，第99~101页。

析，步步紧逼，指向"家天下"的政治体制。此一时期的蔡元培，与认为"皇帝谦抑"之时已有大的变化，此时的他无疑已形成推翻清廷之志向，所缺乏的也只是大势而已。

国事的颓败，使蔡元培愈发关注世界，随着认知领域的不断拓展，他的认知也在不断深化，政治态度也在变化着。从《上皇帝书》《致徐树兰函》来看，他已经表现出一种不确定的民族激进，"君臣大义"的观念已十分淡漠。[①]

自绍兴中西学堂辞职后，经多人调停，蔡元培又继续担任学堂总理。但此时的徐树兰不再如以往热心，学堂经费遇到困难，蔡元培拟一简省的办法，拿来与徐树兰相商，但徐树兰"终无意"[②]。1901年2月，蔡元培离开绍兴中西学堂。9月，上海南洋公学特班生开学，蔡元培被聘为总教习。

特班生中的黄炎培曾回忆蔡元培的教育主旨：

> 盖在启发青年求知欲，使广其吸收，由小己观念进之于国家，而拓之为世界。又以邦本在民，而民犹蒙昧，使青年善自培其开发群众之才，一人自觉，而觉及

---

① 张晓唯：《蔡元培评传》，百花洲文艺出版社1993年版，第29页。
② 高平叔：《蔡元培年谱长编》，人民教育出版社1999年版，第189页。

人人，其所诏示，千言万法，一归之爱国。[1]

执教南洋公学这段时间，是蔡元培从事教育救国实践活动的一个重要时期。此时的上海，是国内最为开放的城市，远非偏居一隅的小城绍兴所能比拟，这也为蔡元培的社会政治活动提供了基础。在这里，他创办《开先报》，为《选报》撰写叙论，选录梁启超、严复等人著译之文，编订《文变》一书，又应张元济之聘，制定国文、历史、地理三科教科书的编纂体例，而尤为重要的一项活动是蔡元培组织成立了中国教育会和爱国女校。中国教育会"教育中国男女青年，开发其智识，而增进其国家观念，以为他日恢复国权之基础为目的"[2]，由启民智而至革新，在这里表达得非常明确。

在南洋公学之中同样有着新旧之争。1902年11月，一次小小的事件，终于导致学生与校方产生了严重的冲突。南洋公学总办李凤藻以"五班学生聚众开会，倡行革命"之由，将五班学生集体开除，此举引发学生公愤。11月15日，二百余位学生集体前往总办处，要求校方收回成命，但谈判毫无结果，总办答复：五班学生即已开除，各班学生不得干预，有愿离校者，悉听尊便。学生们遂相约到校方上一级机关督办处集体退

---

① 黄炎培：《吾师蔡子民先生哀悼词》，见蔡建国编《蔡元培先生纪念集》，中华书局1984年版，第54页。

② 高平叔：《蔡元培年谱长编》，人民教育出版社1999年版，第282页。

学。[①]蔡元培同情学生，带领学生集体走出学校。为使学生不至失学，蔡元培积极联络中国教育会的几位负责人，一起组织学校，接收退学学生。于是，爱国学社于1902年的11月26日成立。这是我国最早的学生运动，蔡元培因其勇于任事的精神，成为当时国内进步学生的导师。

与蔡元培所经历过的其他学校相比，爱国学社呈现出另一种风貌。爱国学社"重精神教育"[②]，锻炼学生的精神，激发学生志气，其学生本为南洋公学退学生，期望自由，且无所羁绊，其教习为蔡元培、吴稚晖、章太炎、蒋维乔等人，均为进步人士，因而爱国学社呈现出勃勃生气，成为进步学生的圣地。继南洋公学退学事件发生后，南京陆师讲堂与浙江求是大学堂也发生两次退学事件，陆师学堂退学的三十一人均进入爱国学社。

在这段时间里，最应注意的是《苏报》与吴稚晖发起、中国教育会主办的"张园演说"。

《苏报》主人陈范，初期宣传变法维新，后又宣传保皇。中国教育会成立之后，蔡元培吸收陈范入会，并与之一同成立爱国女校。南洋公学退学风潮后，《苏报》特别开设"学界风潮"版，专门刊登各地的学潮信息。陈范更向爱国学社每月捐

---

① 崔志海：《蔡元培传》，红旗出版社2009年版，第36页。

② 蔡元培：《爱国学社章程》，见高平叔编《蔡元培全集》第1卷，中华书局1984年版，第166页。

款，自愿将《苏报》作为中国教育会和爱国学社的机关报。蔡元培等人也逐日为《苏报》撰文。

"张园演说"自1903年2月15日始，初期的演说之人成分复杂，政治主张各异，内容也无中心。经过4月21日汪康年发起的在张园召开的拒俄大会，以及4月25日中国教育会会员和爱国学社全体社员参与的拒法活动之后，"张园演说"的论题逐渐集中，爱国与革命成为主流，后遂有四民公会的成立。开会之时，蔡元培首先发表演说，号召："就今日起，立一团体，专为阻法兵而设，愿与此会者即请签名。"①会后，中国教育会与爱国学社立即组织了义勇队，进行军事训练，蔡元培也剪去发辫，亲身参与训练。

蔡元培曾对这段时间的经历有过回忆：

> 那时候同任教员的吴稚晖、章太炎诸君，都喜昌言革命，并在张园开演说会，凡是来会演说的人，都是讲排满革命的。……及到学社，受激烈环境的影响，遂亦公言革命无所忌。何海樵君自东京来，介绍我宣誓入同盟会，又介绍我入一学习炸弹制作的小组……自三十六岁以后，我已决意参加革命工作。觉得革命止有两途：

————————

① 蔡元培：《在旅沪各省人士张园集会上演说词》，见高平叔编《蔡元培全集》第1卷，中华书局1984年版，第174页。

一是暴动，一是暗杀。①

因同类人的相聚，也因时事的逐步恶化，上海时期的蔡元培在思想上有了极大的变化：从同情维新到主张革命，由教育救国转为暴力革命。

既言革命，当与满族统治紧密相关。此一时期的革命思想，也是多样化的。譬如"张园演说"的诸人，他们的思想主张差异也极大。唐振常先生所著《蔡元培传》对此段时间内诸人之表现考证颇细，其中提及："冯镜如在会上的演说，别具用心，为邹容等所不满。而龙泽厚则是康有为门徒，他所起草的国民公会章程，全部照抄东京学生国民会章程，受到批评。到了五月间，龙泽厚将国民公会易名为国民议政会，公开宣传保皇归政，受到革命派的攻击，遂形解散。"②

即便如章太炎、邹容、蔡元培之间，关于排满之义的观点也多有不同。如章太炎与邹容，他们所持为狭隘的种族主义观点，邹容《革命军》一书中提出，需"驱逐住居中国中之满洲人，或杀以报仇"，"诛杀满洲人所立之皇帝，以儆万世不复有专制之君主"。③章太炎持见略缓，在《正仇满论》中，章太

① 蔡元培：《我在教育界的经验》，见蔡元培著、文明国编《蔡元培自述》，人民日报出版社2011年版，第191~192页。

② 唐振常：《蔡元培传》，上海人民出版社2018年版，第42页。

③ 邹容：《革命军》，见周永林编《邹容文集》，重庆出版社1983年版，第72页。

炎提出："夫所谓革命者，固非涵淆清浊，而一概诛夷之也。自渝关而外，东三省者，为满洲之分地；自渝关而内，十九行省者，为汉人之分地。……今日逐满，亦犹田园居宅为他人所割据，而据旧时之契约、界碑，以收复吾所故有而已。而彼东三省者，犹得为满洲自治之地，故曰逐满而不曰歼杀满人。"[1]在《驳康有为论革命书》中，章太炎延续《正仇满论》中的观点，倡言革命，将光绪皇帝视为"汉族之公仇"，认为"若满洲者，固人人欲尽汉种而屠戮之，其非为豫酋一人之志可知也。……汉族之仇满洲，则当仇其全部"。[2]1900年义和团运动，俄国以保护东三省铁路及其他权益的名义，占领东三省，并企图兼并之，虽1902年签署《交收东三省条约》，但第二期撤兵却并未实施。这也是"张园演说"拒俄的原因。章太炎以分地之说，讥满族统治者失地之责，其意颇锐。

无论是邹容还是章太炎，他们均从民族出发，有着鲜明的民族界限，在他们的眼中，满汉是绝对对立的，矛盾是不可调和的。蔡元培并非如此。蔡元培于苏报上发表《释"仇满"》，该文起始即言："吾国人一皆汉族而已，乌有所谓'满洲人'者哉！"蔡元培判断民族的标准，是从"血

---

① 章太炎：《正仇满论》，见《章太炎全集·太炎文录补编》（上），上海人民出版社2017年版，第226页。

② 章太炎：《驳康有为论革命书》，见徐俊西主编、李天纲编《海上文学百家文库·章太炎刘师培卷》，上海文艺出版社2010年版，第173~177页。

液""风习"二者入手，这就与邹、章二人截然不同。蔡元培从融合的角度入手，对所谓满洲人的汉化做出判断，从而将"满洲人"视为一种类型存在，亦即"世袭君主，而又以少数人专行政官之半额，一也；驻防各省，二也；不治实业，而坐食多数人之所生产，三也"。在蔡元培看来，所谓"仇满"之论，实际乃政略之争，而非种族之争[①]，对待满人的态度则是"苟满人自觉，能放弃其特权，则汉人决无杀尽满人之必要"[②]。

中国教育会、爱国学社、《苏报》，三者本为统一的革命群体，因此也颇具影响，然而不久也就有了中国教育会与爱国学社分裂之事。其中既有主体之争，又有成员之间的互相攻讦。在一次会社双方均参与的会议上，双方发生争执，《吴稚晖述上海〈苏报〉案纪事》载：

> 蔡孑民闻余说得大毛细，即怒而起曰，何至争及琐末，不成说话，即起去。余亦起，众皆散，溥泉悻悻而出。
>
> 明日蔡孑民即表示欲往青岛，不愿多问社事，众留

---

① 蔡元培：《释"仇满"》，见高平叔编《蔡元培全集》第1卷，中华书局1984年版，第171~174页。

② 蔡元培：《传略上》，见蔡元培著、文明国编《蔡元培自述》，人民日报出版社2011年版，第128页。

不可，渠略收拾，二十三日竟出校上轮船赴青岛。①

此记载与蔡元培在《传略》中所记吻合。

"张园演说"以及《苏报》上发表的诸多革命言论，尤其是在《革命军》《序〈革命军〉》《驳康有为论革命书》面世之后，引起了清廷的关注，于是有了癸卯大狱"苏报案"。章太炎、邹容被拘，《苏报》关闭，爱国学社也解散了。其时，蔡元培已至青岛半月，而此也意味着上海的革命事业遭一顿挫。

蔡元培之所以去青岛，原是从其亲友之劝，欲先学习德文，后赴德国留学，但其亲友本只望蔡元培远离是非之地。等蔡元培到达青岛后，其亲友也就不再为他筹措留学的经费，留学的打算也只能就此作罢。蔡元培在青岛不久，就再次回到上海，重新开始参加革命活动。他先是参与《俄事警闻》的编辑，后此报更名为《警钟日报》，又组织光复会，亲任会长，并于1905年10月担任同盟会上海分会长。他还学习制炸药等法，以谋暗杀活动，但最终是"所图皆不成"。他只得回到家乡，担任绍兴新设的学务公所总理一职。值清政府议派编检出洋留学，蔡元培进京销假，意图借此机会留学欧洲，但因清政府经费匮乏，将这批留学之人改派日本，蔡元培因此并未前往。后因孙慕韩（孙宝琦）担任驻德公使，并允诺赞助蔡元培

---

① 冯自由：《革命逸史》，新星出版社2009年版，第503页。

经费，商务印书馆也答应每月给付编译费，蔡元培终于在1907年的6月10日起行，经天津、沈阳，取道哈尔滨，登上了俄国的火车，转道莫斯科，于7月11日抵达柏林。

蔡元培在柏林住有一年时间，按其自述："每日若干时习德语，若干时教国学，若干时为商务编写，若干时应酬同学。"[①]四项主要活动中，教国学与编写实为筹措生活费用。一位年过不惑的翰林，过着"半佣半丐之生涯"[②]，实非意志坚定者所不能。

这种生活并非蔡元培本意。在1908年10月，蔡元培离开柏林，前往莱比锡，进入了有着悠久历史的莱比锡大学哲学系。三年间，只要时间不冲突，蔡元培就会去听各种课程，所涉内容包括哲学、心理学、文学、文明史、人类学、民族学等[③]，范围之广，令人叹为观止。蔡元培却认为自己的学习是在"拾取零星知识"，但"欲摸索一二相当之钱以串之，而顾东失西，都无着落"，其原因在于"受中国读书人之恶习太深"，又有"小题大做之脾气"。[④]

---

① 蔡元培：《自写年谱》，见蔡元培著、文明国编《蔡元培自述》，人民日报出版社2011年版，第36页。

② 蔡元培：《致吴敬恒函》，见高平叔编《蔡元培全集》第2卷，中华书局1984年版，第114页。

③ 唐振常：《蔡元培传》，上海人民出版社2018年版，第83页。

④ 蔡元培：《致吴敬恒函》，见高平叔编《蔡元培全集》第2卷，中华书局1984年版，第114页。

蔡元培最终是"勉自收缩，以美学与美术史为主，辅以民族学"①，这是他常听美学、美术史、文学史的讲演，在环境上又常受音乐、美术熏习的结果。最重要的是："尤因冯德讲哲学史时，提出康德关于美学的见解，最注重于美的超越性与普遍性，就康德原书详细研读，益见美学关系的重要。"②这应是蔡元培一生提倡美学的起源，也为他以后提出的"以美育代宗教"这一主张埋下伏笔。

在德国留学期间，蔡元培累计编著与翻译了三十余万字的文稿，由商务印书馆陆续出版，其中《伦理学原理》《中国伦理学史》等，开创了中国伦理学研究的先河。《中学修身教科书》也在此时间段内成书，在民国初期被各校广泛采用。在德国的四年，是蔡元培能够潜心治学的四年，是他学术生产的一段黄金期。

留学德国期间的蔡元培也非常关注国内的革命动向，并参与了许多活动。武昌起义胜利后，消息传到德国，蔡元培为之喜而不寐。1911年11月中旬，蔡元培接到陈其美促其回国的电报，遂于11月28日抵达上海。其时，革命党内部也矛盾重重，蔡元培寄居于爱国女校，与诸方人士商谈，协调各方立场。孙

---

① 蔡元培：《我的读书经验》，见蔡元培著、文明国编《蔡元培自述》，人民日报出版社2011年版，第208页。

② 蔡元培：《自写年谱》，见蔡元培著、文明国编《蔡元培自述》，人民日报出版社2011年版，第41页。

中山就任中华民国临时大总统后，蔡元培被任命为教育总长，蔡元培力辞不得，因此受命组建教育部。

教育部既已成立，教育方针就亟须明确。中华书局的创办者陆费逵在《教育杂志》上发表《敬告民国教育总长》一文，督促教育方针等政策的出台。1912年2月间，蔡元培发表《对于新教育之意见》，将教育划分为"隶属政治""超轶政治"两种类别，据清政府的"忠君、尊孔、尚公、尚武、尚实"五项宗旨加以修改，改为"军国民教育、实利主义、公民道德、世界观、美育"五项，前三项与"尚公、尚实、尚武"相合，隶属政治教育范畴，而世界观与美感教育则属"超轶政治"教育。此种论说来自康德哲学中的"现象世界"与"实体世界"二元论。正如张晓唯先生所言，蔡元培的教育理念虽然义、德、智、体、美并提，但更重视道德教育，如将"自由、平等、亲爱"①等引入，且其表述有"几分玄奥色彩"。②

这种理念最终成为法令，1912年9月，北京教育部公布《教育宗旨令》：

> 兹定教育宗旨，特公布之，此令。注重道德教育，以实利教育、军国民教育辅之，更以美感教育完成其

---

① 蔡元培：《对于新教育之意见》，见高平叔编《蔡元培全集》第2卷，中华书局1984年版，第130~137页。

② 张晓唯著：《蔡元培评传》，百花洲文艺出版社1993年版，第51~52页。

德。中华民国元年九月初二日部令第二号。①

蔡元培的教育理念，既来自其受教育的经验、清政府教育的失败，也考虑到民国初建对人才的需求与培养，以及自我认知中的理想教育，也反映了西方近代价值观对中国的思想影响。

蔡元培在经历了孙中山辞去临时大总统、自己北上迎接袁世凯至南京任职、袁世凯在北京就任临时大总统等事后，蔡元培仍任教育总长一职。其间的斗争，蔡元培均为亲历，如专制与共和的体制之争、军阀与革命党人的矛盾等，这与蔡元培的理想产生巨大差异。蔡元培于1912年7月10日邀约隶属同盟会的四位总长一同退出内阁，在《起草同盟会四阁员辞职函》中声明"即到部视事，亦至迟以十四日为截止之期"②，袁世凯只得批复。在《答客问》中，蔡元培对辞职的原因做出解释，他认为甲、乙二派之争，导致"机关停滞，万事丛脞"，故只能去一，所以他才会"集甲派之人而商退职"。但蔡元培的内心是悲愤的，他写道："故吾党不必无执拗粗暴之失德，而决无敷衍依阿之恶习。"此时的蔡元培是失望与无奈的，也是愤怒的，其"元培亦对于四万万人之代表而辞职"③一语，尤

---

① 转引自高平叔编《蔡元培全集》第2卷第130页注释。

② 蔡元培：《起草同盟会四阁员辞职函》，见高平叔编《蔡元培全集》第2卷，中华书局1984年版，第261~262页。

③ 蔡元培：《自写年谱》，见蔡元培著、文明国编《蔡元培自述》人民日报出版社2011年版，第68页。

为决绝。

蔡元培对于辛亥革命有着充分的认知。从长远来说，他认定革命必然成功，但对已取得的革命成果，蔡元培并不满意。在《复蒋维乔函》中，蔡元培将辛亥革命定义为"专属民族问题"，完成的也仅是祛除清政府亲贵的权力，但从根本上，"清代汉官之流行病"仍然存在。革命的价值在"于各种官僚社会中，已挤入新分子"，最终是"新胜而旧败"。[①]从现阶段政治斗争的角度来说，他认为"政治上的纠纷方兴未艾，非我辈书生所能挽救"[②]。基于这些认知，蔡元培第二次前往德国莱比锡大学求学。但此次德国之旅仅有半年时间，就因宋教仁被刺一案终结，蔡元培被孙中山招回国内。此后的三个月时间里，蔡元培经历了"二次革命"的酝酿、发动至失败的全过程，又于1913年的9月登上了去欧洲的邮轮，只是此次的目的地是巴黎。

在法国的这段时间内，因第一次世界大战的波及，蔡元培不得不多次迁徙，由巴黎搬入法国西部的乡间小镇，再移居至都鲁士，之后生活才逐渐安定。也就是在这段时间内，蔡元培完成了《哲学大纲》的编译，并继续《石头记索隐》的疏证。

---

① 蔡元培：《复蒋维乔函》，见高平叔编《蔡元培全集》第2卷，中华书局1984年版，第286页。

② 蔡元培：《自写年谱》，见蔡元培著、文明国编《蔡元培自述》，人民日报出版社2011年版，第70页。

本书目的在于明晰蔡元培写作《石头记索隐》的背景，故不再牵扯其他与此无关的事项。纵观蔡元培的学术背景与经历，可知在蔡元培的学与致用之间，他是深受今文诸家的影响的，这是他的治学根基。他对西学的接受，也建立在此基础之上。譬如他会用进化论与"常州学派"的观点相嫁接，来完善自我的认知。由此而言，蔡元培更像是一个传统的儒家人士，对于此点，蔡元培的同时人或后人评价他时，也多由此出发。如周作人在《记蔡孑民先生的事》中就曾说"若论其思想，倒是真正之儒家也"①。蔡尚思在《蔡元培先生的各种特点》中，也从"立德、立言、立功"三不朽来评价蔡元培。②此种评价正可说明蔡元培一生的追求。

蔡元培先生是开放的，他不停地汲取新知识，更迭自我主张，从支持维新至暴力革命，由"采西学"至"采西制"，从名翰林到革命家、教育家，这些变化所体现的正是儒家经世致用之思想。蔡元培在诸多论述中，也多以儒家经典为起，或在议论中以经典作为论据，以西学印证国学，这是蔡元培常用之法，可称为其代表作的《哲学大纲》中，亦不乏古之先贤语录。而其坚忍之性情、温和之态度，或亦来源于此。

---

① 周作人著，止庵校订：《药味集》，河北教育出版社2001年版，第32页。

② 蔡尚思：《蔡元培先生的各种特点》，见蔡建国编《蔡元培先生纪念集》，中华书局1984年版，第49页。

蔡元培关于民族主义的主张，也是在他的革命经历中形成的。正是在不断经历的过程中，他发现了清廷的腐朽，理解了革命的必需，才会对《红楼梦》中的内容产生共鸣，于是《石头记索隐》也就出现了。

第二节　《石头记索隐》成书的《红楼梦》研究背景

《石头记索隐》的成书脱离不了当时《红楼梦》传播与研究的影响。本节拟从《红楼梦》版本源流，蔡元培所提及阅读的三个层次，本事索隐、政治小说及民族主义三个方面来考察其背景。

（一）《红楼梦》版本源流

从传播角度出发，可以知道蔡元培所读为何种版本之《红楼梦》。

《红楼梦》的版本系统较为复杂，且各版本的差异较大，需加甄别。舒元炜在舒序本《红楼梦》的序言中写到其书的传抄来源：

> 惜乎《红楼梦》之观止于八十回也。……于是摇毫掷简，口诵手批。就现在之五十三篇，特加雠校；借邻家之二十七卷，合付钞胥。核全函于斯部，数尚缺

夫秦关。①

舒元炜的《序》写于乾隆五十四年，也即1789年。这条记载中有两点内容极具价值：其一为"借邻家之二十七卷"一说，虽然邻家存有《红楼梦》可以是偶然事件，但也可作《红楼梦》已在一定范围内传播开来的理解；其二，"缺夫秦关"一说，用了"秦关百二"之典，可证其已知足本《红楼梦》为一百二十回，邻家所藏同样也没有后四十回，故舒序本虽现存仅四十回，其原貌却应为八十回。

在周春的《阅红楼梦随笔》中，有这样的记载：

> 乾隆庚戌秋，杨畹耕语余云，雁隅以重价购钞本两部：一为《石头记》八十回，一为《红楼梦》一百二十回，微有异同，爱不释手，监临省试，必携带入闱，闽中传为佳话。时始闻《红楼梦》之名，而未得见也。壬子冬，知吴门坊间已开雕矣。兹茗估以新刻本来，方阅其全。②

---

① 〔清〕曹雪芹：《古本小说丛刊·红楼梦》，中华书局1976年版，第1601页。

② 〔清〕周春：《阅红楼梦随笔》，浙江人民美术出版社2019年版，第3页。

舒元炜以及周春的记载，足证在乾隆五十四年之前，即1789年之前，市面上已有八十回的《石头记》与一百二十回的《红楼梦》两种抄本在同时传播。

1791年，程伟元与高鹗"细加厘剔、截长补短"，遂将《红楼梦》刊行于世。在程甲本《红楼梦》开头，程伟元的《序》、高鹗的《叙》中，均有部分内容反映了《红楼梦》刊刻之前的传播现状。如程伟元的《序》中记载：

> 《红楼梦》小说本名《石头记》……好事者每传抄一部，置庙市中，昂其值，得数十金，可谓不胫而走者。……爰为竭力搜罗，自藏书家甚至故纸堆中无不留心。数年以来仅积有廿余卷。一日，偶于鼓担上得十余卷……①

从这段文字中，我们可以知道在程刻木《红楼梦》刊刻之前，已有"好事者"在传抄《红楼梦》，并且也有许多藏书家在收藏。在高鹗的《叙》中也有记载：

---

① 〔清〕曹雪芹、高鹗：《程甲本红楼梦》，书目文献出版社1992年版，第3页。

予闻《红楼梦》脍炙人口者，几廿余年。①

以1791年前推20年，即1771年左右，高鹗即已知《红楼梦》之名。高鹗为铁岭人，1758年生，1771年左右时年应十三四岁，其时尚幼，且身在铁岭，此亦可作《红楼梦》传播范围之佐证。

程伟元、高鹗共同署名的《红楼梦引言》中，有"藏书家抄录传阅几三十年矣""是书沿传即久，各家互异"等语，也可说明《红楼梦》的传播情况。

程刻本对于《红楼梦》的传播有着极强的促进作用。首先，程刻本将《红楼梦》由小范围传播转为大众传播，使更多的人得以看到《红楼梦》，这效果是极为明显的。嘉庆年间的《京都竹枝词》里就记载："做阔全凭鸦片烟，何妨作鬼且神仙。开谈不说《红楼梦》，读尽诗书是枉然。"②《京都竹枝词》中的记载反映了历史的真实状态。其次，程刻本是以完本的形态出现，虽有学者称之为"狗尾续貂"，但它在一定程度上保留了曹雪芹预期设计的"白茫茫大地真干净"，也给《红楼梦》以悲剧结尾。

---

① 〔清〕曹雪芹、高鹗：《程甲本红楼梦》，书目文献出版社1992年版，第5页。

② 〔清〕得舆：《京都竹枝词》，见一粟编《红楼梦资料汇编》，中华书局1964年版，第354页。

在《石头记索隐》中，蔡元培曾提及两个版本：王雪香评本、太平闲人评本。另有普通评本，蔡元培并未明确是何种版本。王希廉评本非常多见，如双清仙馆评本、聚珍堂评本、瀚苑楼评本等；张新之评本也有许多，如妙复轩评本、卧云山馆评本等；另有诸多合评本，将王希廉与张新之的评点进行合刊，如同文书局评本、增评补像全图本等。这些版本在蔡元培写作《石头记索隐》之前已出现，均属于程刻本系统。

（二）蔡元培认为阅读《红楼梦》的三个层次

《石头记索隐》中所引的与《红楼梦》研究相关的内容，自然是与蔡元培的研究最有关联性的资料。在《石头记索隐》中，蔡元培将《红楼梦》的阅读分为三层：

> 最表面一层，谈家政而斥风怀，尊妇德而薄文艺。其写宝钗也，几为完人，而写黛玉、妙玉，则乖痴不近人情，是学究所喜也，故有王雪香评本。进一层，则纯乎言情之作，为文士所喜，故普通评本多着眼于此点。再进一层，则言情之中，善用曲笔。……此等曲笔，惟太平闲人评本能尽揭之。太平闲人评本之缺点，在误以前人读《西游记》之眼光读此书，乃以《大学》、《中庸》、"明明德"等为作者本意所在，遂有种种可笑之傅会，如以吃饭为诚意之类。而于阐证本事一方面，遂

不免未达一间矣。①

在蔡元培眼中，《红楼梦》的阅读是分层级的。此种分类方式以蔡元培认知的进入《红楼梦》的深度作为分界，并以学究、文人视角以及是否触及"作者本意"来区分。

在第一个层级中，蔡元培以王希廉的评点作为代表，所谓"谈家政而斥风怀，尊妇德而薄文艺"。"风怀"一词有二义：其一为抱负、志向；其二为风情，尤指男女相爱的情怀。以此与《红楼梦》相对照，则蔡元培所用之义当为"男女相爱的情怀"。"文艺"泛指文学与艺术，在《红楼梦》中有一段文字尤可体现文艺的内涵：

> 先时人口多，姊妹弟兄都在一处，都怕看正紧书。弟兄们也有爱诗的，也有爱词的，诸如这些"西厢""琵琶"以及"元人百种"，无所不有。……所以咱们女孩儿家不认得字的倒好。男人们读书不明理，尚且不如不读书的好，何况你我。就连作诗写字等事，原不是你我分内之事，究竟也不是男人分内之事。男人们读书明理，辅国治民，这便好了。只是如今并不听见有这样的人，读了书倒更坏了。这是书误了他，可惜他也把书遭塌了，所以竟不如耕种买卖，倒没有什么大害处。

———

① 蔡元培：《石头记索隐》，上海书店出版社2008年版，第6~7页。

> 你我只该做些针黹纺织的事才是，偏又认得了字，既认
> 得了字，不过拣那正紧的看也罢了，最怕见了些杂书，
> 移了性情，就不可救了。

这段文字中的文艺内涵就是文学与艺术，进而扩展为富有文学
与艺术气息的生活，这也正与蔡元培的介绍相合。蔡元培读
《红楼梦》的时期，《红楼梦》是作为一个整体出现的，且有
一个悲剧的结尾，尚未有前八十回与后四十回的分界。从这个
角度而言，《红楼梦》中"鉴"的意味非常明显，"风怀""文
艺"皆是造成悲剧的原因之一，是为反面，"谈家政""尊妇
德"就成为正面意义，也因此会出现"其写宝钗也，几为完
人，而写黛玉、妙玉，则乖痴不近人情"的观点。

蔡元培以王希廉作为此种阅读的代表。王希廉的评点有着
模仿金圣叹评点的痕迹，以"总评""分评""批序"组成。在
总评中，王希廉认为《红楼梦》中的真假是全书最为关键的
内容，他提出："读者须知真即是假，假即是真；真中有假，
假中有真；真不是真，假不是假。明此数意，则甄宝玉、贾
宝玉，是一是二，便心目了然，不为作者齿冷，亦知作者匠
心。"[1]在此要求之下，读《红楼梦》就需要去探求其真。在
《红楼梦批序》中，王希廉以客之名义，答《红楼梦》的创作

---

[1] 〔清〕王希廉：《红楼梦总评》，见朱一玄编《红楼梦资料汇
编》，南开大学出版社1985年版，第537页。

目的与价值：

> 客有笑于侧者曰："子以《红楼梦》为小说耶？夫福善祸淫，神之司也；劝善惩恶，圣人之教也。《红楼梦》虽小说，而善恶报施，劝惩垂诚，通其说者，且与神圣同功，而子以其言为小，何狥其名而不究其实也？"①

这种视角之下的宝钗是"有德有才"的，妙玉"近于怪诞"，黛玉则是"心地褊窄""德固不美"。②此种评论，多以个人之好恶代入小说之中来臧否人物、品评情节，此种做法是在一种固化的价值观之下做出的评判，却是有些机械的。

蔡元培眼中的第二层级，已经不再以故事性为主体，转而去探寻《红楼梦》中的美，也即"言情"。蔡元培并未言明他的此种论断源于何处，但此或与姚燮的评点有关，理由如下。

第一，姚燮的评点中，对《红楼梦》中的情多有涉及，如

---

① 〔清〕王希廉：《红楼梦批序》，见朱一玄编《红楼梦资料汇编》，南开大学出版社1985年版，第535页。

② 〔清〕王希廉：《红楼梦总评》，见朱一玄编《红楼梦资料汇编》，南开大学出版社1985年版，第540页。

他认为《红楼梦》的纲领为"情可轻而不可倾"[1]，在第一回的评语中有：

> 还泪之说甚奇。然天下之情，至不可解处，即还泪亦不足以极其缠绵固结之情也。[2]

在姚燮的评点中如此之处尚有许多，此点与蔡元培所述吻合。

第二，在《红楼梦》的出版史上，王希廉、张新之、姚燮三人的合评本较多，如同文书局评本、增评补像全图本、上海书局石印评本等，王希廉与姚燮的合评本也有许多，如大观琐录评本、增评补图本等。在这样的传播状态之下，蔡元培已以王希廉及张新之的评点为例，那么蔡元培阅读到姚燮评点的概率就会增加。

然而我们并不能因此断定蔡元培所言第二层为针对姚燮所言，此仅为可能性之一。或蔡元培此处也是综合而谈，如张新之在评语中也曾重点阐释《红楼梦》中的情；在蝶芗仙史、刘履芬、黄小田的诸多评语中，有许多与姚燮评点非常近似的内容，甚或一字不易。

---

① 〔清〕姚燮：《红楼梦总评》，见朱一玄编《红楼梦资料汇编》，南开大学出版社1985年版，第640页。

② 〔清〕姚燮：《红楼梦回评》，见朱一玄编《红楼梦资料汇编》，南开大学出版社1985年版，第643页。

在姚燮的评点中，对于情的阐释占到了一定的比例。在第十六回回评中，姚燮有一段文字：

> 蓉苓香串，北静王以圣上所赐，视为珍贵，黛玉却不要，反说臭男人拿过的。但怡红院中器皿，岂无互相投赠者？具曰予圣，谁知玉之雌雄？[①]

该批将物之价值与情之寄托相互比较，确是法眼。再如第二十五回的回评中，姚燮论及彩霞与贾环之情，评为"此异乎人之情，而自深其情者也"[②]，关注到了情的个体化。在评及贾蔷与龄官之情时，此点尤为突出，他提出《红楼梦》中的情"非同村夫子讲书，终日喃喃，只此一义也"[③]。

显然，王希廉与姚燮的阅读模式与蔡元培有着极大的差异。在蔡元培的理解中，第一、二层的阅读，均是为第三层做铺垫的。对"曲笔"的理解，才是《红楼梦》的阅读重心。蔡元培以张新之为例，作为其中的翘楚。

"曲笔"有多义，蔡元培曾举多例来说明张新之对

---

① 〔清〕姚燮：《红楼梦回评》，见朱一玄编《红楼梦资料汇编》，南开大学出版社1985年版，第647页。

② 〔清〕姚燮：《红楼梦回评》，见朱一玄编《红楼梦资料汇编》，南开大学出版社1985年版，第650页。

③ 〔清〕姚燮：《红楼梦回评》，见朱一玄编《红楼梦资料汇编》，南开大学出版社1985年版，第654页。

"曲笔"的理解:

> 如宝玉中觉在秦氏房中,布种种疑陈;宝钗、金锁为笼络宝玉之作用,而终未道破。又于书中主要人物,设种种影子以畅写之,如晴雯、小红等均为黛玉影子,袭人为宝钗影子是也。此等曲笔,惟太平闲人评本能尽揭之。[①]

在第五回中,贾宝玉在秦可卿房中午睡,曹雪芹以种种布置,浓墨铺排。此处张新之有诸多评语,如:

> 非嬷嬷呆,实作者自欲喝破。
>
> 恰有此等古人替他凑趣。"唐"多内乱,"虎"能食人。"虎"为西金,"寅"为东木,一金一木,所谓"兼美"。"寅""淫"同音,小字"六如",正合梦幻,宝、黛、钗并列矣。作者直善役鬼驱神,评者未必捕风捉影。[②]

在张新之看来,贾宝玉与秦可卿是有隐情可挖掘的,也即"微

---

① 蔡元培:《石头记索隐》,上海书店出版社2008年版,第7页。
② 冯其庸纂校订定:《八家评批红楼梦》,文化艺术出版社1991年版,第113页。

言大义"。作者欲读者悉之，故意用嬷嬷的话为提示，所谓"自欲喝破"。于是，这就形成了谜面。那么谜底是什么？张新之又以"唐伯虎"一名加以佐证，将其拆分为"唐多内乱""虎能食人"，进而形成淫的行为导致覆灭的整体思考。张新之认为，薛宝钗因"钗"字而属金，林黛玉属木，而兼美正是因此而生。"六如"为唐伯虎号，又为佛教语，指梦、幻、泡、影、露、电，喻世事之空幻无常，所以又指向了贾宝玉、林黛玉、薛宝钗一生的遭际。

当形成这种主观认识之后，后文中的诸多内容也会成为这种阐释的论据，并逐步推进与加强。在第五回的回后评中，张新之写道：

> 宝玉贾蓉，明明叔侄，则可卿此梦非乱伦而何？一部《红楼》，"谈情"有何大恨，而必以乱伦开"谈情"之首？于是读者猜疑百出，或以为骂人，或以为嫉世，致作者之罪业莫能解脱。然而误矣！作者固自演《大学》《中庸》，天人之微，理欲之极，必无中立处也。①

在第七回焦大醉骂"爬灰的爬灰，养小叔子的养小叔子"

---

① 冯其庸纂校订定：《八家评批红楼梦》，文化艺术出版社1991年版，第135页。

之时，张新之有评：

> 自"神游"至此回，作者已写得头闷气结，满纸迷漫黑雾，故打这一个"焦"雷，自己讨些痛快。①

在第十三回，贾宝玉闻听秦可卿逝后的表现之时，张新之有评：

> 不讳言之。②

这种认知之下，很多内容都成了隐写，哪怕如宝玉的珍珠丢了一颗，张新之也会联想到"可卿案"。于是，这似乎就形成了一个定论：贾宝玉与秦可卿是有染的，作者"固自演《大学》《中庸》"。在张新之看来，这些曲笔皆是作者有意为之，他所作的阐释并非捕风捉影。然而这种阐释方式的主观性却是一目了然的：以"唐伯虎"这一人名，拆分为"唐""虎"，再联想到朝代与虎的特性，以其特点组合而成为结论，进而以五行、佛教词汇相附会，并推之为全部。这种解读方式旨在追寻

---

① 冯其庸纂校订定：《八家评批红楼梦》，文化艺术出版社1991年版，第185页。
② 冯其庸纂校订定：《八家评批红楼梦》，文化艺术出版社1991年版，第285页。

文本的反面，可谓发散至极，其内在逻辑是先有了主观观点，而后由诸多附会辅助证明。

张新之关于"影身"一说，表述也有许多，如在《红楼梦读法》中，他说道：

> 是书钗、黛为比肩，袭人、晴雯乃二人影子也。凡写宝玉同黛玉事迹，接写者必是宝钗；写宝玉同宝钗事迹，接写者必是黛玉。否则用袭人代钗，用晴雯代黛。间有接以他人者，而仍不脱本处。乃是一丝不走，牢不可破，通体大章法。①

第八回《贾宝玉奇缘识金锁　薛宝钗巧合认通灵》中，贾宝玉自薛姨妈处吃酒后，到贾母处请安，旋即回到自己房中，晴雯先出场迎接宝玉，此处有张新之批：

> 晴雯乃黛玉影子也，故必接此人。金玉既合，黛玉死矣。而"好，好"字即黛玉临终呼"宝玉你好""好"字也。②

---

① 〔清〕张新之：《红楼梦读法》，见朱一玄编《红楼梦资料汇编》，南开大学出版社1985年版，第685页。
② 冯其庸纂校订定：《八家评批红楼梦》，文化艺术出版社1991年版，第204页。

此回尚有一批，将晴雯与黛玉之间的关系讲得更为明确。在贾宝玉与林黛玉讨论"绛芸轩"字之好坏时：

> 三字已在晴雯口中，而必在黛玉眼中看出来者，以钗之案而黛之敌也，批在第三十六回。[①]

第二十二回《贤袭人娇嗔箴宝玉　俏平儿软语救贾琏》中，写湘云住在潇湘馆中，宝玉一早来到黛玉、湘云居处，央求湘云给他梳洗，这时先是袭人来，继之宝钗也到，此处有一张新之的批语：

> 看他明写钗、袭合一之始。[②]

在第三十六回《绣鸳鸯梦兆绛云轩　识分定情悟梨香院》中，张新之以影身关系来推理钗、黛碰撞的阐释方式被展现得淋漓尽致。宝钗到怡红院后，恰逢贾宝玉在睡觉，张新之先是以"是睡着。梦叫可卿救我，也是睡着"一语，将此与第五回勾连在一起，继而以"蝇刷子"一物的象形及物用，得出"蝇

---

① 冯其庸纂校订定：《八家评批红楼梦》，文化艺术出版社1991年版，第205页。
② 冯其庸纂校订定：《八家评批红楼梦》，文化艺术出版社1991年版，第468页。

逐臭，蚊噬血。麈柄是文话，刷子是土话，总说那话，乃一阳物也"，以此讽刺袭人与宝钗，又以"袭人不防"，得出"他转不防，便是'初试'回'偷'字转在他边"，将袭人与贾宝玉的初试云雨情，定性为"偷"，并以小虫子喻袭人的噬血，又因这小虫子自花心里长成的，引用云儿所唱的"一个虫儿往里钻"，加深这种讽刺。继而到宝钗"不留心"坐到袭人曾坐处时，张新之又道"是不留心，而不留即放心矣"。至宝钗"不由的拿起针线替他作"处，张新之评为"拿起针线来是'不由的'，'不由'二字费想。就替他做，到此钗玉事了"。黛玉随即同湘云一道来给袭人道喜，张新之评为"来者定是他。道袭人喜，道宝钗喜矣，必同湘云，是为兼美"。费偌大工夫，张新之将宝钗与宝玉之事解读完成，再将黛玉引入，形成对立，在黛玉冷笑之时，张新之解读为"明白、冷笑，而仍随他，又亮又暗，所以死也"。[①]

这段解读体现了张新之对"影身说"的使用。"影身"一说源自涂瀛的"影子说"，张新之却另有发挥，其中主要体现了两种功能：其一为构架功能；其二为人物评价功能。就构架功能而言，张新之发现了《红楼梦》的写作特点，也即"写宝玉同黛玉事迹，接写者必是宝钗；写宝玉同宝钗事迹，接写者必是黛玉"一说，但是此说过于绝对，为此张新之又有

①　冯其庸纂校订定：《八家评批红楼梦》，文化艺术出版社1991年版，第866~868页。

"一影""二影"直至"五影"一说来进行解释。就评价功能
而言，张新之对钗、黛二人的评价是对群体的，综合了本主及
其影身的行为，又由整体而及个人，将这种评价转移至钗、黛
二人的个体之上，对其性格、命运等进行论述。就整体态度而
言，他虽对黛玉有批评，但对宝钗的评价尤恶，认为"本书造
一宝钗，为古今惩阴恶立传"①。这种阐释方式中，先入为主
的成见主导了后续的论证过程。"代圣人立言"，转为"代作
者表达"，而其表达的内容，则是以自身为作者。此种态度，
也是索隐派红学的通病。

张新之的评点在当时就有了较大的影响，接受者也有许
多，如鸳湖月痴子认为张新之的评点能"括出命意所在"，如
"亲造作者之室"，使读者认识到《红楼梦》乃是"有功名教
之书"。②此类评价还有，不及一一列出。这种现象也显示
出，张新之的读法在当时有着很高的认可度。

在蔡元培看来，这就是所谓"曲笔"：一种委婉表达的笔
法。其中传达出来的阅读策略，是需要对作者的"曲折表达"
进行"曲折理解"。蔡元培的《石头记索隐》中，也有诸多
"曲折理解"的过程。

---

① 冯其庸纂校订定：《八家评批红楼梦》，文化艺术出版社1991年
版，第1902页。

② 〔清〕鸳湖月痴子：《妙复轩评石头记序》，见朱一玄编《红楼梦
资料汇编》，南开大学出版社1985年版，第691页。

从蔡元培对张新之曲笔解读的评价可知，蔡元培是认为《红楼梦》中有曲笔的。但在曲笔以外，蔡元培并不认可张新之的观点，即张新之解读文本外延的部分。他指出：

> 太平闲人评本之缺点，在误以前人读《西游记》之眼光读此书，乃以《大学》、《中庸》、"明明德"等为作者本意所在，遂有种种可笑之傅会，如以吃饭为诚意之类。[1]

关于张新之读法的来源为"前人读《西游记》之眼光"，蔡元培的判断是极为精准的。张新之也承认"《石头记》脱胎在《西游记》"[2]，如《西游记》第一回中"美猴王领一群猿猴、猕猴、马猴等，分派了君臣佐使"处，有李卓吾评："此物原是外王内圣的，故有'美猴王''齐天大圣'之号。着眼，着眼。"[3]第二回"此山叫做灵台方寸山"处，有夹批"'灵台方寸'，心也"，有侧批"一部《西游》，此是宗旨"。在"斜月三星洞"处有夹批："'斜月'像一勾，'三

---

① 蔡元培：《石头记索隐》，上海书店出版社2008年版，第7页。
② 〔清〕张新之：《红楼梦读法》，见朱一玄编《红楼梦资料汇编》，南开大学出版社1985年版，第684页。
③ 〔明〕吴承恩著，〔明〕李贽评：《西游记》，齐鲁书社1991年版，第7页。

星'像三点也，是心。"①第二回回末总评处，有大段论及
《西游记》的宗旨：

　　　　读《西游记》者，不知作者宗旨，定作戏论。余为
　　一一拈出，庶几不埋没了作者之意。即如第一回，有
　　无限妙处，若得其意，胜如罄翻一大藏了也。篇中云
　　"《释厄传》"，见此书读之，可释厄也。若读了《西
　　游》，厄仍不释，却不辜负了《西游记》么？何以言释
　　厄？只是能解脱便是。又曰："高登王位，将'石'字儿
　　隐了。"盖猴言心之动也，石言心之刚也。心不刚，斩
　　世缘不断，不可以入道。入道之初，用得刚字着，故显
　　个"石"字。心终刚，入道味不深，不可以得道。得道
　　之后，用刚字不着，故隐了"石"字，大有微意，何可
　　埋没。……又曰："子者，儿男也；系者，婴细也。正合
　　婴儿之本论。"即是《庄子》"为婴儿"，《孟子》"不
　　失赤子之心"之意。……②

<hr>

① 〔明〕吴承恩著，〔明〕李贽评：《西游记》，齐鲁书社1991年
版，第7页。
② 〔明〕吴承恩著，〔明〕李贽评：《西游记》，齐鲁书社1991年
版，第15页。

虽此李卓吾评为叶昼假托，但仍是以《西游记》为"童心说"之演说。明人谢肇淛在《五杂组》中也有类似说法：

> 《西游记》曼衍虚诞，而其纵横变化，以猿为心之神，以猪为意之驰，其始之放纵，上天下地，莫能禁制，而归于紧箍一咒，能使心猿驯伏，至死靡他，盖亦求放心之喻，非浪作也。①

此与张新之认为的《红楼梦》为演《大学》《中庸》之说实属一脉。

在蔡元培看来，张新之虽能尽揭曲笔，但对于读小说，是应该"阐证本事"的，从此角度而言，张新之"未达一间"。这与二人的解读指向有关：在张新之看来，《红楼梦》为演绎经典的文本；对蔡元培而言，《红楼梦》则是演绎史实的。

（三）本事索隐、政治小说与民族主义

以阐证本事为阅读小说之目的，此在《红楼梦》的早期阅读中颇为多见。但在蔡元培写作《石头记索隐》以前，此类观点多为笔记，作为小道消息流传，且其内容阐多于证，仅为某种直观阅读感受的记录。

---

① 〔明〕谢肇淛：《五杂组》，见朱一玄、刘毓忱编《西游记资料汇编》，南开大学出版社2002年版，第315页。

如许叶芬在《红楼梦辨》开篇即云："《红楼梦》一书，为故大学士明珠故事。"[1]如何得出这种结论，却并未说明。舒敦在《批本随园诗话》中记："乾隆五十五六年间，见有钞本《红楼梦》一书。或云指明珠家，或云指傅恒家。书中内有皇后，外有王侯，则指忠勇公家为近是。"[2]在这个记载中，作者有简单的论证，但也仅是以近似而成确论。张维屏在《松轩随笔》中有一段记述："容若，原名成德，大学士明珠之子，世所传《红楼梦》贾宝玉，盖即其人也。《红楼梦》所云，乃其鬌龄时事。"[3]在该记载后，张维屏以纳兰性德的诗风以及两首诗作为佐证。梁恭辰在《北东园笔录》中记："《红楼梦》一书，诲淫之甚者也。乾隆五十年以后，其书始出。相传为演说故相明珠家事，以宝玉隐明珠之名，以甄（真）宝玉、贾（假）宝玉乱其绪，以开卷之秦氏为人情之始，以卷终之小青为点睛之笔。"[4]此记载也自传言而来，提供了传言中"以宝玉隐明珠之名"的论证。张

---

① 〔清〕许叶芬：《红楼梦辨》，见一粟编《红楼梦资料汇编》，中华书局1964年版，第227页。

② 〔清〕舒敦：《批本随园诗话》，见一粟编《红楼梦资料汇编》，中华书局1964年版，第356页。

③ 〔清〕张维屏：《松轩随笔》，见一粟编《红楼梦资料汇编》，中华书局1964年版，第363页。

④ 〔清〕梁恭辰：《北东园笔录》，见一粟编《红楼梦资料汇编》，中华书局1964年版，第366页。

祥河《阅陇兴中偶忆编》中也记载贾宝玉即纳兰性德。[①]孙桐生在甲戌本上题有一眉批:"予闻之故老云,贾政指明珠而言,雨村指高江村,盖江村未遇时,因明珠之仆以进身……及纳兰势败,反推井而下石焉。玩此光景,则宝石〔玉〕之为容若无疑。"[②]与其他相比,此条记载多出了贾政为明珠、贾雨村为高江村的观点。

其中稍异者,有俞樾的部分史事考证。如他在《小浮梅闲话》中论证纳兰容若中进士的岁数为十六岁,与《红楼梦》中贾宝玉中举人的年龄颇合,但关于籍没的时间又有阙疑。俞樾的方法以考据为主,从其表述来看,他也认为《红楼梦》中当有史事。

如此观之,以明珠家事为《红楼梦》中所隐本事的说法居多,但多为传言或由传言始,纵有简单论述,也以附会为主。而这些传言,或由乾隆皇帝始出,赵烈文在《能静居笔记》中记载:

> 谒宋于庭丈(翔凤)于蓟溪精舍,于翁言:"曹雪芹《红楼梦》,高庙末年,和珅以呈上,然不知所指。高庙阅而然之,曰:'此盖为明珠家作也。'后遂以此书

---

① 〔清〕张祥河:《阅陇兴中偶忆编》,见一粟编《红楼梦资料汇编》,中华书局1964年版,第367页。

② 转引自一粟编《红楼梦资料汇编》,中华书局1964年出版,第377页。

为珠遗事。"①

由此资料可知，"明珠家事说"的始作俑者为乾隆皇帝，在传播过程中增加了纳兰性德为贾宝玉、明珠为贾政、高江村为贾雨村等内容。

对蔡元培影响较大的，是徐柳泉有关于《红楼梦》的说法。此说法载于陈康祺《郎潜纪闻》中。《郎潜纪闻二笔》卷五中有"姜西溟典试获咎之冤"条记：

> 姜西溟太史与其同年李修撰蟠，同典康熙己卯顺天乡试，获咎，是科鼎甲不利，已见前笔矣。时盖因士论沸腾，有"老姜全无辣气，小李大有甜头"之谣，风闻于上，以致被逮，姜竟卒于请室。第前辈多纪述此事，而不能定其关节之有无。昔读鲒埼亭先生墓表，称满朝臣僚，皆知先生之无罪，而王新城亦有"我为刑官，今西溟以非罪死，何以谢天下"之语。知同时公论，早以西溟之连染为冤。嗣闻先师徐柳泉先生云："小说《红楼梦》一书，即记故相明珠家事。金钗十二，皆纳兰侍御所奉为上客者也。宝钗影高澹人，妙玉即影西溟先生，妙为少女，姜亦妇人之美称，如玉如英，义可通假。妙

---

① 〔清〕赵烈文：《能静居笔记》，见一粟编《红楼梦资料汇编》，中华书局1964年版，第378页。

> 玉以看经入园，犹先生以借观藏书，就馆相府。以妙玉
> 之孤洁，而横罹盗窟，并被以丧身失节之名。以先生之
> 贞廉，而瘐死圄扉，并加以嗜利受赇之谤。作者盖深痛
> 之也。"①

陈康祺记载此条以及徐柳泉言说此故事的目的，均非为《红楼
梦》，而是指向姜宸英的冤情，他们认为《红楼梦》的作者以
妙玉影射姜宸英，是寄托了深痛之意，为其鸣不平。另有平步
青亦持此说，但他对徐柳泉的观点持否定态度，他认为以妙玉
影姜宸英是"西溟身后何大不幸乃尔"。平步青详细地记述了
传闻中《红楼梦》的创作目的：

> 乾隆末，明相孙成安，以多藏为和珅婪索不遂，又
> 涎美婢侍明相夫人者，作紫云之请，成靳不与，固索
> 之，乃以明相夫人为辞，并微露禁脔不容他人染指意。
> 和珅挟恨，以事中伤之，籍没遣戍，婢为所得而不死。
> 成之业师某，目击其事颠末，造为此记，半属空中楼
> 阁。以贾政影明相，贾珠早死影容若，又以贾敬丙辰进
> 士，故乱其辞，以宝玉影揆叙，皆瞀妄不足诘。惟袭人

---

① 〔清〕陈康祺：《郎潜纪闻初笔·二笔·三笔》，中华书局1984年
版，第404页。

影婢珍珠，亦非其本名，明夫人必不至以夫名名婢也。以蒋玉菡影和相，以和小名琪官故也。①

这些解读，虽来源于"明珠家事说"，但显然又寄托了解读者的某种情感与认知，或是在个人情感与认知的基础上，生出的对文本的误读，从而以讹传讹。这些解读在丰富"明珠家事说"的同时，也将索隐进行得更为彻底。

对蔡元培影响较大的还有《乘光舍笔记》，该书记载如下：

《红楼梦》为政治小说，全书所记皆康、雍年间满汉之接构，此意近人多能明。按之本书，宝玉所云"男人是土做的，女人是水做的"，便可见也。盖汉字之偏旁为水，故知书中之女人皆指汉人，而明季及国初人多称满人为达达（即鞑靼。明叶盛《水东日记》中所云："鞑靼试马。驹生百日后，以骡马置山巅，群驹见母，奔跃而上。一气及岭者，上也。"达达即指满人，其他载籍可证者尚多，今不备引），达之起笔为土，故知书中男

---

① 〔清〕平步青：《霞外攟屑》，上海古籍出版社1982年4月版，第676页。

> 人皆指满人。由此分析，全书皆迎刃而解，如土委
> 地矣。①

此论说建立在拆字法的基础上，如将"汉"与"水"、"达"与"土"相关联，分指满汉，而后以其中所蕴含的臧否之意，来确定《红楼梦》为政治小说。

政治小说系梁启超所倡。在《译印政治小说序》中，梁启超首次提出"政治小说"这一概念，其目的在于倡议士人创作政治小说，将政治主张寄托于小说之中，使民众"手之口之"，从而达到"教""人""谕""治"的社会效应。②从其论述而言，梁启超是将小说作为教化的工具来使用，这种做法正是陈维昭先生所言的"功利主义思想"。③

梁启超的这种倡议，马上在小说研究中得到反映。如吴趼人在《小说丛话》中提及：

> 近日忽有人创说蒲留仙实一大排外家，专讲民族主
> 义者，谓《聊斋》一书所记之狐，均指清人而言，以
> "狐""胡"同音也。故所载淫乱之事出于狐，祸祟之

---

① 一粟编：《红楼梦资料汇编》，中华书局1964年版，第412页。

② 梁启超：《译印政治小说序》，见张品兴主编《梁启超全集》，北京出版社1999年版，第172页。

③ 陈维昭：《红学通史》，上海人民出版社2005年版，第115页。

事出于狐，无非其寓言之云。若然，则纪晓岚之《阅微
草堂笔记》所载之狐，多盘踞官署者，尤当作寓言观
矣。①

以"狐""胡"同音，得出《聊斋志异》《阅微草堂笔记》为
政治小说的结论，其推论过程过于草率，但基于此一时期的社
会风向，又是必然结果，所谓借他人酒杯浇自己块垒。在这
里，小说也只是一种承载解读者思想的工具而已。

譬如狄平子就认为《红楼梦》一书为"愤满人之作"，
又举焦大醉骂为佐证，认为焦大必为汉人，清朝屡禁《红楼
梦》，是因"满人有见于此"。②

在满族人中，对《红楼梦》为汉人张目之事也有言说，
狄平子所言《红楼梦》被屡禁一事也可侧面反映这种事实，
虽《红楼梦》之被禁多因"诲淫"，但也有因满人认为《红楼
梦》为反满之作所引发。如梁恭辰在《北东园笔录》中记载玉
麟关于《红楼梦》的评价：

《红楼梦》一书，我满洲无识者流，每以为奇货，

①《小说丛话》，见朱一玄编《聊斋志异资料汇编》，南开大学出版
社2002年版，第514页。
②《小说丛话》，见一粟编《红楼梦资料汇编》，中华书局1964年
版，第567页。

> 往往向人夸耀，以为助我铺张。……其稍有识者，无不
> 以此书为污蔑我满人，可耻可恨。

文中另记载了那绎堂对《红楼梦》的评价：

> 《红楼梦》一书为邪说诐行之尤，无非糟蹋旗人，
> 实堪痛恨。

梁恭辰对《红楼梦》是痛恨之至的，他认为："此书全部中无
一人是真的，惟属笔之曹雪芹实有其人。然以老贡生槁死牖
下，徒报伯道之嗟，身后萧条，更无人稍为矜恤，则未必非
编造淫书之显报矣。"[①]梁恭辰所记之玉麟，即以安徽学政之
职，首开查禁《红楼梦》之人。

政治小说当有内容，而民族主义正是政治的体现，此是一
时风气使然，其中也体现出满汉文化认同的分界问题。

清兵入关以后，吸取金朝灭亡的教训，在满汉两族之间划
出鸿沟，以杜绝满人的汉化。清政府自初始之时即从语言、服
饰、习俗等诸多方面，尽力维持满族旧俗，并从政治上确立满
族人的优势。此中缘由自可从清政府的得国经历与民族人数的
多寡、文化积淀的厚薄中寻出，而其目的当然是巩固自身的统

---

① 〔清〕梁恭辰：《北东园笔录》，见一粟编《红楼梦资料汇编》，
中华书局1964年版，第366~367页。

治。而汉文化的归属以及因民族政策差异所形成的矛盾，使满汉之争贯穿于有清一朝。同盟会所提出的"驱除鞑虏、恢复中华"，也显示出此种内因。

自明遗民始，对清政府的批判就以各种形式出现，有激烈如吕留良直接发出"华夷之分，大于君臣之伦"[①]的呼声，清政府也以"文字狱"予以压制。但这种文化高压政策并不会完全消弭此种风气，又因世代的累积，满汉之间的矛盾进一步加剧，文人进而以"微文""曲笔"的形式来进行表达。蔡元培的受教经历中，王子庄先生对其影响极大，而王先生即"喜说吕晚村，深不平于曾静一案"[②]。如王先生等人，正可作为此种人的代表。蔡元培在《释"仇满"》中，有"道、咸之间刻文集者，尚时存仇满洲之微文"[③]句，也可作为时代印记。故而，将《红楼梦》作为政治小说，认为作者持民族主义观点的说法，是有历史根源的，是特定人群对小说的解读。

---

① 〔清〕雍正编，张万钧、薛予生编译：《大义觉迷录》，中国城市出版社1999年版，第116页。

② 蔡元培：《自写年谱》，见蔡元培著、文明国编《蔡元培自述》，人民日报出版社2011年版，第8页。

③ 蔡元培：《释"仇满"》，见高平叔编《蔡元培全集》第1卷，中华书局1984年版，第172页。

第二章　《石头记索隐》影射对照与相关人物考

　　蔡元培认为《红楼梦》是一部政治小说，作者持民族主义观点。之所以会得出这样的结论，其根源为蔡元培与《红楼梦》之间的共鸣。从《石头记索隐》本身的论证过程而言，蔡元培先是索隐出《红楼梦》隐藏的本事，再由此得出其为政治小说的结论，但二者之间又缺少联系。纵观《石头记索隐》中所索本事，内容是较为散乱的，并无一大史实之下的结构。那么就只有一种可能：蔡元培是确定了影射人物之后，脱离《红楼梦》文本故事，以所索出的人物经历做出其为政治小说的判断。因此，我们对《石头记索隐》中所索出的人物经历就需要加以关注。本章拟从影射对照与人物小传两个方面，来体现其中的关系。

第一节　《红楼梦》文本与《石头记索隐》影射对照

　　为简明表达《石头记索隐》中的内容，笔者将对《红楼梦》文本及《石头记索隐》的结论加以概括，并以分组的形式来进行呈现，以展示《石头记索隐》的结论之生成过程。

1."红"字多影"朱"字。第十九回袭人劝宝玉"再不许吃人嘴上擦的胭脂了，与那爱红的毛病儿"、宝玉淘澄胭脂等，显示宝玉的爱红之癖，影"爱汉族文化"，好吃人口上胭脂影射为拾汉人唾余。宝玉在大观园的居所"怡红院"，有"爱红"之意；曹雪芹于"悼红轩"中增删小说，"悼红"影射"吊明"。

2.《石头记》因金陵而得名；《情僧录》的"情"影"清"。《风月宝鉴》，以"清风明月"语，以"风月"影"明清"。

3.三月十五日葫芦庙起火，甄士隐家烧成瓦砾场，影甲申三月明愍帝殉国，北京失守；《好了歌》隐沧海桑田变化、亡国之痛；甄士隐影"政事"，甄士隐随跛足道人而去影明政事消亡。

4.甄士隐影"真事隐"，贾雨村影"假语存"，贾府影"伪朝"。贾代化与贾代善影"伪朝之所谓化、伪朝之所谓善"；贾政影伪朝之吏部；贾敷、贾敬影伪朝之教育；贾赦影伪朝之刑部；贾琏影伪朝户部；李纨影伪朝之礼部；娇杏影"汉人之服从清室而安富尊荣者"，如洪承畴、范文程；贾雨村影满洲；贾瑞影有意接近清朝，反受种种侮辱者，如钱谦益；林四娘影"起义师而死者"；尤三姐影"不屈于清而死者"；柳湘莲影明移民又"隐于二氏者"。

5."女儿是水作的骨肉，男人是泥作的骨肉"，影射女子多指汉人、男子多指满人。

6.贾宝玉影伪朝之帝系，即指胤礽。"宝玉"影传国玉玺；忠顺王府索取小旦琪官，影胤礽令姣好少年随侍事；忠顺王影外藩；琪官赠贾宝玉红汗巾事，影胤礽遣使邀截外藩进贡御马事；金钏投井事影"令外间妇女出入宫掖"；贾宝玉行为失常之事及魇魔法事，影康熙圣谕中屡次提及的胤礽被魇镇之事；马道婆影行魇魔法事的喇嘛巴汉格隆等；贾代儒影为胤礽教书的熊赐履、张英；海棠既萎而复开，影胤礽、胤禔、胤禩三人倾轧。

7.巧姐影胤礽。"评女传巧姐慕贤良"影熊赐履等教胤礽性理诸书；"记微嫌舅兄欺弱女"中贾环、贾芸欲卖巧姐于藩王，影胤礽为胤禔、胤禩所卖，巧姐舅舅王仁有参与此事，影胤礽舅舅佟国维。

8.林黛玉影朱竹垞（朱彝尊）。"绛珠影其氏"，潇湘馆影"竹垞"；第十六回黛玉带书回贾府，影朱竹垞随身携带十三经、二十一史；黛玉房间磊得满满的书影朱竹垞插架书；黛玉与史湘云凹晶馆联句，影朱竹垞与陈其年（陈维崧）合刻《朱陈村词》；黛玉替宝玉临小楷，影朱竹垞携仆抄《永乐大典》事；凤姐掉包计，影朱竹垞所作《咏古》两首诗，诗意似为人所卖事。

9.薛宝钗影高江村（高士奇）。"薛"影"雪"，"雪满山中高士卧"，故"薛"影高江村之姓名；宝钗处处周到，得人欢心，影高江村"善应和"；宝钗以金锁配宝玉，其嫂夏金桂，其婢黄金莺，又有莺儿为宝玉结络，以金线配黑珠儿线，影高江村以金豆结交内侍，探闻皇帝起居之事；宝钗无书不知，第七十六回中黛玉、湘云联句，湘云用"榍"字，并说出得宝钗指点，影高江村探闻皇帝阅何书，即抽书翻阅备对之事；宝钗有"热毒"及体丰怯热之事，隐高江村《塞北小钞》中记畏暑事；护官符中四大家族，影郭琇劾高江村时所列死党、义兄弟、叔侄、子女姻亲，以及许三礼劾徐乾学时"与亲家高士奇更加招摇"事。第四十五回中黛玉对宝钗说："你如何比我？你又有母亲，又有哥哥，这里又有买卖地土，家里又仍旧有房有地。"第六十七回中，薛蟠出外归来，给诸人带礼物，以及第五十七回中，邢岫烟当棉衣服于恒舒典当行，宝钗说"闹在一家去了"语，影郭琇奏疏中高江村的房屋、田产、园宅、缎号资本及馈送等事。

10.贾雨村、薛蟠事亦影高江村。贾雨村居葫芦庙，卖文作字为生，影高江村"襆被进都""鬻字为活"；贾雨村口占"玉在椟中求善价，钗于奁内待时飞"联，影高江村自作联句，为皇帝所赏事。薛蟠遭柳湘莲苦打，"遍身内外，滚的似个泥猪一般"及"那里爬的上马去"，影高江村自称落马堕积潴中；薛蟠在平安州遇盗，影高江村收"平安钱"。

11.探春影徐健庵（徐乾学）。探春行三，乾卦为三横，又因徐乾学以探花及第，为进士第三人，故名探春；探春庶出，影徐元文入阁而徐健庵未入阁；平儿评价探春："他便不是太太养的，难道谁敢小看他，不与别的一样看了？"影徐健庵虽未入阁，但借徐元文之势，亦炙手可热；探春理家时，下人语"刚刚的倒了一个'巡海夜叉'又添了三个'镇山太岁'",影"去了余秦桧,来了徐严嵩。乾学似庞涓,是他大长兄"谣;第二十七回,探春嘱宝玉买一些好字画、轻巧顽意儿,如小篮子、香盒等,影徐乾学延揽文士事;第二十七回,探春许诺送宝玉鞋,并说"比那一双还加工夫",宝玉因言说被贾政教训及赵姨娘抱怨之事,影徐健庵主张"崇节俭、辨等威,因申衣服之禁,使上下有章";探春每日临一篇楷书给宝玉,影赐览皇太子书法事;探春远嫁,影徐健庵被弹劾后,以书局自随,僦居洞庭东山。

12.王熙凤影余国柱。因"王"为"柱"字偏旁之省,"国"俗写为"国",所以王熙凤的丈夫名琏,言"二王相连";余国柱曾任户部尚书,所以贾琏行二,王熙凤主管贾府财政。第一百零一回"王熙凤衣锦还乡"签及第五回王熙凤判词"哭向金陵事更哀",以及王熙凤放贷获利一事,影余国柱被黜后"挟辎重往江宁省城,购买第宅,广营生计,呼朋引类,垄断攫金,借势招摇",并因此被劾,回籍寻卒事。王熙凤逢迎贾母、王夫人,营私弋利事,影郭琇劾余国柱"在内阁票拟,承顺大学士明珠指麾,轻重任意,与尚书佛伦等结党,把持督抚藩臬缺出,展转援引,总揽贿赂;保送学道及科道内升出差,率皆居功索要"事。第三回中,王夫人让王熙凤找缎子,及第七十二回凤姐梦见有人找她要一百匹锦事,影余国柱疏请增设机房制宽大布匹被拒之事;王熙凤讲"聋子放炮仗"笑话,及说林之孝两口子"一个天聋,一个地哑",影余国柱劾浙江水师提督常进攻"年老耳聋"事;王熙凤不识字影余国柱文辞不多。

13.史湘云影陈其年（陈维崧）。陈其年号迦陵，史湘云佩金麒麟，"麟"与"陵"为借音；"氏以史者"，影陈其年曾修明史；湘云又号枕霞旧友，影陈其年与紫云断袖事。史湘云性格爽直，影陈其年风流倜傥、恂恂谦抑，襟怀坦率，不知人世险巇事；史湘云诗才影陈其年诗才；史湘云与林黛玉联句，影陈其年、朱竹垞合刻《朱陈村词》。《乐中悲》中"襁褓中，父母叹双亡。纵居那绮罗丛，谁知娇养"，第三十二回、第三十七回中所写史湘云居家中事，及史湘云婚后悲剧，影陈其年入仕后的厄运；史湘云父母双亡，影陈其年生于明之世家而入清。林黛玉笑史湘云为孙行者，及第五十回湘云作灯谜，谜底为猴儿事，影陈其年为山中诵经猿转世一说；灯谜中"后事总难提"，影陈其年殁后无子；史湘云咬舌，影陈其年"口蹇讷"。

14.妙玉影姜西溟（姜宸英）。姜为少女，以"妙"代之；"玉"字影"英"字；妙玉狷傲性情，影姜西溟性情；妙玉虽以洁自守但尘缘未断，影姜西溟热衷于科第。妙玉因"好高人共妒"致人生坎坷，影姜西溟未遇时的困顿之境；妙玉判曲中"到头来，依旧是风尘肮脏违心愿。好一似，无瑕白玉遭泥陷"，在第一百一十二回中，妙玉为匪人所劫，众人均以为妙玉引盗偷大观园，影姜西溟受一同主持乡试之人连累，终冤死狱中事；姜西溟祭纳兰容若文中有"萧寺""梵筵"语，与栊翠庵相似。

15.惜春影严荪友（严绳孙）。严荪友为荐举鸿博四布衣之一，故为"四姑娘"；严荪友号藕渔，又号藕荡渔人，故惜春住藕榭，诗社中以"藕榭"为号。惜春懒于诗词，影严荪友被荐举鸿博时仅为八韵诗及晚年概不应诗文画之请；惜春婢女名入画，及惜春善画，影严荪友"兼善绘事"。惜春请假一年，及第五十回中贾母欲到惜春处看画，众人回"只怕明年端午才有"，与惜春因天寒将画收起，影严荪友晚年不应；惜春"矢孤介杜绝宁国府"及决心出家事，影严荪友"杜门不出""扫地焚香"之决心。

16.薛宝琴影冒辟疆（冒襄）。孔子曾学琴于师襄，故以"琴"字代之；第四十九回、五十回中薛宝琴着凫靥裘，被众人夸赞事，及被许配梅翰林之子为媳事，影冒辟疆为怀念董白（董小宛）所作《影梅庵忆语》中所记事；薛宝琴曾随父周游，又曾作十首怀古诗，影张公亮作《冒姬董小宛传》中记董小宛经过的地方。宝琴说真真国女子所作诗"昨日朱楼梦，今宵水国吟"，上句影不忘明室，下句影冒辟疆别墅水绘园；第五十回，李绮以"萤"字为谜面，宝琴答出谜底"花"，黛玉补充"萤可不是草化的？"草化为萤，影董小宛被劫入清宫。

17.刘姥姥影汤潜庵（汤斌）。刘姥姥女婿名王狗儿，狗儿之父王成，其祖上与王家联宗，似影汤潜庵受业于孙夏峰，孙以象山、阳明为宗。刘姥姥为巧姐起名，影汤潜庵任詹事时事；刘姥姥讲"茗玉小姐"故事，影汤潜庵毁五通祠事；板儿影汤潜庵吴中所市二十一史，青儿影其日常所食菜韭；贾蓉借王熙凤炕屏事，影汤潜庵不受寿屏事；王熙凤赠刘姥姥二十两银子及刘姥姥算螃蟹宴费钱二十两事，影汤潜庵殁后徐乾学赙二十金，"乃能成殡"事。第三十九回，刘姥姥至贾府，送灰条菜干、豇豆等，影汤潜庵"啖野荠""给菜韭""谓士当嚼菜根"事；平儿给刘姥姥八两银子，影汤潜庵死后所遗唯俸银八两；鸳鸯、贾母等赠刘姥姥衣服、软烟罗、绒线、青纱、绸子等，影汤潜庵"苎帐自蔽""全家衣布"及"死时服敝蓝袄""褐色布袴"等事；茄鲞事影其子啖鸡事；刘姥姥从栊翠庵走后，贾宝玉让小幺儿打水洗地事，影郭琇受汤潜庵面责后洗堂事。

18.贾雨村拿石呆子事，影戴名世之狱。戴名世居南山冈，以"南山"名其集，《诗经》有"节彼南山，维石岩岩"句，戴名世获罪因其致门生余石民一书，故以石呆子影之。"扇"影"史"，二十把旧扇子影二十史；"看见了几把旧扇子"，"家里所有收着的这些好扇子都不中用"，影有实录之明史，则清史不足观；石呆子死也不肯卖，影戴名世等宁死不肯以中国古史俾清人假借；石呆子败产，不知死活，影烧毁《南山集》，斩戴名世，其余干连之人并其妻子，或先发黑龙江，或入旗。

19.《红楼梦》中出现的《西厢记》《牡丹亭》，代表当时违碍之书。《西厢记》终于一梦，代表明季之记载；《牡丹亭》述杜丽娘还魂，代表主张光复明室诸书；落红、葬花，以及"都付与断井颓垣"等句，影吊亡明；"奈何天""谁家院"等句，言"今日域中谁家天下"；黛玉酒令引"良辰美景奈何天""纱窗也没有红娘报"句，影不得明室消息；第四十二回宝钗言说幼时读"西厢""琵琶"等书，被大人打的打、骂的骂、烧的烧等，影此等违碍书被官吏发现后，毁其书而罚其人。《蒲东寺怀古》似形容明室遗臣强颜事清事，《梅花观怀古》"一别西风又一年"句有国家之悲，黛玉评这两首怀古诗虽于史鉴上无考但大家都知道，及李纨所言"老少男女俗语口头，人人皆知皆说"等语，言此等忌讳虽不见于史鉴，亦不许人读其外传，但是人人耳熟能详。

20.焦大醉骂被众小厮"用土和马粪满满的填了他一嘴"及包勇事，似影方望溪（方苞）。

21.黛玉替宝玉拟《杏帘在望》诗，似影张文端助王渔阳作诗事。

22.元妃省亲，似影清圣祖南巡事。

第二节 《石头记索隐》人物小传

蔡元培写作《石头记索隐》，其最主要的是对本事的探究，而本事的探究，又是依托于人的，并最终以历史上的人来完成对《红楼梦》的意义阐释。如此则不可不考其历史人物的事迹，从而把握蔡元培索隐的内在肌理。

（一）胤礽小传

爱新觉罗·胤礽，乳名保成，为清圣祖玄烨第二子，其母为仁孝皇后赫舍里氏。

胤礽生于康熙十三年五月初三日。赫舍里氏难产，在生下胤礽之后去世。因康熙皇帝深受传统文化的熏陶，注重早定国储，又因康熙皇帝与赫舍里氏鹣鲽情深，将对亡妻的感情转为对胤礽的钟爱，所以在胤礽刚满周岁不久，就将其立为皇太子，也使胤礽成为有清一代唯一以皇太子身份长大成人的皇子。

康熙皇帝立胤礽为太子，是为了"重万年之统"并"系四海之心"[1]，同时他也对胤礽寄予厚望。在立储不久，康熙皇帝即按明代规制设立詹士府。胤礽六岁入学之后，康熙皇帝又挑选张英、熊赐履、李光地、汤斌等名臣硕儒担任太子师傅，自己也常亲自教授胤礽，在外出巡之际也多次命胤礽随扈，随时教诲。对于胤礽，康熙皇帝可谓满怀期待、用心良苦。胤礽也不负众望，《清史稿》载："太子通满、汉文字，娴骑射，从上行幸，赓咏斐然。"[2]

康熙三十五年，康熙皇帝亲征噶尔丹，命23岁的胤礽留守京城，处理日常政务。康熙四十一年，康熙皇帝率胤礽、胤禛、胤祥等南巡阅示河道。胤礽病后，康熙皇帝还特召与胤礽关系密切的索额图前去陪侍，并为此在德州驻留16天之多。

如此优渥条件之下的胤礽却养成了暴戾迷乱的习性，且有不忠不孝的趋势。康熙二十九年，康熙皇帝亲赴乌兰布统征

---

① 《清实录·圣祖实录（一）》，中华书局1985年版，第758页。
② 赵尔巽等：《清史稿》，中华书局1977年版，第9062页。

讨噶尔丹，因劳累兼感风寒，病在了博洛河屯，胤礽侍疾之时谈笑如常，"侍疾无忧色"[①]。康熙皇帝未免恼怒，命他立即返京。康熙皇帝三十五年，康熙皇帝亲征噶尔丹返京后，发现诸多政务都已堆积，也对胤礽增添几分不满。康熙三十六年，康熙皇帝行兵宁夏，仍留胤礽监国。康熙皇帝得报太子"昵比匪人，素行遂变"[②]，回到京师后，康熙皇帝便将胤礽周围一些僚属绳之以法，对胤礽的态度也日渐冷淡。

同时，其他部分皇子得封郡王、贝勒等爵位，各有部属，得以参与政事，诸皇子也就与胤礽之间形成了竞争的关系，而胤礽并未改变自己的行为，反而更加骄奢暴虐。如《石头记索隐》所写的，胤礽截留蒙古王公进贡给皇帝的马匹等事，正是此中一斑。令康熙皇帝更为不安的是，以胤礽为中心形成了"太子党"，这就对康熙皇帝构成了威胁。康熙四十二年，康熙皇帝将太子党重要人物索额图革职拘禁，意在剪除胤礽党羽。但此时的康熙皇帝并未对胤礽完全失去信心。

康熙四十七年，康熙皇帝率众至木兰围场行围，其间胤礽的行为最终导致他第一次被废。

先是皇十八子胤祄身患重病，而胤礽对此毫不理会，继而在被责后笞打随行大臣侍卫，又窥伺康熙皇帝起居之处。康熙皇帝召集众人，发布谕旨：

---

① 赵尔巽等：《清史稿》，中华书局1977年版，第9062页。
② 赵尔巽等：《清史稿》，中华书局1977年版，第9063页。

允礽不法祖德，不遵朕训，肆恶虐众，暴戾淫乱，朕包容二十年矣。乃其恶愈张，僇辱廷臣，专擅威权，鸠聚党与，窥伺朕躬起居动作。平郡王讷尔素、贝勒海善、公普奇遭其殴挞，大臣官员亦罹其毒。朕巡幸陕西、江南、浙江，未尝一事扰民。允礽与所属恣行乖戾，无所不至，遣使邀截蒙古贡使，攘进御之马，致蒙古俱不心服。朕以其赋性奢侈……皇十八子抱病，诸臣以朕年高，无不为朕忧，允礽乃亲兄，绝无友爱之意。朕加以责让，忿然发怒，每夜逼近布城，裂缝窃视。从前索额图欲谋大事，朕知而诛之，今允礽欲为复仇。朕不卜今日被鸩、明日遇害，昼夜戒慎不宁。似此不孝不仁，太祖、太宗、世祖所缔造，朕所治平之天下，断不可付此人！[1]

胤礽第一次被废，其党羽也随即被清扫。康熙皇帝虽发下谕旨强调"诸皇子中如有谋为皇太子者，即国之贼，法所不宥"[2]，但仍挡不住其中几位皇子的熏心权欲。如皇长子胤禔、皇八子胤禩，二人均因结党谋取太子位被革爵。其中胤禔是被皇三子胤祉举报其对胤礽行"魇魔法"事而被查。康熙皇帝命侍卫搜查胤禔居所，寻出魇胜物十余件。因此，康熙皇帝

---

① 赵尔巽等：《清史稿》，中华书局1977年版，第9063页。
② 赵尔巽等：《清史稿》，中华书局1977年版，第9064页。

对胤礽的看法有了一些改观。在召见胤礽之后，康熙皇帝对近臣道："朕召见胤礽，询问前事，竟有全不知者，是其诸恶皆被魔魅而然。果蒙天佑，狂疾顿除，改而为善，朕自有裁夺。"①

在《东华录》中，也记载了康熙皇帝的一番话：

> 皇太子允礽前染疯疾，朕为国家而拘禁之，后详察被人镇魇之处，将镇魇之物俱令掘去，其事乃明。今调理痊愈，始行释放。②

以今而观之，魇镇一事自是荒唐至极。康熙皇帝或基于对胤礽的感情，或因诸子夺嫡所形成的困境，终归将胤礽的"疯疾"归于"镇魇"，这是当时情况下不得已的处置方式。于是，胤礽于康熙四十八年三月初九日被复立为太子。

然而胤礽并没有利用好这次机会。复立不久，他便故态复萌，又走向了培植亲信、聚集党众的老路，并大发怨言，如发布"古今天下岂有四十年太子乎"③的言论。康熙五十年十月，康熙皇帝以"结党会饮"等罪名，将讬合齐、耿额、齐世武等人治罪，并以"不仁不孝""无耻之甚"等罪名责问胤

---

① 赵尔巽等：《清史稿》，中华书局1977年版，第9065页。

② 〔清〕蒋良骐：《东华录》，齐鲁书社2005年版，第313~314页。

③ 章开沅主编：《清通鉴·顺治朝康熙朝》，岳麓书社2000年版，第1194页。

礽，终于康熙五十一年九月三十日再度废储，胤礽又被禁锢于咸安宫中。此后虽有王掞等屡次上书建储，但均被康熙皇帝所驳斥。

雍正二年，允礽病死，其子弘晳于雍正六年进封亲王，也于乾隆四年被削爵。

（二）朱彝尊小传

朱彝尊，字锡鬯，因性癖好竹，号竹垞，又号小长芦钓鱼师、金风亭长。汉族，秀水（今浙江嘉兴）人。他生于崇祯二年八月，卒于康熙四十八年十月。

朱彝尊曾祖朱国祚为万历十一年状元，祖父朱大竞官至云南楚雄府知府，其父朱茂曙为明末邑庠廪生。清军南下时，朱彝尊的家庭与个人均饱受苦难，他曾在吴越、闽粤等地同魏耕、屈大均等组织抗清活动，直至顺治十八年魏耕等人被清廷抓获而止。次年，朱彝尊前往永嘉避祸，由此开启了长达十七年的游幕生涯。

入仕之前的朱彝尊，常自号"布衣秀水朱彝尊"，代表了他与清廷不合作的态度，如在《寂寞行》中，他写道：

> 寂寞复寂寞，四壁归来竟何托。
> 男儿不肯学干时，终当饿死填沟壑。
> 布衣甘蹈湖海滨，饥来乞食行负薪。

不然射猎南山下，犹胜长安作贵人。①

在这首诗中，朱彝尊以布衣自居，甘于贫苦、不求显达，义不仕清。

朱彝尊的游幕生涯是其志向变化的开端。康熙三年始，他曾四次进京，与纳兰性德等人订交，其间多交游应酬之作。此一时期朱彝尊也曾投诗给高士奇，此诗载于《曝书亭集》卷十中，其中有句"威凤刷其羽，歌舞乐帝心"，似指高士奇其时的地位，而"览辉千仞余，求友及遐深"②则表达了自己的求友之意。

康熙十七年，首开博学鸿词科。朱彝尊在户部侍郎严沆、吏科给事中李宗孔的推荐下得以参与其中，被授翰林院检讨。次年三月初二日，"天子行大蒐礼，次郊圻，束卷授三大学士，暨掌院学士，定其高下"③，在这次应试中，朱彝尊颇受康熙皇帝眷顾，虽有读卷官刻意贬低，但仍被康熙皇帝拔置一等。三月十九日，康熙皇帝敕谕吏部，取一等二十名、二等三十名，纂修《明史》，朱彝尊得以列名其中，并与同时以布衣入选的李因笃、潘耒、严绳孙并称四大布衣。这个时候，朱彝尊已年逾五十。

---

① 〔清〕朱彝尊：《寂寞行》，见〔清〕朱彝尊著、王利民等校点《曝书亭全集》，吉林文史出版社2009年版，第65页。

② 〔清〕朱彝尊：《古意投高舍人士奇》，见〔清〕朱彝尊著、王利民等校点《曝书亭全集》，吉林文史出版社2009年版，第157页。

③ 〔清〕朱彝尊：《徵士徐君墓志铭》，见〔清〕朱彝尊著、王利民等校点《曝书亭全集》，吉林文史出版社2009年版，第719页。

康熙二十年，朱彝尊充任日讲起居注官，并出典江南乡试。康熙二十二年，朱彝尊的身份再次发生重要变化，被召入南书房。

康熙二十三年正月间，朱彝尊因辑《瀛洲道古录》，私带抄胥入内廷抄资料，被掌院学士牛钮弹劾，"吏议当落职。天子宥之，左谪其官"①，此事因涉风雅，被当时人称为"美贬"。因其未经过科举，八股出身的翰林与博学鸿词科出身的翰林之间又有相轻之势，如博学鸿词科出身的翰林就被称为"野翰林"，故牛钮早想除之。②有人认为此次弹劾幕后之人为高士奇、徐乾学。③

朱彝尊只得搬至宣武门外海波寺街古藤书屋后，曾作《自禁垣徙居宣武门外》，中有"谁怜春梦断，犹听隔墙钟"④句，道尽他心中的不平与不甘，其中的恋恋不舍之意溢于言表。

康熙二十九年，朱彝尊得以补授原官，此时他已六十二

---

① 〔清〕朱彝尊：《〈腾笑集〉序》，见〔清〕朱彝尊著、王利民等校点《曝书亭全集》，吉林文史出版社2009年版，第452页。

② 〔清〕陈康祺《郎潜纪闻初笔》中载："词馆中以八股进身者，咸怀忌嫉，遂有野翰林之目。朱、潘两检讨，尤负盛名，宜牛钮亟思锄去也。"

③ 〔清〕李光地《榕村续语录》载高士奇与其谈论潘耒、朱彝尊事，高语："似此等，还说他是老成人，我断不饶他。"又记徐乾学事："东海彼时，但见翰林有一人考向前，或上偶奖一语，立刻便祸之，使去位。"

④ 〔清〕朱彝尊：《自禁垣徙居宣武门外》，见〔清〕朱彝尊著、王利民等校点《曝书亭全集》，吉林文史出版社2009年版，第172页。

岁。康熙三十一年正月，朱彝尊又被罢官，遂携家眷出京返回嘉兴。康熙四十四年时，朱彝尊在西湖行宫向康熙进呈《经义考》，康熙皇帝赐"研经博物"匾额。

朱彝尊于康熙四十八年十月十三日辞世，享年八十一岁。《清史稿》中写朱彝尊"生有异禀，书经目不遗"，对他的诗文成就评价尤高："当时王士祯工诗，汪琬工文，毛奇龄工考据，独彝尊兼有众长。"①

（三）高士奇小传

高士奇，字澹人，号江村、竹窗、瓶庐、藏用老人，生于顺治二年。其先世为浙江余姚人，祖父高世尚，为明邑庠生，父高一淳，明末至京师，遭兵戈阻绝，遂居于京南固安，高士奇也在固安出生。

顺治十四年，高士奇随父至杭州西溪，进入钱塘县学，因居住的地方有澹斋而得字"澹人"。十七岁时，高士奇以第二名得补杭州府学生员，二十岁时随父到达北京，不久其父病故，高士奇以卖文鬻字为生。二十三岁时，高士奇进入太学，此时他的生活依旧困顿，赖自种蔬豆以及卖文来维持生计。

康熙十年是高士奇的转折之期。是年，康熙皇帝在国子生中选拔擅写钟、王书法的人。高士奇因书法优异，得到康熙的赏识，命其缮写御览讲章，同时记名在翰林院支取俸禄。《清

---

① 赵尔巽等：《清史稿》，中华书局1977年版，第13339~13340页。

史稿》中对此有记载："工书法，以明珠荐，入内廷供奉。"①
昭梿《啸亭杂录》对此亦有记载："纳兰太傅明珠爱其才，荐
入内庭。"②可见高士奇的逆袭之路与明珠有着极大的关联。

此时的高士奇可谓一帆风顺，《清史稿》中记录了他的升
迁过程："授詹士府录事。迁内阁中书，食六品俸，赐居西安
门内。康熙十七年，圣祖降敕，以士奇书写密谕及纂辑讲章、
诗文，供奉有年，特赐表里十匹、银五百。十九年，复谕吏
部优叙，授为额外翰林院侍讲。寻补侍读，充日讲起居注官，
迁右庶子。累擢詹事府少詹事。"③此时的高士奇早已不是寒
儒，成为权势煊赫的权臣。他与徐乾学、王鸿绪等组成利益集
团，守望互助，时谣有"五方宝物归东海（徐乾学），万国金
珠贡澹人"。

高士奇的权势来源于他和康熙皇帝之间融洽的关系，这种
融洽也是高士奇刻意谋求而得的，他时刻关注着康熙皇帝的一
举一动，赵翼《檐曝杂记》中有记：

> 既居势要，家日富，则结近侍探上起居，报一事，
> 酬以金豆一颗。每入直，金豆满荷囊，日暮率倾囊而
> 出，以是宫廷事皆得闻。或觇知上方阅某书，即抽某

---

① 赵尔巽等：《清史稿》，中华书局1977年版，第10014页。

② 〔清〕昭梿：《啸亭杂录》，中华书局1980年版，第254页。

③ 赵尔巽等：《清史稿》，中华书局1977年版，第10014页。

书翻阅。偶天语垂问，辄能对大意。以是圣祖益爱赏
之。①

刻意用心是一方面，高士奇在逢迎皇帝一事上也独有心得。昭
梿《啸亭杂录》中载两事，足为代表：

> 一日，上猎中马蹶，上不怿，江村闻之，乃故以潴
> 泥污其衣，趋入侍侧。上怪问之，江村曰："臣适落马堕
> 积潴中，衣未及浣也。"上大笑曰："汝辈南人，故懦弱
> 乃尔。适朕马屡蹶，竟未堕骑也。"意乃释然。又上登
> 金山，欲题额，濡毫久之，江村乃拟"江天一览"四字
> 于掌中，趋前磨墨，微露其迹，上如其所拟书之。②

高士奇如此投机取巧，自然会获得康熙皇帝的喜爱，但高士
奇也并非只依靠此等事。以才而言，高士奇文思敏捷，能诗
文，擅书法，于考证、鉴赏、书画等无不精通。康熙皇帝是
一个好学之人，高士奇之所以能"在内供奉"，也是因康熙皇
帝"不时观书写字"，而"近侍内并无博学善书者"。高士奇
与康熙皇帝有着亦师亦友的关系。高士奇在《蓬山密记》中
记有康熙皇帝的一段话：

---

① 〔清〕赵翼：《檐曝杂记》，中华书局1982年版，第42页。
② 〔清〕昭梿：《啸亭杂录》，中华书局1980年版，第254页。

后得高士奇，始引诗文正路。高士奇夙夜勤劳，应改即改。当时见高士奇为文为诗，心中羡慕如何得到他地步也好。他常向我言："诗文各有朝代，一看便知。"朕甚疑此言。今朕逐年探讨家数，看诗文便能辨白时代，诗文亦自觉稍进，皆高士奇之功。①

在《清史稿》中也有类似记载。各种因素的结合，使高士奇在康熙皇帝心目中占有重要的位置。也因此，在康熙皇帝出外之时，高士奇一直得以随扈，他的诸多著作如《松亭行记》《扈从东巡日录》《扈从西行日录》等对此均有记载。

明珠的罢相，与高士奇有着密切的关系。《清史稿》载：

二十六年，上谒陵，于成龙在道尽发明珠、余国柱之私。驾旋，值太皇太后丧，不入宫，以成龙言问士奇，亦尽言之。上曰："何无人劾奏？"士奇对曰："人孰不畏死。"帝曰："若辈重于四辅臣乎？欲去则去之矣，有何惧？"未几，郭琇疏上，明珠、国柱遂罢相。②

---

① 〔清〕高士奇：《蓬山密记》，见李德龙、俞冰主编《历代日记丛抄》第18册，学苑出版社2006年版，第271页。

② 赵尔巽等：《清史稿》，中华书局1977年版，第10014页。

"未几"一词，显有春秋笔意。郭琇一疏如此恰逢其时，当有缘由。李光地的《榕村续语录》中对此事有记，此记载紧跟《清史稿》记高士奇与康熙皇帝对话事之后：

> 高谋之徐，徐遂草疏，令郭华野上之。刘楷、陈世安亦有疏。三稿高皆先呈皇上，请皇上改定。上曰："即此便好。"次日遂上。①

可见，明珠的罢相是在康熙皇帝主持之下，由高士奇、徐乾学合谋，由郭琇实施的有计划的行为。

康熙二十七年，山东巡抚张汧行贿事发，事涉高士奇。康熙皇帝指示"勿令滋蔓"，但高士奇也只得上疏请辞，康熙皇帝下旨"准以原官解任"，但"修书副总裁等项，著照旧管理"。②虽经此事，高士奇的圣眷依旧，按李光地所言"高、徐自落职后，声焰更炽"。③康熙二十八年，康熙皇帝南巡，高士奇又随扈前往，康熙皇帝巡幸高士奇的西溪山庄，并赐"竹窗"匾额。

---

① 〔清〕李光地：《榕村续语录》卷十四，见陈祖武点校《榕村全书》，福建人民出版社2013年版，第285页。

② 吴忠匡校订：《满汉名臣传》，黑龙江人民出版社1991年版，第1491页。

③ 〔清〕李光地：《榕村续语录》卷十四，见陈祖武点校《榕村全书》，福建人民出版社2013年版，第283页。

康熙二十八年，曾弹劾明珠的郭琇，又弹劾了高士奇。在弹劾的奏疏中，他劾高士奇与王鸿绪"表里为奸"，高士奇"日思结纳谄附大臣，揽权招事，以图分肥"；又与王鸿绪、何楷、陈元龙、王顼龄等狼狈为奸，对大小官员"居停哄骗""夤缘照顾"，不属党护的官员也要收取"平安钱"；高士奇广治房产，其中有光棍俞子易的馈赠，有的以心腹名义购买，又有缎号来寄顿贿银，并大兴土木修建花园，且在苏、松、淮、扬等地均有田宅；康熙皇帝南巡期间，王鸿绪招揽府厅各官，攫取贿赂，且"潜遗士奇"；王鸿绪、陈元龙俨然"士林之翘楚"，又"即人之所不屑为者，亦甘心为之而不以为辱"。康熙皇帝下旨："高士奇、王鸿绪、何楷、陈元龙、王顼龄俱著休致回籍。"[①]

李光地曾记此事内情，先是徐乾学草拟弹劾高士奇的疏稿，命郭琇弹劾高士奇，高士奇已事先得知，在梓宫前拉住徐乾学，质问此事，徐乾学招来郭琇与高士奇对质，郭琇并不承认，"高作且信且疑状而散"，徐乾学指示郭琇"事急矣，先发制人"，郭琇次日即上书，但"高先以将稿呈皇上"，所以"受病甚轻"。[②]

---

① 吴忠匡校订：《满汉名臣传》，黑龙江人民出版社1991年版，第1491~1492页。

② 〔清〕李光地：《榕村续语录》卷十四，见陈祖武点校《榕村全书》，福建人民出版社2013年版，第286页。

康熙三十三年，康熙命大学士在翰林官员中选长于文章、学问超卓的人，大学士王熙、张玉书揣摩圣意，又推荐徐乾学、王鸿绪、高士奇等来北京修书。高士奇依旧在南书房当值。康熙三十六年，高士奇以养母乞归，康熙帝授其为詹事府詹事，并答应了他的请求。康熙四十一年，又授高士奇为礼部侍郎，高士奇以母老为由并未赴任。康熙四十三年，康熙皇帝南巡，高士奇在淮安接驾，又随扈至杭州，继而跟随康熙皇帝返京，随后"优赉以归"。是年六月，高士奇卒于家中，康熙皇帝命加级全葬，谥号"文恪"。

作《郎潜纪闻》之陈康祺，对高士奇的一生曾有评价：

> 文恪以单门白士，徒步游长安街，遭辰遌时，平陟通显，仁皇帝数十年之矜全培护，断非他人梦寐所敢几，奈词章而外，他事无闻。其结欢内侍，纳赂疆臣，无非为身家富贵之计，依恃宽大，巧言自文，不以墨败，幸也。视世之五谏从讽，片语回天者，辟诸草木，区以别矣。①

（四）徐乾学小传

徐乾学，字原一，号健庵，江南昆山（今属江苏）人，生

---

① 〔清〕陈康祺：《郎潜纪闻初笔·二笔·三笔》，中华书局1984年出版，第534页。

于崇祯四年十一月初二日。其曾祖徐应聘，为明万历年间进士，官至太仆寺少卿。至其父辈，家道已没落。其父徐开法，字慈念，号坦斋，屡次参与科第，均未中式。其母顾氏，为顾炎武之妹。其父因得罪当地豪绅，被罗织罪名入狱，经多方打点方免一死，出狱后的徐开法远走他乡，家中生计只能依靠其母顾氏维持。

清军入关后，长江以南的明朝残余势力拥立福王，建立弘光政权，徐开法被荐为明经。顺治二年，清军南下，昆山人杀死降清的县丞阎茂才，徐乾学的母亲顾氏见城内混乱，举家迁至高巷、张浦乡间。七月，昆山陷落，徐乾学的两个舅父被杀，其外祖母终身残疾。徐开法放弃抗清的念头，回到家中闭门读书，督导诸子。

顺治三年，徐乾学补郡褚生，入苏州府学，其弟徐秉义、徐元文于次年入府学，其间多得舅父顾炎武的指导。顺治七年，徐乾学兄弟三人赴嘉兴南湖十郡大社，与吴伟业、陆圻、曹尔堪、毛奇龄、计东、朱彝尊等订交。

顺治十六年，徐乾学二弟徐元文中状元，授翰林院修撰。次年，徐乾学在顺天乡试中中举。正当他踌躇满志，准备参加会试时，江南奏销案起，此案对徐氏家族有着重大影响，刚刚中举的徐乾学被革黜，徐元文也遭到贬谪。

康熙初年，徐乾学的举人籍得以开复。康熙九年，徐乾学得中探花，被授为内弘文院编修，从此踏入了仕途。

康熙十一年，徐乾学为顺天乡试副考官。徐乾学对专治经义、屈曲以趋时好的风气深为不满，拔韩菼于遗卷之中，韩菼于会试、殿试两度夺魁，使制艺文风为之一变。纳兰性德也在本科中中举，又拜徐乾学为师，徐乾学也因此得以依附明珠。

不久，徐乾学因主持乡试时遗取汉军卷被参，降一级，一年后随即援例捐复原官，次年，又升为左春坊左赞善，并充日讲起居注官。康熙二十一年担任《明史》总裁官，二十二年迁翰林院侍讲，二十三年迁侍讲学士。

是年，徐乾学之子徐树屏及徐元文之子徐树声一同考中举人，由于此科取中的南四卷均为江浙人，湖广、江西、福建无一人中举，因此京师大哗，康熙皇帝下谕"从宽"处置，徐树屏、徐树声革去举人，徐乾学并未受到影响。

此时的徐乾学正值圣宠，为巩固地位，大量笼络人才。徐乾学居于绳匠胡同，大量士子为引起徐乾学的注意，在徐乾学入朝之时，于其经过处高声诵读诗文。《檐曝杂记》中载：

> 徐方主持风气，登高而呼，衡文者类无不从而附之。以是游其门者，无不得科第。①

因此，绳匠胡同的房租亦高出许多。不仅欲登科之士子如此，许多名儒硕学之士亦常登徐斋，徐乾学对朝政的影响可见一斑。

---

① 〔清〕赵翼：《檐曝杂记》，中华书局1982年版，第41页。

康熙二十四年初，康熙皇帝试翰林院诸人，擢徐乾学为第一，时隔不久，徐乾学便入直南书房，"充大清会典、一统志副总裁，教习庶吉士"[①]，康熙二十五年闰四月，康熙皇帝下谕：

> 学士徐乾学、张英学问淹通，文章事务著留办理，以后开列巡抚不必列名。[②]

当时学士外放，例由吏部推巡抚，康熙皇帝此谕将徐乾学与张英作为例外，由此可见康熙皇帝对徐乾学的看重。不久，徐乾学被任命为礼部侍郎，康熙二十六年又任左都御史。

徐乾学与明珠之间的矛盾也在这一时期爆发。《清史稿》载：

> 初，明珠当国，势张甚，其党布中外，乾学不能立异同。至是，明珠渐失帝眷，而乾学骤拜左都御史，即劾罢江西巡抚安世鼎，讽诸御史风闻言事，台谏多所弹劾，不避权贵。明珠竟罢相，众皆谓乾学主之。[③]

明珠罢相事，前高士奇小传中已有述及。就徐乾学而言，这是他在把握康熙皇帝意图之后的行为。徐乾学的得志，虽与明珠

---

① 赵尔巽等：《清史稿》，中华书局1977年版，第10008页。
② 《清实录·圣祖实录（二）》，中华书局1985年版，第340页。
③ 赵尔巽等：《清史稿》，中华书局1977年版，第10008页。

有关，但当他羽翼丰满之时，在康熙皇帝明示之下，自会如此。徐乾学升擢为刑部尚书，康熙二十七年又主持会试。

徐乾学与高士奇一样，也受到张汧案的影响，他上疏请辞，康熙皇帝下谕，允其原官解任，仍领修书总裁。

此时的徐乾学与高士奇之间矛盾日深。李光地《榕村续语录》载："徐又见高更亲密，利皆归高，于是又谋高。"①此在高士奇小传中已有说明。同年，徐乾学也遭到许三礼的弹劾，其谓徐乾学：

> 律身不严，为张汧所引。皇上宽仁，不加谴责，即宜引咎自退，乞命归里。又复优柔系恋，潜住长安。乘修史为名，出入禁廷，与高士奇相为表里。物议沸腾，招摇纳贿。②

许三礼的参奏中的"招摇"与"潜住"之间相互矛盾，既为"潜住"，何来"招摇"？这一点为徐乾学所乘，上疏自辨。康熙皇帝也认为许三礼所劾并无实据。许三礼再次参奏徐乾学把持乡试、会试，以及发本放债、违禁取利、广置田宅等事。李光地对此事记载尤详：

---

① 〔清〕李光地：《榕村续语录》卷十四，见陈祖武点校《榕村全书》，福建人民出版社2013年版，第288页。

② 赵尔巽等：《清史稿》，中华书局1977年版，第10009页。

许三礼先参东海，上不喜，意欲处许，而许情急，遂胪列狠款复参，东海遂不支。先时，高虽出而徐尚在京，声势益大。至此，东海不肯去，上谓高璜渭师曰："徐乾学是汝同年，胡不劝之去？"高向徐言之，徐尚不信，曰："此旨意予敢造乎？且年兄在此，予辈所愿也，何为欲令君归？"徐上本告归，上即允徐去。[①]

康熙二十九年，徐乾学离京之后，康熙皇帝赐"光焰万丈"匾额。徐乾学回到苏州，聘请顾祖禹等学者从事《大清一统志》的编撰。当年六月，徐乾学又遭到两江总督傅腊塔弹劾，苏州乡民也向有司举报徐氏强占民宅、夺人妻女、逼死人命等事，康熙皇帝对此还是有所回护，"上著不问"[②]，仅令徐元文休致。

康熙三十年，山东巡抚佛伦参徐乾学嘱托徇庇不法县官，因此徐乾学又被革去刑部尚书职。又因嘉定知县闻在上一事牵连徐乾学之子徐树敏，论罪当绞。康熙皇帝会诏戒"内外各官私怨报复"[③]，徐树敏得以脱罪。

康熙三十三年，康熙皇帝令大学士举荐"学问超卓者"，王熙、张玉书推荐徐乾学等人，诏书未至，徐乾学已去世，卒年六十三岁。

---

① 〔清〕李光地：《榕村续语录》卷十四，见陈祖武点校《榕村全书》，福建人民出版社2013年版，第287页。

② 赵尔巽等：《清史稿》，中华书局1977年版，第10010页。

③ 赵尔巽等：《清史稿》，中华书局1977年版，第10010页。

（五）余国柱小传

余国柱，字两石，湖北大治人。生于天启四年，卒于康熙三十六年。《清史稿》载其经历：

> 顺治九年进士，授兖州推官。迁行人司行人，转户部主事。康熙十五年，考授户科给事中。时方用兵，国柱屡疏言筹饷事，语多精核。二十年，擢左副都御史。旋授江宁巡抚，请设机制宽大缎匹。得旨："非常用之物，何为劳费？"当明珠用事，国柱务罔利以迎合之，及内转左都御史，迁户部尚书，汤斌继国柱抚江苏；国柱索斌献明珠金，斌不能应，由是倾之。二十六年，授武英殿大学士，益与明珠结，一时称为"余秦桧"。会上谒陵，中途召于成龙入对，成龙尽发明珠、国柱等贪私。上归询高士奇，士奇亦以状闻。及郭琇疏论劾，言者蜂起，国柱门人陈世安亦具疏纠之，颇中要害，国柱遂夺官。既出都，于江宁治第宅，营生计，复为给事中何金兰所劾，命逐之回籍。卒于家。①

在各种传记之中，余国柱的部分都极为简略。其原因也较为明确：因其行多依附于明珠，其罢职也与明珠同时。《清史稿》

---

① 赵尔巽等：《清史稿》，中华书局1977年版，第9994~9995页。

中对余国柱的介绍也依附于《明珠列传》。

所谓"屡疏言筹饷事",起于康熙十五年,靖南王耿精忠投降,康熙皇帝欲反击,平定南方叛乱之地。是年十月,余国柱上疏:

> 迩者关中底定,闽逆投诚。荡平虽可刻期,然一日未罢兵,即一日不可无粮饷。宜于浙江、江西、湖广开捐例,纳米豆、谷麦、草束,以济军需。山东、河南岁值大稔,并宜捐米,贮临河州县,支应本省兵粮,多则运解京仓。[①]

此种筹饷方式,可解康熙皇帝之急,但地域范围太广,经过部议之后,准许"湖广、江西、福建三省现任官捐加级记录,四品以下降革官捐复原职,余分别录用先用及顶带荣身"。[②]

康熙十七年五月,余国柱上疏,涉及盐税问题,提出"遇闰加银",即每逢闰月之年,增加一个月的税收。不久又上疏:"京、通二仓,岁进漕白三百余万,各监督交代时,虽有盘验无缺印结,相沿日久,未免视为具文。自后应令每十廒抽验一

---

① 吴忠匡校订:《满汉名臣传》,黑龙江人民出版社1991年版,第1601页。

② 吴忠匡校订:《满汉名臣传》,黑龙江人民出版社1991年版,第1601页。

廒，不足则照廒科算，令旧监督赔补。"这两份奏疏都被执
行。康熙十八年，余国柱又上疏，劾浙江水师提督常进功年老
耳聋，恐泄军机，常因此被罢职。康熙十九年，余国柱上疏：

> 曩者平南王尚可喜驻镇广东，颇知奉法。自逆子尚
> 之信叛后，恣意妄为，横行暴敛，虽势蹙归正，而鱼
> 肉闾阎，滋害如旧。近为属下护卫张永祥控告，其自辩
> 疏中有云："张永祥假其名色，每年私收税银一千六百
> 两。"即此可知尚之信所自收之税，当不下百万。应令
> 督抚察核归公，累民者奏明豁免；并分拨藩下官兵，或
> 驻防或随征，毋坐糜俸饷。①

余国柱的上疏，是紧跟时事的。一方面能解决康熙皇帝的问
题，另一方面又可顺应康熙皇帝之心意，既显才能，又表忠
心。然而他也有失算之时，如他在任江宁巡抚之时，曾上疏增
设机房，就被康熙皇帝驳回。又奏淮、扬二府属水退涸出地，
当征输额赋，被汤斌所阻挠。其媚上而欺下之贪酷本色尽显。

余国柱结交明珠，甘为亲信，《清史稿》中所载"索斌献
明珠金"事仅为其中一例。在与明珠的交往中，余国柱也颇
得其力。明珠曾不止一次帮助余国柱，如余国柱擢升副都御

---

① 吴忠匡校订：《满汉名臣传》，黑龙江人民出版社1991年版，第
1602页。

史时，明珠称"余国柱为人果优"①，补江宁巡抚时，明珠言"余国柱人才颇优"②。在余国柱的升迁之路上，明珠起了非常重要的作用。及至余国柱升为武英殿大学士，更与明珠一起把持朝政。《榕村续语录》载于成龙与康熙皇帝的一段对话：

> 于成龙在路上便对上发政府之私，说官已被明珠、余国柱卖完。上曰："有何证佐？"曰："但遣亲信大臣盘各省布政库银，若有不亏空者，便是臣诳言。"③

此次君臣奏对，为明珠与余国柱的失势埋下伏笔。郭琇的奏疏随即而上：

> 明珠、国柱背公营私，阁中票拟皆出明珠指麾，轻重任意。国柱承其风旨，即有舛错，同官莫敢驳正。圣明时有诘责，漫无省改。凡奉谕旨或称善，明珠则曰"由我力荐"；或称不善，明珠则曰"上意不喜，我从容挽救"；且任意附益，市恩立威，因而要结群心，挟取货贿。日奏事毕，出中左门，满、汉部院诸臣拱立以

---

① 引自《康熙起居注》，二十年五月初九日。
② 引自《康熙起居注》，二十年十二月二十四日。
③ 〔清〕李光地：《榕村续语录》卷十四，见陈祖武点校《榕村全书》，福建人民出版社2013年版，第284~285页。

待，密语移时，上意罔不宣露。部院事稍有关系者，必请命而行。明珠广结党羽，满洲则佛伦、格斯特及其族侄富拉塔、锡珠等，凡会议会推，力为把持；汉人则国柱为之囊橐，督抚藩臬员缺，国柱等展转征贿，必满欲而后止。康熙二十三年学道报满应升者，率往论价，缺皆预定。靳辅与明珠交结，初议开下河，以为当任辅，欣然欲行。及上欲别任，则以于成龙方沐上眷，举以应命，而成龙官止按察使，题奏权仍属辅，此时未有阻挠意也。及辅张大其事，与成龙议不合，乃始一力阻挠。明珠自知罪戾，对人柔颜甘语，百计款曲，而阴行鸷害，意毒谋险。最忌者言官，惟恐发其奸状，考选科道，辄与订约，章奏必使先闻。当佛伦为左都御史，见御史李兴谦屡疏称旨，吴震方颇有弹劾，即令借事排陷。明珠智术足以弥缝罪恶，又有国柱奸谋附和，负恩乱政。[①]

由此奏疏可知，余国柱之权与贪，不虚"余秦桧"之名。明珠因此罢相，余国柱也被革职。

《骨董琐记》中载一传闻，颇显余国柱平日风范：

余公罢相，仓皇出都，以节中所收蜡烛赠一亲故，

---

① 赵尔巽等：《清史稿》，中华书局1977年版，第9993~9994页。

鬻之得八百金。又有一屋新漆葫芦，云是相国夏日偶需
此以押帘旌，门下士竞献之，皆镂金错彩，积之遂满一
屋也。①

（六）陈维崧小传

陈维崧，字其年，号迦陵，宜兴（今属江苏）人。又因多
须，人号为陈髯。储欣《在路草堂文集》中有记载："其年少
清癯，冠而于思，须浸淫及颧准，天下学士大夫号为陈髯，与
字并行，由是陈髯之名满天下。"②

陈维崧生于天启五年，祖父陈于廷，官至明左都御史，是
东林党魁。父陈贞慧，为复社中坚，以气节著称，与方以智、
冒襄、侯方域合称"四公子"，名重一时。

陈维崧自幼有才名，十岁代祖父作《杨忠烈公（琏）像
赞》，十七岁时补博士弟子员。从诸父辈游，皆折辈与之交
往，引为小友。陈维崧二十岁时，明朝灭亡，他侍奉父亲，与
之交往者均是明代遗老，吴伟业更称其为"江左三凤凰"之
首。

徐乾学与陈维崧交善，《憺园全集》卷二十九《陈检讨志
铭》载：

---

① 邓之诚：《骨董琐记全编》，北京出版社1996年版，第308页。
② 〔清〕储欣：《陈检讨传》，见《清代诗文集汇编》第127卷，上海
古籍出版社2010年版，第197页。

> 君十七岁时补邑博士弟子员，后随侍赠公，栖止山
> 村野寺，绝仕进意久之。①

陈维崧三十三岁时，陈贞慧去世，此时家道已中落，陈维崧不得已离家远游。因他文名早著，各地文人皆乐与其交往。他曾在如皋冒襄的水绘庵中读书十年，冒襄对他多有教导。在《将发如皋留别冒巢民先生》一诗中，陈维崧曾记冒襄对其生活与学识的关切，如"坐我深翠房，令我习文艺"，再如冒家诸人对陈维崧的照料，对陈家修宅、墓葬等事的帮助等。②

离开如皋之后，陈维崧又周游全国，足迹遍及长江南北，与社会各个阶层的人均有交往，有名士、达官，亦不乏乡野村夫、高士逸民。他是一个素性倜傥之人，所得的馈赠随手辄尽。在写给自己妻子储氏的《赠孺人储氏行略》中，陈维崧写道：

> 然余即客游乎，跅驰于酒场笔阵间，差藉以磨耗其壮
> 心，销沉其暇日耳，仍绝不知人世间有谋生作活事也。卖

---

① 〔清〕徐乾学：《陈检讨志铭》，见陆永强著《陈维崧年谱》，中国社会科学出版社2006年版，第9页。

② 〔清〕陈维崧：《将发如皋留别冒巢民先生》，见〔清〕陈维崧著、陈振鹏标点、李学颖校补《陈维崧集》，上海古籍出版社2010年版，第562~564页。

文不售，售又直不昂，纵昂亦缘手散，不垂橐不归。①

这是陈维崧悼念妻子的文章，其中有对妻之愧，却也是陈维崧生活的实录。《国朝先正事略》中对此亦有载："性倜荡，视钱帛如土。每出游，馈遗随手尽，垂橐而归。归无资，急命质衣物供用，至无可质。辄复游，率以为常。"②

在此期间，陈维崧曾数次参加科举，但均未中第。他与朱彝尊合刻的《朱陈村词》却已流传至禁中，为康熙皇帝所赏识。康熙十八年，陈维崧五十四岁，在大学士宋德宜的举荐之下，他得以参加博学鸿词科，被列为一等，并授翰林院检讨，参与纂修《明史》。但此时其妻储氏已卒，其子又早夭，陈维崧形单影只，京师的生活也煎熬着他的内心。在《与冒辟疆书》中，他写自己"甫入樊笼，不觉神魂错莫"，在《春杪同诸子饮剌梅园古松下》写"两年缚朝衫，小心事卿相。同袍四五人，各各色惘怅"，在《送惠元龙南归》中又有"三载溷长安，蹙蹙鸟在笯"句。康熙二十一年，陈维崧病逝，时年五十七岁。

陈维崧之散文、骈文、诗、词，无一不佳。《清史稿》中

---

① 〔清〕陈维崧：《赠孺人储氏行略》，见〔清〕陈维崧著、陈振鹏标点、李学颖校补《陈维崧集》，上海古籍出版社2010年版，第1652页。

② 〔清〕李元度纂，易孟醇校点：《国朝先正事略》，岳麓书社2008年版，第1166页。

对陈维崧之才有评价：

> 时汪琬于同辈少许可者，独推维崧骈体，谓自唐
> 开、宝后无与抗矣。诗雄丽沉郁，词至千八百首之多，
> 尤前此未有也。……维崧导源庾信，泛滥于初唐四杰，
> 故气脉雄厚。①

蒋永修《陈检讨传》中载陈维崧韵事：

> 酒不任一合，引杯油然。颇解音律，尝嬖歌童云
> 郎，云亡，睹物辄悲，若不自胜者。②

然，也正如储欣所言："名士风流而不失其正。"③

（七）姜宸英小传

姜宸英，字西溟，号湛园、苇间，浙江慈溪慈城（今属宁
波）人，"江南三布衣"之一。姜宸英的高祖姜国华，曾任工
部营缮司主事、陕西布政使司右参议、广东按察使司佥事。姜

---

① 赵尔巽等：《清史稿》，中华书局1977年版，第13342页。
② 〔清〕蒋永修：《陈检讨传》，见〔清〕陈维崧著、陈振鹏标点、
李学颖校补《陈维崧集》，上海古籍出版社2010年版，第1793页。
③ 〔清〕储欣：《陈检讨传》，见《清代诗文集汇编》第127卷，上海
古籍出版社2010年版，第198页。

宸英在《先参议赠太仆公传略》中记其性情"性虽乐易，然见义奋发，不能为时俗圜转附和"。①其曾祖姜应麟，曾任户科给事中，犯颜直谏，为刚直之人。姜宸英常为其先辈之行为而自豪，这也奠定了他的性格。姜宸英祖父姜思简曾任户部司务，至其父姜晋珪时，家族已没落，只能以坐馆为生。

姜宸英十七岁时明朝就灭亡了，在很长一段时间中，他都未参加科举。约康熙元年始，姜宸英的足迹开始由浙东转向嘉兴、苏州、无锡、扬州等地，参与各地文社活动，也因此结识了诸多文人。康熙五年，姜宸英参加省试，然而并未中第。在《张使君提调陕西乡试闱政记》中，姜宸英回忆自己的科举经历：

> 予久困场屋，荐卷者六而被摘者三。丁卯试京兆，已定第二名，以言忤监临陆御史，末场诡称墨累贴之。言路愤惋，欲为伸理，复为御史巧沮中止。其人虽不久罪逐，而予之老困甚矣。②

姜宸英的不第，与其性情有很大关联。全祖望《翰林院编修湛园姜先生墓表》中载：

---

① 〔清〕姜宸英：《先参议赠太仆公传略》，见〔清〕姜宸英著、杜广学辑校《姜宸英集》，人民文学出版社2018年版，第581页。

② 〔清〕姜宸英：《张使君提调陕西乡试闱政记》，见〔清〕姜宸英著、杜广学辑校《姜宸英集》，人民文学出版社2018年版，第667页。

　　　　凡先生入闱，同考官无不急欲得先生者，顾侥得侥
失，而先生亦疏纵，累以醉后违科场格，致斥。又尝于
谢表中，用义山"点窜《尧典》《舜典》"二语，受卷
官见而问曰："是语甚粗，其有出乎？"先生曰："义山诗
未读耶？"受卷官怒，高阁其卷，不复发誉。①

姜宸英之性情由此可见一斑。

　　姜宸英的不第，也有时运的关系。《国朝先正事略》载：

　　　　会征博学鸿儒，掌院学士叶公方蔼、韩公菼约联名
荐。适叶公以宣召入禁中浃月，既出，无及矣。于是两
布衣皆入翰林，先生不豫。寻以荐纂修《明史》，食七
品俸，仍许与世。②

科举似乎成为姜宸英的执念。姜宸英虽得以纂修《明史》，并
有着七品的俸禄，但他仍然执着于科举。朱彝尊《书姜编修手
书帖子后》记：

_____

①〔清〕全祖望：《翰林院编修湛园姜先生墓表》，见〔清〕全祖望
著、朱铸禹汇校集注《全祖望集汇校集注》，上海古籍出版社2000年版，第
292页。

②〔清〕李元度纂，易孟醇校点：《国朝先正事略》，岳麓书社1991
年版，第1181页。

予尝劝其罢试乡闱，西溟怒不答也。平生不食豕，兼恶人食豕。一日，予戏语之，曰："假有人注乡贡进士榜，蒸豕一样。曰：'食之，则以淡墨书子名。'子其食之乎？"西溟笑曰："非马肝也。"①

康熙三十六年，姜宸英近七十岁之时得以中第，其中也颇具戏剧性：

康熙丁丑，年七十矣，试礼部，卷复违格。主者慕其名，为更正之，成进士。及廷对，上问："进呈十卷中，有浙人姜宸英乎？"韩公菼审公书迹，奏曰："第八卷当是。"上曰："宸英绩学能文，至老不倦，可置一甲，为天下读书人劝。"遂以第三人赐及第，授编修。②

康熙三十八年己卯，姜宸英与李蟠共同主持顺天乡试，先是榜发，中第者多为大臣子弟，于是落第士子编歌谣"老姜全

---

① 〔清〕朱彝尊：《书〈姜编修手书帖子〉后》，见〔清〕朱彝尊著、王利民等校点《曝书亭全集》，吉林文史出版社2009年版，第555页。

② 〔清〕李元度纂，易孟醇校点：《国朝先正事略》，岳麓书社1991年版，第1182~1183页。

无辣味，小李大有甜头"，后有《士子揭世文》广为流传，其中将受贿行贿之官员一一列明。孔尚任以此为题材，写《通天榜传奇》，在京师之中火爆上演。康熙三十八年十一月丁酉日，御史鹿佑上书弹劾李蟠与姜宸英。最终"蟠被劾遣戍，宸英亦连坐。事未白，卒狱中"[①]。此即著名的"己卯乡试案"。"连坐"二字，似乎也表明了姜宸英的冤屈。清代的诸多笔记中也多认为姜宸英无罪。王士禛语："某在西曹，使湛园以非罪死狱中，愧死矣。"[②]

这种举世皆认为姜宸英蒙受冤屈的情况，是与姜宸英性情有关的。《清史稿》载，姜宸英"性孝友。与人交，坦夷而不阿"[③]。《郎潜纪闻》中有《姜西溟自信可录者三事》，足显其品德：

> 吾乡姜西溟太史尝语望谿子：他日志某墓，可录者三事耳。吾始至京，明氏之子成德，延至其家，甚忠敬。一日进曰："吾父信我，不若信吾家某人，先生一与为礼，所欲无不可得者。"吾怒而斥曰："始吾以子为佳公子，今得子矣。"即日卷书装，遂与绝。昆山司寇，吾故交也，能进退天下士。平生故人，并退就弟子

① 赵尔巽等：《清史稿》，中华书局1977年版，第13360页。
② 〔清〕李元度纂，易孟醇校点：《国朝先正事略》，岳麓书社1991年版，第1183页。
③ 赵尔巽等：《清史稿》，中华书局1977年版，第13360页。

之列，独吾与为兄弟称。其子某，作楼成，饮吾以落之
曰："家君云：名此必海内第一流，故以属先生。"吾
笑曰："是东乡，可名东楼。"昆山闻而憾焉。常熟翁司
寇，亦吾故交，每爱吾文，后以攻睢州，骤迁据其位。
吾发愤为文，谓："古者辅教太子，有太傅、少傅之官，
太傅审父子君臣之道以示之，少傅奉太子以观太傅之德
性而审谕之。今詹事有正贰，即古太傅、少傅之遗。翁
君贰詹事，其正实睢州汤公，公治身当官，立朝斩然有
法度，吾知翁君必能审谕汤公之德以导太子矣。"翁见
之，长跽谢曰："某知罪矣，然愿子勿出也。"吾越日刊
布，翁用此相操尤急。[1]

（八）严绳孙小传

严绳孙，字荪友，自号藕荡渔人。时有"三布衣"一说，
为严绳孙、朱彝尊、姜宸英。又有"四布衣"说，据《郎潜纪
闻》载：

> 康熙朝创开大科，时秀水朱彝尊、无锡严绳孙、富平

---

[1] 〔清〕陈康祺：《郎潜纪闻初笔·二笔·三笔》，中华书局1984年
版，第790~791页。

李因笃、吴江潘耒，皆以白士入史馆，世称四大布衣。[①]

姜宸英因错过了博学鸿词科，并未进入"四大布衣"之中。

《清史稿》中关于严绳孙的记载较为简略：

> 严绳孙，字荪友，无锡人，明尚书一鹏孙。六岁能
> 作擘窠大书。试日，目疾作，第赋一诗，亦授检讨，
> 撰《明史·隐逸传》。典试江西，寻迁中允，假归。有
> 《秋水集》。子泓曾，亦善画工诗。[②]

此记载着重于严绳孙得中博学鸿词科以后的经历。严绳孙在参加博学鸿词科的时候，仅赋一诗。其中另有因由：

> 严绳孙方被荐，初贻书京师诸公曰："闻荐举滥及
> 贱名，某虽愚，自幼不希无妄之福，今行老矣，无论试
> 而见黜，为不知者所姗笑，即不尔，去就当何从哉？窃
> 谓尧舜在上，而欲全草泽之身，以没余齿，讵有不得，
> 惟幸加保护。"时有司奉诏敦趣，引疾不许，既抵京，
> 赴吏部自陈疾，不能应试，状至再四，终不允。御试

---

① 〔清〕陈康祺：《郎潜纪闻初笔·二笔·三笔》，中华书局1984年版，第207页。

② 赵尔巽等：《清史稿》，中华书局1977年版，第13344页。

之日，发题赋诗各一首，中允仅赋省耕诗一首而出，冀
被放也。圣主素稔其姓字，谕阁臣曰："史局不可无此
人。"仍用翰林。在职五年，尝侍宴保和殿，和圣制生
平嘉谳诗称旨，特命撤御前金盘枣脯以赐，又从容语左
右，严某好人，中外皆知。时论谓旦夕当大用，而中允
拂袖遽归。此固圣天子知人之明，爱才之笃，而难进易
退若中允，真不改布衣面目者矣。①

以布衣而论，其他人多以身份为分界，严绳孙却是以性情闻
名。当"旦夕当大用"之际，却"拂袖遽归"，其薄视功名如
此。

在朱彝尊为严绳孙所写的墓志铭中，称其性情"遇人乐
易，好和不争"②，但严绳孙也并非一直如此，在涉及他认为
重要之事时，其耿介之气也会表现出来。《郎潜纪闻》中《严
荪友恶伪道学》条载：

圣祖朝，魏蔚州、李安溪诸公，皆以湛深理学，渥
受宸眷，一时风气，遂不免以缘饰外貌，高谈性命为投

---

① 〔清〕陈康祺：《郎潜纪闻初笔·二笔·三笔》，中华书局1984年
版，第434~435页。

② 〔清〕朱彝尊：《承德郎日讲官起居注右春坊右中允兼翰林院编修
严君墓志铭》，见〔清〕朱彝尊著、王利民等校点《曝书亭全集》，吉林文
史出版社2009年版，第721页。

> 时。严荪友在翰林，极厌薄之，当于众中大声曰："吾
> 一生所见真道学，惟睢州汤潜庵先生一人。"座上莫不
> 咋舌。①

严绳孙重汤斌而薄魏象枢、李光地，其中缘由自不可知，但其
秉性中的孤冷清高之意却已显露。

　　严绳孙对仕途本不重视，正如陈康祺所记，他并不想被
举荐，入仕是不得已。在朱彝尊所写墓志铭中，有一段文
字："当君未仕，爱县西洋溪丘壑竹树之胜，思买墓田丙舍终
老。"此可为佐证。未仕即思终老之地，可见入仕也只是机缘
巧合。严绳孙的仕途颇短，回乡即"杜门不出，筑堂曰雨青草
堂，亭曰佚亭，布以窠石小梅方竹，宴坐一室以为常"，"有以
诗文图画请者，概不应，暇辄扫地焚香而已"。这与他的诗风
是相应的。朱彝尊评价他的诗风为"冲融恬易，鲜矫激之言。
慢词小令，雅而不艳"。②其行颇有隐逸之风。《国朝先正事
略》载："既入史馆，分纂《隐逸传》，容与蕴藉，盖多自道
其志行云。"③既平和恬淡，又不乏峥嵘，这是严绳孙的生

---

　　① 〔清〕陈康祺：《郎潜纪闻初笔·二笔·三笔》，中华书局1984年
版，第435页。

　　② 〔清〕朱彝尊：《承德郎日讲官起居注右春坊右中允兼翰林院编修
严君墓志铭》，见〔清〕朱彝尊著、王利民等校点《曝书亭全集》，吉林文
史出版社2009年版，第721页。

　　③ 〔清〕李元度纂，易孟醇校点：《国朝先正事略》，岳麓书社2008
年版，第1165页。

活选择与坚持。

众多记载中，都有严绳孙善画的内容。朱彝尊记录尤详：

> 山水人物，花木虫鱼，靡不曲肖，尤精画凤，翔舞
> 竦峙，五光射目，观者叹息以为古画手所无。[1]

《无锡金匮县志》亦载："工楷书小画，片纸寸缣为时珍
赏。"[2]

（九）冒襄小传

冒襄，字辟疆，号巢民，如皋人，"复社四公子"之一。

冒家为官宦世家，其高祖冒政为成化进士，官至宁夏巡
抚；其祖父冒梦龄，历任会昌、鄞都知县及宁州知府；其父冒
起宗，为崇祯元年进士，官至左良玉大军监军，山东按察司副
史。冒氏家族也有家学渊源，冒襄祖、父等皆有诗文集传世。

冒襄生于万历三十九年三月十五日，因冒襄为长孙，两岁
时就被其祖父接到会昌，十岁至鄞都。在《赠别陈泽梁兄》
中，冒襄写道："两岁涉四方，十二称文章。束发侈结交，鸿

---

① 〔清〕朱彝尊：《承德郎日讲官起居注右春坊右中允兼翰林院编修
严君墓志铭》，见〔清〕朱彝尊著、王利民等校点《曝书亭全集》，吉林文
史出版社2009年版，第721页。

② 《中国地方志集成·江苏府县志（24）》，江苏古籍出版社1991年
版，第361页。

巨竞誉扬。"①《感怀》中有："寒月惨白霜天高，苦把离骚深夜读。"②这些均是冒襄对童年读书游历生活的记忆。冒襄十四岁时，将诗稿整理为《香俪园偶存》，并请时任南京吏部尚书的董其昌为其作序。序中有："此辟疆十四岁时作，才情笔力，已是名家上乘。"③

冒襄十七岁时，补博士弟子员，二十二岁又补廪膳生员，然而其科举之路并不顺利。自崇祯三年至十二年，他四次乡试皆不中，直至三十二岁时才中应天乡试副榜，但冒襄"朝拜命而夕拂衣"，是年又辞掉漕督史可法的举荐。

冒襄参加科举的时候，正是东林党与阉党斗争最为激烈之时。东林党六君子、后七君子均被魏忠贤迫害而死。崇祯皇帝继位，虽刈除魏忠贤，但阉党势力仍在。冒襄乡试时，多次参与复社活动，并在崇祯十五年春的虎丘大会上，成为领袖之一。

在这段时间里，复社诸人与阮大铖之间争斗尤为激烈。据顾启先生考证，冒襄与阮大铖的直接冲突共三次，分别在崇祯九年、十二年、十五年，而尤以崇祯十五年为烈。④

---

① 〔清〕冒辟疆：《赠别陈泽梁兄》，见〔清〕冒辟疆著辑，万久富、丁富生主编《冒辟疆全集》，凤凰出版社2014年版，第17页。

② 〔清〕冒辟疆：《感怀》，见〔清〕冒辟疆著辑，万久富、丁富生主编《冒辟疆全集》，凤凰出版社2014年版，第28页。

③ 转引自冒广生编《冒巢民先生年谱》，如皋冒氏丛书本。

④ 顾启：《冒襄研究》，江苏文艺出版社1993年版，第15页。

韩菼在《潜孝先生冒徵君墓志铭》中对此有记载：

> 故明熹庙时，珰祸大作，黄门北寺之狱兴，诸贤相
> 继逮系笞掠死，六君子其最著也。而国是淆于上，清议
> 激于下，名流俊彦，云合风驱，惟义之归，高自题目，
> 亦如所谓顾厨俊及者。当时是，四公子之名籍甚。四公
> 子者，桐城方密之以智，阳羡陈定生贞慧，归德侯朝宗
> 方域与先生也。先生少年负盛气，才特高，尤能倾动
> 人，尝置酒桃叶渡，以会六君子诸孤。一时名士咸在，
> 酒酣以往，辄狂以悲，共訾怀宁。怀宁故奄党也，时金
> 陵歌舞诸部甲天下，而怀宁歌者为冠，歌词皆出其主
> 人，怀宁欲自结，当先生宴客，尝令歌者来，先生与客
> 令之歌，且骂且称善，怀宁闻益恨。①

明朝灭亡后，冒襄曾参与抗清，失败后，几经周折，于顺
治三年得归如皋。针对这一事件，顾启先生曾列其行动：

> 冒襄壮年时期经常来往于长江下游一带，参加"通
> 海复明"。如顺治七年、十年去扬州；十一年民族英雄
> 张煌言率数百艘战舰自崇明入京口，登金山，遥祭明孝

---

① 〔清〕韩菼：《有怀堂文稿二十二卷诗稿六卷》，清康熙四十二年
刻本。

陵，冒襄赴金陵等待；十三年到扬州、仪征；十四年夏秋郑"成功谋大举入长江"（《小腆纪年附考》），冒襄"八月九日夜卧秦淮丁氏河房"，"会上下江亡友（多为抗清被害之复社人士）子弟九十四人"（《同人集》卷六、九），而"丁氏水阁在此际实为准备接应郑延平攻取南都计划之活动中心"（陈寅恪《柳如是别传》）；十五、十六年，亡友子弟多人来水绘庵"游学"；十七、十八年冒襄又频繁去扬州活动。……

这一时期，冒襄还救助了许多抗清烈士的亲属及在南方抗清失败来如皋避难的人。①

冒襄因此成为遗民领袖，如皋水绘庵也成为文人聚集之地。刘体仁《悲咤一篇书辟疆集后》中记"士之渡江而北，渡河而南者，无不以雉皋为归"②，由此可见当时盛况。

也因如此，冒襄家族也逐渐衰败。《清史稿》载："家故有园池亭馆之胜，归益喜客，招致无虚日，家自此中落，怡然不悔也。"③其不悔者，概因多情。他对旧人子弟、同仁志士极为慷慨。如同为复社四公子的陈贞慧去世后，其子陈维崧

---

① 顾启：《冒襄研究》，江苏文艺出版社1993年版，第7页。
② 〔清〕刘体仁：《悲咤一篇书辟疆集后》，见〔清〕刘体仁撰、王秋生校点《七颂堂集》，黄山书社2014年版，第167页。
③ 赵尔巽等：《清史稿》，中华书局1977年版，第13851页。

就曾居水绘庵中读书十年，陈维崧曾记冒襄对他的帮助："我家有高门，乃是尚书第。岁久柱倾欹，风雨将不蔽。先生为葺之，庭草一以薙。我父与先生，秦淮旧兄弟。有子葬未能，腼颜类狗彘。先生为助之，墓门得以闭。"①

康熙四年时，冒襄不得不卖掉一部分祖业，至康熙二十三年，就只得移居陋巷了。

如此环境之下，冒襄仍然数度拒绝清朝政府的邀请。康熙十八年，他又拒绝博学鸿词科的举荐。徐元文也曾多次来信，但冒襄以足疾为由推脱不至。此时的冒襄多以卖字为生。在《附书邵公木世兄见寿诗后》中，冒襄写道：

> 十年来火焚刃接，惨极古今。十二世创守世业，高曾祖父墓田、丙舍豪家尽踞，以致四世一堂不能团聚，两子罄竭，并不能供犬马之养。乃鬻宅移居陋巷，独处仍手不释卷，笑傲自娱，每夜灯下写蝇头数千，朝易米酒，家生十余童子，亲教歌曲成班，供人剧饮。岁可得一二百金，谋食款客。②

---

① 〔清〕陈维崧：《将发如皋留别冒巢民先生》，见〔清〕陈维崧著、陈振鹏标点、李学颖校补《陈维崧集》，上海古籍出版社2010年版，第563页。

② 〔清〕冒襄辑：《同人集》，清康熙十二年冒氏水绘园刻本。

此文为冒襄八十岁时所作，真实地记录了冒襄的晚年生活。

康熙三十二年腊月初五日，冒襄卒，私谥"潜孝先生"。

（十）汤斌小传

汤斌，字孔伯，号荆岘，晚号潜庵，河南睢州人，生于天启七年。其始祖汤宽跟随朱元璋起兵，授广东神电卫，世袭百户。汤宽之子汤铭调中都留守，司金川门百户。汤铭之子汤庠，以功升睢阳卫前所，世袭千户，遂举家迁至睢州。其父名祖契，因汤斌故，覃恩封中宪大夫、陕西按察使司副史。

顺治九年，汤斌成为进士，被授为弘文院庶吉士，时年二十六岁。二十八岁时，汤斌被授为国史院检讨，并参与撰修《明史》。顺治十三年，汤斌三十岁时，被授为整饬潼关兵备、分巡关内道、陕西按察使司副使。顺治十六年，汤斌三十三岁时，升分守岭北道、江西布政使司参政，辖赣州、南安二府。是年，汤斌因父重病，只得以病乞休，在家照料父亲。四十岁时，汤斌听闻理学大师孙奇峰在苏门讲学，便前往受业。康熙十七年，在魏象枢、金铉的举荐下，参加了博学鸿词科，被授翰林院侍讲，参与《明史》的修撰。康熙二十年，充任日讲起居注官，并出典浙江乡试，又转为侍读。康熙二十一年，被任命为《明史》总裁官，迁左庶子。康熙二十三年，汤斌被擢升为内阁学士，又被康熙皇帝特简为江宁巡抚。逾年，被升为礼部尚书，管詹事府事。康熙二十六年，汤斌调任工部尚书，是年十月，因急病去世。

　　汤斌履任官职颇多，由地方至中央，由词臣而疆臣，职务转换频繁，然而在每一任上的表现，汤斌都堪称完美。

　　如汤斌在潼关道之时，因长期兵祸联结，号称天下雄关的潼关城中仅余三百户，又因西南战事频仍，此处作为兵道，往来清军均路过，骚扰地方，致使民不聊生。彭绍升《故中宪大夫、工部尚书汤文正公事状》载："军所过颇骄横，民多窜匿。公随方调遣，过者悉敛手就约束。于是，设保甲，行乡约，建义仓，立社学，不三年，流民复业者数千户。"[1]

　　其在江西岭北道时，《清史稿》有记载：

　　　　十六年，调江西岭北道。明将李玉廷率所部万人据雩都山寨，约降，未及期，而郑成功犯江宁。斌策玉廷必变计，夜驰至南安设守。玉廷以兵至，见有备，却走；遣将追击，获玉廷。[2]

　　在此二地任上，汤斌都有建功之举，可谓能臣。当汤斌再次出仕时，其在能臣之外又体现出刚直一面。如汤斌出典浙江乡试时，《年谱定本》中载："所取多贫士之能读书者，浙人

---

　　① 〔清〕彭绍升：《故中宪大夫、工部尚书汤文正公事状》，见〔清〕汤斌著、范哲辑校《汤斌集》，中州古籍出版社2003年版，第1739页。

　　② 赵尔巽等：《清史稿》，中华书局1977年版，第9930页。

谓孤寒吐气。"①再如他阻止总督王新命欲毁民房拓道迎康熙皇帝南巡之事，均体现出他刚直不媚上、实心任事之态度。

其时，余国柱与明珠结党，把持朝政。余国柱与汤斌先后任江宁巡抚。《清史稿》载：

> 初，余国柱为江宁巡抚，淮、扬二府被水，国柱疏言："水退，田可耕，明年当征赋。"斌遣覆勘，水未退即田，出水处犹未可耕，奏寝前议。②

汤斌本着实事求是的态度，以灾区民众为主，不顾忌余国柱的权势。实际上，汤斌在上疏中为余国柱留有余地，言前二年之水"乍消乍长"，并说"今水更甚于前"，这就使余国柱并未因此事受劾，但余国柱仍然记恨汤斌。

在汤斌之子所作《行略》中，记有汤斌与余国柱的另一次事件：

> 府君之初受事也，值蠲漕四分之一，既而请分年带征。或以为柄臣功，先后索金四十万。府君禁使勿与。属吏以民愿输告，曰："公不应，仇公必甚。"府君曰：

---

① 〔清〕汤斌著，范哲辑校：《汤斌集》，中州古籍出版社2003年版，第1769页。

② 赵尔巽等：《清史稿》，中华书局1977年版，第9930页。

"民有钱，宁不以输国赋而入私门乎？吾宁旦暮斥罢归田亩，诚不忍见若等剥民媚权贵也。"将按发穷其事，属吏磕头谢罪，良久乃已。当是时，天下争辇金钱入都，而府君属无一人往者，屡有求皆不行。[1]

在杨椿所作的《汤文正公传》中，对此事也有记载，并将柄臣直言为明珠，代其索贿者为余国柱，又记"明珠、国柱以故皆憾公"[2]。此事也为汤斌与明珠、余国柱之间的冲突埋下伏笔。

随后的于成龙与靳辅争论下河之事，以及董汉臣借天象以弹劾明珠之事，汤斌均直言，康熙最终也采纳了汤斌的意见，但这也使得汤斌与余国柱、明珠之间的仇怨加深。

杨椿在《汤文正公传》中对明珠与余国柱的后续手段记载颇详。先是余国柱要求董汉臣来攀扯汤斌，但董汉臣并不承认与汤斌有关系。继而余国柱与明珠又屡使阴谋，如"摘公去苏时示'爱民有心，救民无术'语"，诬陷汤斌诽谤；又因汤斌举荐的少詹事耿介迂谨，余国柱联络人等共同弹劾之，使汤斌被降级留用。

---

① 〔清〕汤斌著，范哲辑校：《汤斌集》，中州古籍出版社2003年版，第1733页。

② 〔清〕杨椿：《汤文正公传》，见〔清〕汤斌著、范哲辑校《汤斌集》，中州古籍出版社2003年版，第1715页。

汤斌以继母病为由，上疏请辞，但康熙皇帝并未允许。余国柱在此时造谣，《清史稿》载：

> 国柱宣扬上将隶斌旗籍，斌适扶病入朝，道路相传，闻者皆泣下。江南人客都下者，将击登闻鼓讼冤，继知无其事，乃散。[①]

余国柱与明珠对汤斌的迫害达到高潮，汤斌也由礼部尚书改任工部尚书。在余国柱与明珠正欲谋织大狱陷害汤斌之时，汤斌因急病发作去世，时年六十一岁。

汤斌虽屡任高官，但他清廉如水。《郎潜纪闻》中载：

> 汤文正赴岭北道任，雇一骡载襆被出关去，及移疾受代，衣物了无所增。……汤文正内召去苏，其夫人乘舆出，有败絮堕其舆前，老少见者为泣下。至京，贫益甚，赁居委巷，御寒只一羊裘。[②]

汤斌的公正爱民、私德谨严，均与其学识有极大关联。《清史稿》中曾有论述：

---

① 赵尔巽等：《清史稿》，中华书局1977年版，第9933页。
② 〔清〕陈康祺：《郎潜纪闻初笔·二笔·三笔》，中华书局1984年版，第471~472页。

斌既师奇逢，习宋诸儒书。尝言："滞事物以穷理，沉溺迹象，既支离而无本；离事物而致知，隳聪黜明，亦虚空而鲜实。"其教人，以为必先明义利之界，谨诚伪之关，为真经学、真道学；否则讲论、践履析为二事，世道何赖。斌笃守程、朱，亦不薄王守仁。身体力行，不尚讲论，所诣深粹。①

彭绍升论及汤斌所学与所行之间的关系时，说道：

夫其内省也密，故未尝骛于外；其自任也重，故未尝足于中；其仁于民物也诚，故其出也上孚而选下应；其服习于天德也熟，故历夷险、尽常变，洒然而不系，安然而不迁。古之所谓大人者，非公其谁与？②

雍正十一年，汤斌入贤良祠。乾隆元年，追谥"文正"。

---

① 赵尔巽等：《清史稿》，中华书局1977年版，第9933~9934页。

② 〔清〕彭绍升：《故中宪大夫、工部尚书汤文正公事状》，见周骏富辑《清代传记丛刊》107卷，台湾明文书局1985年版，第93页。

第三章 《石头记索隐》的观点生成考

　　蔡元培写作《石头记索隐》，是一个漫长的过程，跨越了蔡元培的翰林院生活时期及参加革命时期。漫长的时间，在丰富蔡元培人生经历的同时，也使他在观点上、认知上产生诸多变化，这些变化都反映在《石头记索隐》的创作之中。因此，对《石头记索隐》的观点生成进行考察，可以厘清《石头记索隐》产生的内在理路。

　　尤为重要的是，作为被批判的一种阅读与研究方式，索隐派红学本质上是阅读的呈现，是索隐者与小说的碰撞，也是小说价值的另类反映。对索隐观点的生成研究，也可触及其内里，使我们对小说传播做出反思。

第一节 《石头记索隐》的写作与出版

　　蔡元培开始读《红楼梦》的时间已不可考据。按其自述，他第一次读的古典小说，是光绪六年间借同学的一部《三国演义》。此时蔡元培尚就学于王子庄先生，因科举中禁止用"四书""五经"以外的典故与辞藻，王先生禁止学生读小说等杂书。蔡元培的"放胆阅书"，是十七岁进学以后的事了。

苗怀明先生认为，蔡元培研究《红楼梦》当始于光绪二十年，蔡元培农历九月的两篇日记可为佐证。其中初一的日记为：

> 甲戌朔　鸡鸣进城，回馆已食时矣。阅《郎潜纪闻》。[1]

初六，又有一则日记涉及此书：

> 阅《郎潜纪闻》十四卷、《燕下乡脞录》十六卷竟。鄞陈康祺钧堂著，皆取国朝人诗文集笔记之属，刺取记国闻者。[2]

《燕下乡脞录》即《郎潜纪闻二笔》，在此书中，陈康祺记载了其师徐柳泉所言索隐《红楼梦》中的内容，苗先生以此来断定蔡元培研究《红楼梦》以此时为开端是有依据的。

蔡元培的日记始于1894年的农历六月，此时，他以二甲庶

---

[1] 王世儒编：《蔡元培日记》，北京大学出版社2010年版，第20页。
[2] 王世儒编：《蔡元培日记》，北京大学出版社2010年版，第20页。

吉士被授为翰林院编修，生活中以读书与交友为主，日记也多记载读书书目。这两条日记足以证明蔡元培至迟在此时接触到了《红楼梦》索隐类研究。初六的日记中记载蔡元培读《南史·何偃传》《何允传》《张绪传》《张瓌传》等，又读《郎潜纪闻初笔》十四卷、《郎潜纪闻二笔》十六卷，可见蔡元培并非专门阅读《红楼梦》索隐内容。

另，徐柳泉所言《红楼梦》索隐内容，为"明珠家事说"之一种。此条条目为《姜西溟典试获咎之冤》：

> 小说《红楼梦》一书，即记故相明珠家事。金钗十二，皆纳兰侍御所奉为上客者也。宝钗影高澹人；妙玉即影西溟先生，妙为少女，姜亦妇人之美称，如玉如英，义可通假。妙玉以看经入园，犹先生以借观藏书，就馆相府。以妙玉之孤洁，而横罹盗窟，并被以丧身失节之名。以先生之贞廉，而瘐死园扉，并加以嗜利受赇之谤。作者盖沉痛之也。①

陈康祺也明言其书是为了"网罗掌故"，并非因为《红楼梦》本身。陈康祺之所以将此条内容录入，只是因为在当时的传闻中，《红楼梦》的创作是为姜宸英鸣不平。正如蔡元培日记所

---

① 〔清〕陈康祺：《郎潜纪闻初笔·二笔·三笔》，中华书局1984年版，第404页。

言，《郎潜纪闻》为"皆取国朝人诗文集笔记之属，刺取记国闻者"。这又与蔡元培读书的兴趣密切相关，如他在1935年所写的《我的读书经验》中写读书的目的："我的读书，本来抱一种利己主义，就是书里面的短处，我不大去搜寻他，我止注意于我所认为有用的或可爱的材料。"①正因此种癖好，《郎潜纪闻》才会进入他的视野。

所以，最大的可能是蔡元培因读《郎潜纪闻》，受到"明珠家事说"的影响，并不是为研究《红楼梦》才去阅读《郎潜纪闻》，但《石头记索隐》中关于薛宝钗与高江村、妙玉与姜宸英之间的影射关系，与徐柳泉一脉相承。蔡元培亦自承"阐证本事，以《郎潜纪闻》所述徐柳泉之说为最合"②。蔡元培在1919年所写的《传略》中，也提及此事，道："孑民深信徐时栋君所谓《石头记》中十二金钗，皆明珠食客之说。随时考检，颇有所得。"③这其中的源流是非常清晰的。

1896年农历六月十七日，蔡元培的一则日记与《红楼梦》有直接关联：

---

① 蔡元培：《我的读书经验》，见蔡元培著、文明国编《蔡元培自述》，人民日报出版社2011年版，第208页。

② 蔡元培：《石头记索隐》，上海书店出版社2008年出版，第7页。

③ 蔡元培：《传略》，见蔡元培著、文明国编《蔡元培自述》，人民日报出版社2011年版，第135页。

十有七日辛巳　晴。《郎潜笔记》述徐柳泉（时
栋）说《红楼梦》小说，十二金钗，皆明太傅食客：妙
玉即姜湛园，宝钗即高澹人。以是推之，黛玉当是竹
垞。所谓西方灵河岸上，谓浙西秀水。绛珠草，朱也。
盐政林如海，以海盐记之。潇湘馆影竹垞还泪指诗。
史湘云是陈其年，其年前身是善卷山房诵经猿，故第
四十九回有孙行者来了之谑。第五十回所制灯谜，是耍
的猴儿。宝琴是吴汉槎，槎尝谪宁古塔，故宝琴有从小
儿所走过地方的古迹不少，又称见过真国女孩子，三春
疑指徐氏昆弟，春者东海也，刘姥姥当是沈归愚。

《随园诗话》卷二：曹练〔栋〕亭为江宁织造，其
子雪芹撰《红楼梦》，备记风月繁华之盛。某书记张船
山语，谓《红楼梦》八十回以后，其友高兰墅所补。[①]

这是蔡元培对《红楼梦》研究之后的结论。所谓"以是推
之"，是将徐柳泉所言内容作为基础，其中有两重含义：其
一，从内容上说，"金陵十二钗"皆影明珠食客；其二，从方
法上说，徐柳泉论证妙玉影姜宸英的附会方法，为蔡元培所
接受。

"金陵十二钗"皆明珠食客，这就规定了影射的范围；徐
柳泉论证妙玉影射姜宸英的方法，恰是后期蔡元培所整理的三

---

① 王世儒编：《蔡元培日记》，北京大学出版社2010年出版，第43页。

法。在《石头记索隐第六版自序》中，蔡元培为说明自己所作索隐的严谨与审慎，总结出自己的索隐三法："一、品性相类者；二、轶事有征者；三、姓名相关者。"①如"妙为少女，姜亦妇人之美称"，为姓名相关者；"妙玉以看经入园，犹先生以借观藏书，就馆相府"，为轶事有征者；"以妙玉之孤洁，而横罹盗窟，并被以丧身失节之名"与"以先生之贞廉，而瘐死园扉，并加以嗜利受赇之谤"，则是品性相类者与轶事有征者之综合。蔡元培确定林黛玉影射朱彝尊，以第二、三法求之；史湘云影射陈其年、薛宝琴影射吴汉槎，大多以三法之一求之；三春影射昆山三徐、刘姥姥影射沈归愚，蔡元培则并未论证。

在此时，蔡元培所作的《红楼梦》札记，与清代笔记中的索隐内容极为类似，并未显示出什么特殊之处。日记中对曹雪芹、高鹗资料的摘录，说明此时的蔡元培对《红楼梦》已经产生了浓厚的兴趣。

1896年的农历九月四日，蔡元培读到了张新之评《红楼梦》。日记中记载：

　　　　闲人评红楼，可谓一时无两觉。王雪香、姚某伯诸

---

① 蔡元培：《石头记索隐第六版自序》，见蔡元培著《石头记索隐》，上海书店出版社2008年版，第1页。

人所缀，皆呓语矣。①

此与《石头记索隐》中对《红楼梦》阅读层级的论述相合。这条日记可证此观点的产成时间。

时隔两年，蔡元培对于《红楼梦》的研究有了较大的进展。在1898年农历七月二十七日的日记中，他写道：

> 余喜观小说，以其多关人心风俗，足补正史之隙，其佳者往往言内意外，寄托遥深，读诗逆志，寻味无穷。前曾刺康熙朝士轶事，疏证《石头记》，十得四五。近又有所闻，杂志左（下）方，用资印证。固知唐丧笔札，庶亦贤于博弈：
>
> 林黛玉（朱竹垞）薛宝钗（高澹人）宝琴（冒辟疆）
>
> 妙玉（姜湛园）王熙凤（余国柱）李纨（汤文正）
>
> 探春（徐澹园）惜春（严藕舲）元春
>
> 史湘云（陈其年）贾母（明太傅）迎春
>
> 宝玉（纳兰容若）刘老老（安三）秋菱
>
> 右（上）《石头记》②

此条日记内容较多，较之前观点已有了许多变化。如增加了贾

---

① 王世儒编：《蔡元培日记》，北京大学出版社2010年版，第50页。
② 王世儒编：《蔡元培日记》，北京大学出版社2010年版，第94页。

母、宝玉、王熙凤、李纨等人的影射对象，将探春的影射对象明确为徐乾学，惜春影射对象更改为严绳孙，宝琴影射对象更改为冒辟疆，刘姥姥更改为影射颇受明珠信任的家仆安三，也即纳兰性德与姜宸英所言的"不若信吾家某人"中的"某人"。这种更改，也说明了蔡元培的审慎。蔡元培阅读《红楼梦》的方法并未改变，但是对于小说所隐本事内容，则是在不断修正的。这则日记中所记载的影射对象，与《石头记索隐》中的记载也有很多不同之处。至于元春、迎春、秋菱等，因其未标明，不宜妄加揣度。

在蔡元培1899年至1916年之间的日记中，或因缺失，或因未记，这种直接与《石头记索隐》内容有关的记载再未出现，也缺少其他佐证材料，这就使我们难以考察蔡元培写作的进程。但是，我们仍可从其日记中去考察《石头记索隐》的写作模式。

从时间角度来看，蔡元培写作《石头记索隐》是一个长期的过程。在《石头记索隐》中，蔡元培对此有明确表述："左之札记，专以阐证本事，于所不知则阙之。"[1]如此来看，《石头记索隐》是札记的综合，或者说，《石头记索隐》是蔡元培在过往读书札记的基础上整理而来。

蔡元培的日记也证明了此点。在《石头记索隐》出版以后，蔡元培仍然在做《红楼梦》的研究，这种研究方式，应该

---

① 蔡元培：《石头记索隐》，上海书店出版社2008年版，第7页。

是《石头记索隐》出版之前的研究方式的延续。如蔡元培1917年7月29日的日记中，就有关于《红楼梦》的内容：

> 二十九日　早车来京。梅殿华邀晚餐，辞之。陶沛山、王叔海、黄季刚、虞叔昭、陆树棠来。为叔昭致高子益函。
>
> 《清朝野史大观》第九卷八十五页，官僚雅集杯姓名，康熙朝士有"官僚雅集杯"，盖其时士人互相招邀。杯以白金为之，分别大小，如沓杯式，白质黑章，外界乌丝花草，内镌诸公姓氏、里居，旁镌官僚雅集四字，以量之大小为次，首汤斌，字潜庵，河南睢州人……次耿介，字逸庵，河南登封人……次张英，字敦复，安徽桐城人……次王士祯，字阮亭，山东新城人。皆一时同官坊局讲读者。
>
> 《石头记》四十回："刘老老道，有木头的杯取个来……凤姐儿笑道……这木头可比不得瓷的，他都是一套，定要吃遍一套方使的。刘老老听了心下战栗道……金杯银杯倒都也见过，从没见有木头杯的……鸳鸯笑道……不如把我们那里的黄杨根子整刓的十个大套杯来……刘老老……惊的是一连一个挨次大小分下来……喜的是雕镂奇绝，一色山水树木人物并有草字以及图印……王夫人道……只吃这头一杯罢……刘老老道……我还是小杯吃罢，把这大杯收着……鸳鸯无法，只得命

人满斟了一大杯，刘老老两手捧着呷。"即指官僚雅集杯也。

《大观》九卷二十六页，计东云、陈其年性情各异。计改亭东云：予与陈其年同读书于宋司业德宜家，其年居西舍，予东舍，灯火相照。予不能夜坐，而喜早起。其年吟咏必至夜分，而起每迟。其年好为惊艳绝丽之文，予嗜苍凉古质之作。两人性不相易，然至相契。

《石头记》中，有宝玉晨赴黛玉处，黛玉与湘云未起事。又有说湘云喜说话，夜分不睡事。又十卷三十叶，鸿博主试之被嘲。鸿博科之初开，以议修明史始，自高等者授官过优，外间遂有野翰林之目，此举主试为宝坻杜文端、高阳李文勤、益都冯文毅、昆山叶文敏四公，有以诗讽之者云云。

《石头记》贾母称史太君，大观园为山子野所构造，又林四娘疑即指主司四人，林者翰林也。又或为四布衣、朱竹垞等。林四娘，秦良玉也。其夫曰恒王。恒字之右为亘，即宣字，良玉之夫为石柱宣抚使也。良与娘同音，林即林黛玉之林，以其名字有玉字也。[①]

这种论证方式与《石头记索隐》中本事附会部分一脉相承，正是《石头记索隐》出版之时所谓"阙之"之遗事。此种记录还

---

① 王世儒编：《蔡元培日记》，北京大学出版社2010年版，第242页。

有不少，如1918年1月26日、9月29日的日记中均有补遗，但在《石头记索隐》的后续出版中，蔡元培并未将这些内容补入。此或为《石头记索隐》未成型的样貌。尤应注意的是，这种札记性质，足以证明《红楼梦索隐》中的内容并非特意搜集而成，而是伴随着蔡元培的读书过程而生。在形成了一种固定认知（如"金陵十二钗"影射"明珠食客"的看法）之后，蔡元培在阅读中遇到与此相关的内容，则会记于札记之中。这也可以《石头记索隐》的体例作为佐证：在《石头记索隐》中，蔡元培对于不同人物的影射对象的阐述，有着明确的分界，且同一人物的影射阐释中，也运用了不同的材料，如关于薛宝钗影高江村的论述中，蔡元培就曾列举《啸亭杂录》《檐曝杂记》《诗钞小传》《塞北小钞》《汉名臣传》《东华录》等诸多书籍之中的内容。故其积累阶段，是以阅读为指导的。

在1914年10月2日的《致蒋维乔函》中，蔡元培提及《石头记索隐》："弟现在着手于《红楼梦疏证》，写定即寄奉。"[①]应从此时起，蔡元培才开始对这些札记进行综合整理。在《自写年谱》中，蔡元培记有：

> 我在留德、留法时期，尝抽空编书，所编如《中国伦理学史》《哲学概说（论）》等，均售稿于商务印书

---

① 蔡元培：《致蒋维乔函》，见高平叔编《蔡元培全集》第10卷，中华书局1984年版，第226页。

馆。惟《石头记索隐》，用租赁版权办法。①

这两条记载，可以证明《石头记索隐》大致成型的时间。

这里，尤应注意"疏证"二字。疏证应是蔡元培自认为做《红楼梦》研究的方法。疏证本为古书注解的一种方式，是对注解的注解，意为疏通与考证，其体例是汇集资料，对古书注释或原文加以辨析、考证。故而在蔡元培的认知中，他所作的对本事的追索是文本的考据。他在《石头记索隐第六版自序》中，对此有明确的阐释：

> 惟吾人与文学书最密切之接触，本不在作者之生平，而在其著作。著作之内容，既胡先生所谓之"情节"者，决非无考证之价值。……然则考证情节，岂能概目为附会而排斥之？②

以此"考证"而观"疏证"之名，是十分契合的。蔡元培本为严谨博学之人，又自旧学之中走出，对书名自当考究。

在1915年农历四月二十七日的《复蒋维乔函》中，蔡元

---

① 蔡元培：《自写年谱》，见蔡元培著、文明国编《蔡元培自述》，人民日报出版社2011年版，第75页。

② 蔡元培：《石头记索隐第六版自序》，见蔡元培著《石头记索隐》，上海书店出版社2008年版，第2~4页。

培写道:"《石头记索隐》本未成之作,故不免有戛然而止之状。加一结束语,则阅者不至疑杂志所载为未完,其善。特于别纸写一条,以备登入。"①1916年蔡元培应《小说月报》要求整理旧稿,将《石头记索隐》分为六期发表。蔡元培所言结束语,为《石头记索隐》最末一段:

> 右所证明,虽不及百之一二,然《石头记》之为政治小说,决非牵强傅会,已可概见。触类旁通,以意逆志,一切怡红快绿之文、春恨秋悲之迹,皆作二百年前之"因话录""旧闻记"读可也。②

此段内容,显系回应《石头记索隐》开篇所提的"民族主义""政治小说"等内容,从而在整体上使《石头记索隐》具有了完本的样貌。但事实上,《石头记索隐》整体结构上仍有脱节之嫌。如其"政治小说"等论,并未与对人与事的比附相融合,以致苗怀明先生有"从全书内容来看,蔡元培重点在利用作品中的人物、故事来索隐历史人物,对反清排满思想并未着笔,读者也难以产生这样的印象"③的阅读体验,此亦可证

---

① 蔡元培:《复蒋维乔函》,见高平叔编《蔡元培全集》第10卷,中华书局1984年版,第241页。

② 蔡元培:《石头记索隐》,上海书店出版社2008年版,第49页。

③ 苗怀明:《最是平生会心事——蔡元培和他的〈石头记索隐〉》,载《曹雪芹研究》2017年第4期。

《石头记索隐》为札记整理而来的结论。正因如此，"政治小说""民族主义"等才会与本事附会脱节。

《红楼梦疏证》更名为《石头记索隐》，或与蔡元培对整部书稿有较大的改动有关。从《石头记索隐》的初始面貌为本事"疏证"的札记来看，"民族主义"与"政治小说"的提出，是在这种札记基础上的升华，是针对整部《红楼梦》义理的认知。这也使得整部书稿脱离了"疏证"的性质，以"索隐"名之则颇为合适。索隐者，"探赜索隐，钩深致远"①，"政治小说"等正可谓"钩深致远"之论。

1917年时，《石头记索隐》由商务印书馆印为单行本，后附孟森《董小宛考》。其中缘由，在张元济1916年11月22日致蔡元培的信件中有记载：

> 兄前撰《红楼梦疏证》，奉示拟再加修饰，自为发行。前谷兄曾经谈及，并未有·定办法。现在上海同业发行《红楼梦索隐》一种，若大著此时不即出版，恐将来销路必为所占，且驾既回国，料亦未必再有余闲加以润饰，似不如即时出版为便。敝见著作权仍为尊有，照租赁著作权章程（附呈一分），版税照定价十分之一，似比自印自售较为简净，未知尊意以为何如？再如蒙俯允，拟将孟莼荪所著《董小宛考》附入后幅，此项定价

---

① 杨天才、张善文译注：《周易》，中华书局2011年版，第598页。

可以除去计算。敬祈裁核示复，以便遵办。①

在张元济的建议之下，《石头记索隐》以租赁版权的方式得以发行。而所附《董小宛考》，是为了针对王梦阮、沈瓶庵《红楼梦索隐》中的"顺治与董小宛"说。至此时，索隐派红学之中影响力最大的《石头记索隐》得以发行并广泛传播。

第二节　蔡元培的小说观与《石头记索隐》的写作

蔡元培的小说观有一个形成的过程，此过程应该与他阅读《红楼梦》有着诸多关联。

在1898年农历七月二十七日的日记中，蔡元培明确道出其喜读小说的原因在于小说"多关人心风俗，足补正史之隙，其佳者往往言内意外，寄托遥深"。通过"读诗逆志"之法，产生"寻味无穷"的阅读体验，其追寻的是小说中的"意外"之言，蔡元培认为这是符合小说作者的创作预期的。而"言内意外，寄托遥深"，则成为蔡元培评判小说优劣的标准。

在1899年农历六月十二日的日记中，蔡元培将《茶花女遗

---

① 张元济：《致蔡元培函》，见《张元济全集》第3卷，商务印书馆2007年版，第460页。

事》与《红楼梦》进行比较：

> 点勘巴黎《茶花女遗事》译本，深入无浅语，幽矫
> 刻挚，中国小说者，惟《红楼梦》有此境耳。[①]

蔡元培将中西小说进行比较，显示出他广泛的学术视野，这也
涉及蔡元培评价小说的两个方面：深入无浅语与幽矫刻挚。深
入无浅语，是指对社会的认知程度在小说文本中的反映；刻挚
为真挚恳切，指作者创作的态度，"幽矫"二字尤应重视，
其与隐含之真事有关。所谓"幽"者，隐也；"矫"者，假托
也。假托于小说，隐藏有本事，这与言内意外、寄托遥深是一
致的。

在1901年写成的《学堂教科论》中，蔡元培写道：

> 小说者，民史之流也。群学家曰：前史体例，其于
> 事变也，志其然而不志其所以然，且于君公帝王之事，
> 虽小而必书；于民生风俗之端，虽大而不载；于一群强
> 弱盛衰之数，终无可稽。我国史记，自太史公以外，皆
> 此类耳。近世乃有小说，虽多寓言，颇详民俗，而文理
> 浅近，尤有语言文字合一之趣。若能祛猥亵怪诞之弊，

---

① 王世儒编：《蔡元培日记》，北京大学出版社2010年版，第112页。

而纬以正大确实之义，则善矣。①

蔡元培明确了小说的本质，即"民史"。民史一说，与中国古代小说的最初形态相关联。《汉书·艺文志》中言及小说家时道：

> 小说家者流，盖出于稗官。街谈巷语，道听途说者之所造也。孔子曰："虽小道，必有可观者焉，致远恐泥，是以君子弗为也。"然亦弗灭也。闾里小知者之所及，亦使缀而不忘。如或一言可采，此亦刍荛狂夫之议也。②

所谓稗官，颜师古注为"小官"，其作用为"王者欲知闾巷风俗，故立稗官使称说之"③。这就确定了小说出现的最初原因是为了体现风俗，又因多为"道听途说"，纵有可采，也仅是"刍荛狂夫之议"，小说也就此被冠上"小道"的头衔。但蔡元培是重视小说的，他对小说的理解来源于《汉书·艺文

---

① 蔡元培：《学堂教科论》，见高平叔编《蔡元培全集》第1卷，中华书局1984年版，第145页。

② 〔东汉〕班固撰，〔唐〕颜师古注：《汉书》，中华书局1962年版，第1745页。

③ 〔东汉〕班固撰，〔唐〕颜师古注：《汉书》，中华书局1962年版，第1745页。

志》，如他将小说视为"稗官野史"，他也重视小说之中所展现出来的民俗，这与"闾巷风俗"一致，即小说的最初功用。又因史书"志其然而不志其所以然，且于君公帝王之事，虽小而必书；于民生风俗之端，虽大而不载"的缺陷，小说也就具有了"补正史之阙"的作用。其所言近世小说之弊病，以及"纬以正大确实之意"，亦属对小说的评价，认为好的小说应该有大的题旨。

1935年，蔡元培在《追悼曾孟朴先生》一文中，写了他对一干小说的阅读体验：

> 我是最喜欢索隐的人，曾发表过《石头记索隐》一小册。但我所用心的，并不只《石头记》，如旧小说《儿女英雄传》《品花宝鉴》，以至于最近出版的《轰天雷》《海上花列传》等，都是因为有影事在后面，所以读起来有趣一点。《孽海花》出版后，觉得最配我的胃口了，他不但影射的人物与轶事的多，为以前小说所没有，就是可疑的故事，可笑的迷信，也都根据当时一种传说，并非作者捏造的。加以书中的人物，半是我所见过的；书中的事实，大半是我所习闻的，所以读起来更有趣。①

---

① 蔡元培：《追悼曾孟朴先生》，见高平叔编《蔡元培全集》第6卷，中华书局1984年出版，第565页。

蔡元培对《孽海花》的喜爱，源自其影射的人物与轶事，以及其对时代风俗的反映，又因这些内容是蔡元培所"习闻"的，也就更容易令蔡元培产生共鸣。

结合上文论述，我们大致可以明白，蔡元培对小说评价标准的认识是有一个过程的：他最初认识到小说是需要有言外之意的，要能够反映风俗、补史之隙，最终却落到小说要有"正大确实之意"。这就为蔡元培的"索隐"奠定了基础，而"索隐"的指向也就有了两个层面：一为本事，一为"正大确实之意"。前者是对作者"幽矫"本事的发掘，而后者是对作者"幽矫"本事的目的阐发。前者为本事附会，后者为小说的意义阐发。

之所以如此，还要从蔡元培治学的倾向来理解。蔡元培在《传略》中，曾提及自己治学的偏好：

> 孑民之治经，偏于故训及大义。其治史，则偏于儒林、文苑诸传、艺文志，以及其他关系文化、风俗之记载，不能为战史、经济史及地理、官职之考据。盖其尚推想而拙于记忆，性近于学术而不宜于政治。①

---

① 蔡元培：《传略》，见蔡元培著、文明国编《蔡元培自述》，人民日报出版社2011年版，第124页。

他的治学倾向决定了《石头记索隐》中的影射人物多为文人，又因对"大义"的追求，使得成稿《石头记索隐》由本事探索转及对意义的阐发。但至少到1898年，这种转变尚未发生。其研究《红楼梦》的目的正如日记中所写的"唐丧笔札"。蔡元培这一阶段关于《红楼梦》的研究，仍是基于其个人的喜好，处于游戏笔墨的状态。蔡元培所作的仍然是本事层面的索隐，对于"正大确实之意"并未有阐发。"民族主义"的引入，生成"政治小说"的判断，这在蔡元培《石头记索隐》的创作过程中，当属于其生成"正大确实之意"的评价标准之时，或这种评价标准本就由研究《红楼梦》而产生。

在《石头记索隐》中，蔡元培开篇即道《红楼梦》是政治小说，作者所持为"民族主义"，书中的本事是"吊明之亡，揭清之失"[1]的，而这也正是蔡元培理解的《红楼梦》的"正大确实之意"。

首先要论及的是"民族主义"。《石头记索隐》中曾提及《乘光舍笔记》：

> 近人《乘光舍笔记》谓"书中女人皆指汉人，男人皆指满人，以宝玉曾云男人是土做的，女人是水做的也"，尤与鄙见相合。[2]

---

① 蔡元培：《石头记索隐》，上海书店出版社2008年版，第6页。
② 蔡元培：《石头记索隐》，上海书店出版社2008年版，第7页。

或有学者认为蔡元培有关于民族主义的论述来源于《乘光舍笔记》，但这种可能性较小。理由如下。

第一，在《蔡元培日记》中，未曾出现过《乘光舍笔记》的阅读记录。此或与1914、1915、1916三年日记缺失有关，但这至少说明蔡元培在早期写作《石头记索隐》的过程中并未读到此书。

第二，蔡元培对《乘光舍笔记》作者的称呼是"近人"，这说明蔡元培并不知道该书作者是谁，也说明他并未读过这本书的原书。1915年广益书局出版石溪散人编《红楼梦名家题咏》，其中收入《乘光舍笔记》，《乘光舍笔记》也因此得以传播，这时其作者为谁已不可知，此或是蔡元培称之为"近人"的原因。

第三，蔡元培措辞为"尤与鄙见相合"，而非受其影响，即蔡元培已生成《红楼梦》作者"持民族主义甚挚"的观点，并在《乘光舍笔记》中得以印证此观点。蔡元培在《石头记索隐》中会将自己的观点来源述说清楚，如对于徐柳泉的观点的引用，以及对于刘姥姥影汤斌这一观点来源于合肥蒯君若木的记载。

所以，蔡元培的观点与《乘光舍笔记》中的观点，应是学术研究上的共识，而非由《乘光舍笔记》所引发。故而我们不能以蔡元培可能阅读到《乘光舍笔记》的时间，作为蔡元培生成"民族主义""政治小说"等观点的时间，而应该以其自身产生了"民族主义"的思考的时间来作为参考。

有学者认为，蔡元培写作《石头记索隐》的目的，在于宣扬"民族主义"。冉利华、陈荣阳等学者对此均有反思。如冉利华先生以蔡元培的民族观作为基点，来反观"宣扬民族主义"这一观点的内在错位；[①]陈荣阳先生认为《石头记索隐》出版时期已是1917年，当时"排满"口号已功成身退，"五族共和"才是主流。[②]两位学者从蔡元培的创作与出版两个角度，来分析蔡元培写作及出版《石头记索隐》与"民族主义"并无多大关联，其论述是可信的。

然而，《石头记索隐》毕竟是将《红楼梦》确定为与"民族主义"有关的小说。蔡元培关于"民族主义"的阐发，集中于1903年所作的《释"仇满"》。其时，蔡元培在身份上也完成了由翰林向革命者的转变，在思想上自然与1896年初记《红楼梦》之时有了极大的变化。正如鲁迅先生所言，"革命家看见排满"，不同的人读相同的作品，也会产生不同的认知。当"民族主义"进入蔡元培的视野之中时，《红楼梦》的写实性也就有了相应的体现，这正是读者与小说之间的互动。

"百日维新"之后，满汉之间的矛盾日益尖锐。怎样对待满族？尖锐者如邹容，平和者如蔡元培，都曾参与讨论。蔡

---

① 冉利华：《创造国语的文学——蔡元培创作〈石头记索隐〉动机新探》，载《文化与诗学》2010年第1期。

② 陈荣阳：《文人蔡元培的心史：〈石头记索隐〉新谈》，载《红楼梦学刊》2015年第2辑。

元培虽平和，但心中仍持有"民族主义"的政见，只是他所仇视的，并非民族学意义上的满族，而是政治上享有特权，且腐败、没落，阻碍历史发展进程的特权阶级。蔡元培是承认满汉之间存在分界的，这与蔡元培的生活经历以及部分史实有关。在《释"仇满"》一文中，蔡元培曾提及"道、咸之间刻文集者，尚时存仇满洲之微文"①，这反映出历史上汉族文人中"仇满"心态的延续，又因在蔡元培所附会的本事中，牵扯诸多遗民及顺康时期文人，故而蔡元培才会推断《红楼梦》的作者持"民族主义"，其所推断出来的作者的"民族主义"，自可与蔡元培自身所持"民族主义"有所区别。由"民族主义"至"政治小说"，这对蔡元培而言是必然的。

1898年，梁启超在《译印政治小说序》中提出"政治小说"的概念，引发了学者对小说之社会功用的思考。虽然"政治小说"的提出本是对小说创作而言的，蔡元培也曾响应这一倡导，于1904年写过白话小说《新年梦》作为自己政治主张的表达，但这并未局限学者们的发挥，"政治小说"也很快被应用到古典小说的研究之中。喜言政治小说本是一种时代的风尚，这种风尚也会对蔡元培产生影响。

曾主持《苏报》并与蔡元培有密切交往的陈范，后改名为陈蜕，他在《列石头记于子部说》中写道：

---

① 蔡元培：《释"仇满"》，见高平叔编《蔡元培全集》第1卷，中华书局1984年版，第172页。

> 《石头记》一书，虽为小说，然其涵义，乃具有大
> 政治家、大哲学家、大理想家之学说，而合于大同之
> 旨。谓为东方《民约论》，犹未知卢梭能无愧色否也。
> 其意多借宝玉行为谈论而见，而喻以补天石，谓非此则
> 世不治也；胎中带来，谓非此则人性不灵也。[①]

在陈蜕看来，《红楼梦》一书足以与诸子经典相并列，蕴含
"大同之旨"，有治国之主张。在《梦雨楼石头记总评》总评
中，陈蜕又提出《红楼梦》是"社会平等书"的看法，认为它
是主张"男女平等"的书。陈蜕的结论来自于索隐派红学的
方法，如认为"十二女伶喻脏腑"，秦可卿为"镜光"，史湘
云为"水光"，作者对声光化电之学、佛理、生理学等诸学无
所不知，等等[②]。

另有一种解读方式，涉及小说的社会应用。孙宝瑄在1901
年7月27日的日记中记载其与吴宝初、章太炎等人小聚时的一
段趣谈：

---

① 陈蜕：《列石头记于子部说》，见一粟编《红楼梦资料汇编》，中
华书局1964年版，第269页。

② 陈蜕：《梦雨楼石头记总评》，见一粟编《红楼梦资料汇编》，中
华书局1964年版，第270~271页。

枚叔辈戏以《石头》人名比拟当世人物，谓那拉，贾母；在田，宝玉；康有为，林黛玉；梁启超，紫鹃；荣禄、张之洞，王凤姐；钱恂，平儿；樊增祥、梁鼎芬，袭人；汪穰卿，刘老老；张百熙，史湘云；赵舒翘，赵姨娘；刘坤一，贾政；黄公度，贾赦；文廷式，贾瑞；杨崇伊，妙玉；大阿哥，薛蟠；瞿鸿禨，薛宝钗；蒋国亮，李纨；沈鹏、金梁、章炳麟，焦大。余为增数人曰：谭嗣同，晴雯；李鸿章，探春；汤寿潜、孙宝琦，薛宝钗；寿富，尤三姐；吴保初，柳湘莲；宋恕、夏曾佑、孙渐，空空道人。①

他们在趣谈之时，以《红楼梦》中人物比拟当世人物，这是一种风雅之举，但其中也包含着对小说及当世人物的评价。既以小说人物形象来对当世人物进行评价，也以当世人物的行为风评，显示对小说人物的认知，这是一种互动式的比拟。如以康有为对应林黛玉，以梁启超对应紫鹃，再以慈禧太后对应贾母，以荣禄、张之洞等对应王熙凤，其中是带有政治态度的，显示出比拟者的政治倾向。

章太炎等的比拟，可理解为相似性的比附，而政治小说的社会功用，就在这种比附中产生。其中也有着差异。如章太炎将此过程称为"戏拟"，而陈蜕则认定为确实。蔡元培的观点

---

① 孙宝瑄：《忘山庐日记》，上海人民出版社2015年版，第360页。

无疑与陈蜕的更相类似。二者的区别在于，一种为政治性的应用，另一种为研究中的认知。

无论是章太炎还是陈蜕，都与蔡元培有着密切关系。他们之间的交往集中于蔡元培在上海的时间段内，即1901年至1907年之间。此也可作为蔡元培生成《红楼梦》为"政治小说"观点的一个时间佐证。形成这种观点之后，蔡元培在整理《红楼梦疏证》时将此观点作为开篇，并将书名更名为《石头记索隐》，就不难理解了。

《红楼梦》的索隐在经历了断简残篇式的阅读感悟笔记之后，在20世纪头十年终成高潮。《石头记索隐》虽非其中的开山之作，却是影响最大的。

《石头记索隐》包含两个层面的阐释：本事比附和意义阐发。这两个层面，都体现出蔡元培的个人倾向。就身份而言，蔡元培经历了由翰林至革命者的转变，因而形成了"民族主义""政治小说"的结论；就《石头记索隐》的比附对象而言，它体现了蔡元培的治学倾向，正因熟悉文人的事迹，在他眼中的《红楼梦》本事才会是文人之事。因此，单纯的"革命家看见排满"，并不能完整释读蔡元培的索隐旨趣。

第三节　《石头记索隐》的内在逻辑与缺失

　　蔡元培创作《石头记索隐》的本意，是为了揭开《红楼梦》中覆于本事之上的"数层障幂"，通过附会的方式，来探求作者创作意图。这种做法，从主观上来讲，是抱着"我注六经"式的态度，通过读诗逆志之法，层层剥茧，重现隐藏于情节之中的小说本旨。也就是说，揭示作者创作的思考内容是第一位的。

　　但附会本身并非文学的方法，又受到蔡元培自身经历与学识的限制。蔡元培研究《红楼梦》之初，即接受了徐柳泉的"金陵十二钗"影射"明珠食客"一说，从而使蔡元培的疏证一直围绕此点展开。

　　我们前文论证了《石头记索隐》的原始形态为札记，因"民族主义""政治小说"等意义阐释的形成，《石头记索隐》具有了双重的阐释：其一为本事比附，其二为意义阐释。但因《石头记索隐》的成书与蔡元培的读书经历相伴随，故呈现出片段式的特点。因而在意义阐释与本事比附之间，该书从体例上有着明确的分界，也就是说，在本事比附的过程中，并无意义阐释的分析。但这并不能说二者之间就是完全割裂的，其内在也有着紧密的联系。

　　就创作顺序而言，蔡元培首先完成的是本事疏证。蔡元培所举的影射人物，大致可分为文人与政客两类。文人有朱竹垞、陈其年、姜宸英、严绳孙，以上数人多为词臣，冒辟疆并未入仕，但其文名满天下，亦可归入此类。政客有高江村、徐乾学、余国柱、汤斌等人。金陵十二钗中人，所影射的历史人物多与明珠家族有关。朱竹垞曾与纳兰性德订交，并交从甚密；高士奇亦因得明珠之荐，才得以入内廷供奉；徐乾学也曾攀缘明珠，又收纳兰性德为门生，并为其传授举业；余国柱更是依附于明珠，为其搜刮钱财，甘为亲信；陈维崧与纳兰性德也是交往颇密；纳兰性德曾求学于姜宸英；严绳孙与纳兰性德也是知交。

然而，蔡元培认为贾宝玉影射胤礽，这就使整体的附会有些错乱。既然金陵十二钗影射的是明珠食客群体，而贾宝玉作为《红楼梦》中最主要的人物，却又脱离了明珠家族这一限定，这就使得《红楼梦》小说人物之间的关系与附会的历史人物之间的关系脱节，历史人物相互之间的关系被割裂。蔡元培只能将《红楼梦》中人物的某事比附历史人物的事迹，也就使《石头记索隐》并未形成故事层面的整体指向，不能如其他索隐研究般将《红楼梦》的整体内容影射为某个确定事件，结果只能是将索隐诸事以意相连。而这种意，自然就是蔡元培认知中的作者的创作模式：作者抱着"吊明之亡，揭清之失，而尤于汉族名士仕清者，寓痛惜之意"的态度，对康熙朝诸多汉族名士的事迹加以转化，从而创作出《红楼梦》中的故事情节。这种创作模式下诞生的故事情节，会与历史史实产生割裂，而蔡元培就可以"左之札记，专以阐证本事"的方式，来完成《石头记索隐》的写作。

以割裂为例，历史上的姜宸英与徐乾学关系非常亲密，但在《红楼梦》中，妙玉与探春之间交集很少。徐乾学与高江村也曾合作，而最终成为敌对关系，在《红楼梦》中，探春与宝钗的关系却很和谐。余国柱与汤斌之间，也曾发生激烈矛盾，而王熙凤与刘姥姥之间却是互助的，"偶因济刘氏，巧得遇恩人"，这在小说中是有体现的。陈其年与冒辟疆是世侄叔的关系，在《红楼梦》中，史湘云与薛宝琴之间也无太多交集。这就说明《石头记索隐》中的比附是以事为主的。当历史史实与《红楼梦》中人物关系相悖逆的时候，蔡元培会以事为主，而不会去调整人与人之间的影射关系。

在蔡元培的比附中，也有分合一法。如蔡元培认为胤礽的事迹分散于贾宝玉、巧姐二人的身上，薛宝钗与薛蟠也共同影射高江村的事迹。这也说明，蔡元培的索隐是以历史人物的事迹为主，而非以小说中的人物为主。这就使得蔡元培有了随意摘取、随意阐释的机会。譬如，贾宝玉爱红，就可以阐释为"满人而爱汉族文化"，也就与贾宝玉影胤礽没有关系了。

在《石头记索隐》中，因"品性相类"而确定的人物比附关系中，会带有蔡元培对于小说人物的认知。如在论述薛宝钗影射高江村时，蔡元培列举了高江村的三项事例。

其一，康熙皇帝出猎，因马惊厥，非常不高兴。高江村故意弄脏衣服，一副狼狈相，并对康熙皇帝说是坠马所致，逗得康熙皇帝大乐。

其二，康熙皇帝登金山，欲题额，但一时想不起内容，高江村在手中写下"江天一览"，提示康熙皇帝。

其三，高江村结交内侍，以一金豆酬一事，每次入宫，都倾囊而出。又多探听康熙皇帝的阅读书目，并提前准备应对。

这三事，足以证明高江村的处世之策。蔡元培以"性趫巧""善应和"予以概括，并将此置于薛宝钗身上，认为"案《石头记》写宝钗处处周到，得人欢心，自薛姨妈、贾母、王夫人、湘云、岫烟以至袭人辈，无不赞叹，并黛玉亦受其笼络"，这就将薛宝钗的行为定位为处心积虑，从而确定其阴柔巧诈的个性。

在论及薛宝钗的热毒及体丰怕热之时，蔡元培以高士奇畏暑一事相对应，后用《庄子》中"早受命而夕饮冰，我其内热与"一语，来形容薛宝钗"胎里带来的热毒"。蔡元培认为其中有"热中之讽"。

再如论证妙玉影射姜宸英一节时，蔡元培多以妙玉的怪癖对应姜宸英的狷介。在论述惜春影射严绳孙一节时，以惜春的冷僻作为例证。论述王熙凤影射余国柱时，以贪婪作为二者的纽带。此等论述，是在把握了小说人物与历史人物的个性之后做出的判断。其中涉及蔡元培对小说人物的评价，也显示出蔡元培基于小说故事层面的阅读感受。

然而在蔡元培用另外两类索隐方法确定影射关系之时，就是纯粹的比附了。其中又可分为以事合、以理合两类。

以事相合，如贾宝玉的魇魔法事与胤礽太子被废之时的被魇事相合；第十六回中林黛玉带回许多书籍，与朱竹垞客游南北，必携带十三经、二十一史相合；史湘云的口吃，与陈其年的"口蹇讷"相对应；刘姥姥计算螃蟹宴所用钱财，以及王熙凤赠其二十两银子，影射汤斌殁后，徐乾学出银二十两助汤斌下葬事。凡此种种，都是以事与事相对应。

以理相合，则比以事相合多一转折，即将其中一些因素意象化后，再进行比附。如在论证探春影射徐乾学时，有一段文字：

> 又二十七回，探春属宝玉道："这几个月我又攒下有十来串钱了，你还拿了去，明儿出门逛去的时候，或是好字画，好轻巧顽意儿，替我带些来。"又道："怎么像你上回买的那柳枝儿编的小篮子、真竹子根挖的香盒儿、胶泥垛的风炉儿，这就好了。"即以表其延揽文士之故事也。①

在这里，小篮子、香盒、风炉因其具有"朴而不俗、直而不倨"的特性，成为文士的比喻，因此徐乾学延揽文士之事就与探春托付贾宝玉购买物品之间形成对应关系。

---

① 蔡元培：《石头记索隐》，上海书店出版社2008年版，第22页。

　　蔡元培的论证中有着很明显的观念先行的印记。诸多附会，是在确定小说人物与历史人物之间的比附之后，将些许类似之事作为佐证。此种论证方式在《石头记索隐》中颇为常见。如在论证王熙凤影射余国柱的过程中，蔡元培先以拆字之法，将王熙凤与余国柱联系起来，即所谓"'王'即'柱'字偏旁之省，'國'字俗写作'国'，故熙凤之夫曰'琏'，言二王字相连也"，此即"姓名相关者"，又以余国柱的官职及结局论述二人的相似性。在完成这些工作之后，蔡元培写道：

　　　　国柱在江宁巡抚任，曾疏请增设机房四十二间，制造宽大缎匹。得旨："宽大缎匹非常用之物，何为劳民靡费，斥所奏不行。"案《石头记》第三回，黛玉初到时，"熙凤道：'刚才带了人到后楼上找缎子，找了半日，也没见昨日太太说的那样，想是太太记错了。'王夫人道：'有没有，什么要紧。'因又说道：'该随手拿出两个来，给你妹妹裁衣裳的，等晚上想着，再叫人去拿罢。'熙凤道：'倒是我先料着了，知道妹妹这两日到的，我已预备下了，等太太回去过了目，好送来。'"七十二回，"凤姐道：'昨儿晚上梦见一个人找我，说娘娘打发他来要一百匹锦。'"均影此。①

---

　　① 蔡元培：《石头记索隐》，上海书店出版社2008年版，第26~27页。

这些文本内容与史事之间的关联度极低，只因都牵扯到锦缎之事，就被强行联系，成为佐证。究其原因，是蔡元培先已确定王熙凤为余国柱之影射，才会形成如此论述。

除"品性相类者"一条以外，单纯以"姓名相关"及"轶事有征"进行比附的人物之间，是缺少相似性的。如探春与徐乾学之间、薛宝琴与冒辟疆之间、刘姥姥与汤斌之间，从人物性格角度看差异极大。蔡元培以种种史事与小说文本情节形成勾连，但并未在人与人之间达成统一。

另有许多结论，蔡元培是缺乏论证的。此类内容，多脱离人物，而以单纯的事与事之间的比附存在。如在论证《红楼梦》叙事自明亡始一段，蔡元培写道：

> 《石头记》叙事，自明亡始。第一回所云"这一日三月十五日，葫芦庙起火，烧了一夜，甄氏烧成瓦砾场"，即指甲申三月间明愍帝殉国、北京失守之事也。士隐注解《好了歌》，备述沧海桑田之变态，亡国之痛，昭然若揭。而士隐所随之道人，跛足麻履鹑衣，或即影愍帝自缢时之状。甄士隐本影"政事"，甄士隐随跛足道人而去，言明之政事随愍帝之死而消灭也。①

此种论述，离蔡元培自己总结的三法较远，更多是强行的

---

① 蔡元培：《石头记索隐》，上海书店出版社2008年版，第8页。

附会。

另有石呆子之事隐戴名世之狱、《西厢记》《牡丹亭》隐当时违碍之书、焦大醉骂隐方苞、黛玉助宝玉写《杏帘在望》隐张文端助王渔洋事、元妃省亲隐圣祖南巡等，蔡元培是以札记形式直接挪入的。其中或有人与人之间的影射，但因其人其事较为单一，蔡元培也并未过多论述。

蔡元培索隐出来的人物，大多是具有悲剧性的，或者说是蔡元培认为作者持有痛惜之意的人物。如徐乾学虽有才学但其行可鄙，又如余国柱的贪婪、姜宸英的冤屈等，均是文士的厄运，虽有个体原因，但更是时代所赋予的。这种结论，是蔡元培基于自身观点与文本的碰撞，从而以其对作者本旨的理解做出的。《石头记索隐》是蔡元培对《红楼梦》的文本做出本事推断之后，基于本事得出的结论汇总。得出结论之后，《红楼梦》中的故事情节就已经失去意义，转而以这些历史人物为中心，历史人物成为蔡元培判断作者写作本旨的出发点。换言之，《石头记索隐》中的诸多本事比附，仅是蔡元培研究《红楼梦》的第一步。

本事附会之后，蔡元培针对本事，作出了《红楼梦》为"政治小说"的判断，这是对本事附会的升华。

《石头记索隐》第一部分写道：

> 《石头记》者，清康熙朝政治小说也。作者持民族主义甚挚。书中本事，在吊明之亡，揭清之失，而尤于

> 汉族名士仕清者，寓痛惜之意。当时既虑触文网，又欲
> 别开生面，特于本事以上，加以数层障幂，使读者有
> "横看成岭侧成峰"之状况。①

这一部分虽短，但其内容极为丰富。蔡元培首先确定了《红楼梦》一书的性质，并认为作者持"民族主义甚挚"。这两个判断是相辅相成的。正因为作者持民族主义的思想，所以写出来的小说自然就是政治小说。蔡元培得出这种判断是在本事比附之后，而对这些本事，蔡元培则认为其为"吊明之亡，揭清之失，而尤于汉族名士仕清者，寓痛惜之意"。这就在本事与题旨之间构建了联系。蔡元培认为在《红楼梦》故事情节与本事之间，是有障幂存在的，其中的原因是作者"虑触文网"，因而将本事隐于《红楼梦》的故事之中。

基于这一认知基础，蔡元培对《红楼梦》的过往研究进行了点评，如将对《红楼梦》的阅读分为三个层次等。前文已有论述，此处不赘。

为证明《红楼梦》是政治小说，蔡元培在《石头记索隐》的第一部分中展开了阐证。这一部分是具有统领性质的。蔡元培找到了四条例证来予以附会。

第一，蔡元培认为"红"字多影"朱"字，而"朱"为明朝国姓。宝玉又有爱红之癖，是满人爱好汉人文化的影射。宝

---

① 蔡元培：《石头记索隐》，上海书店出版社2008年版，第6页。

玉又有吃人口上胭脂的爱好，是拾汉人唾余。

第二，葫芦庙起火影射甲申三月明愍帝殉国，北京失守。甄士隐影"政事"，他随跛足道人出家，影射明朝政事被消灭。

第三，贾府影射伪朝，贾代善、贾代化的名字影射伪朝之善与化；贾府中诸人影射伪朝的权力机构。娇杏影射汉人中服从清政府又安富尊荣的人。新太爷到任影射满洲定鼎，贾瑞影射钱谦益之类有意接近清政府又反受其辱的人。林四娘影射起义师而死的人，尤三姐影射不屈于清而死的人，柳湘莲影射遗老。

第四，书中男子多影满人，女子多影汉人。在承袭《乘光舍笔记》的论证之外，又以阴阳论辅之佐证。

这些论述，确定了《石头记索隐》中的"民族主义"，将《红楼梦》中的诸多故事化为与政治相关的内容。首先，蔡元培以第一、二、四项，将满汉对立提出，从而为整部《石头记索隐》奠定基调。通过第三项，蔡元培又确立了"以家写国"的理解途径。《红楼梦》以闺阁中事为主，其故事发生的场域大多在贾府之中。如此，闺阁中事就能与政治产生关联，"以家写国"也就拓展了《红楼梦》可附会的内容，增加了《红楼梦》的意旨阐发途径。

在论证"民族主义"这一命题中，"阴阳论"的观点极为突出。因《承光舍笔记》中对"女子是水作的骨肉，男人是泥作的骨肉"已有论述，所以蔡元培以与"鄙见相合"予以省略。蔡元培又在《红楼梦》第三十一回中找到史湘云论及阴阳的一段文字作为佐证。蔡元培认为《周易》中的"地道也，妻道也，臣道也"①"是以夫妻、君臣分配于阴阳也"②。在此基础上，蔡元培写道：

> 《石头记》即用其义。第三十一回，"湘云说：'比如天是阳，地就是阴'；'比如一颗树叶儿，那边向上朝阳的就是阳，这边背阴覆下的就是阴'；'走兽飞禽，雄为阳，雌为阴。'翠缕道：'怎么东西都有阴阳，咱们人倒没有阴阳呢？'又道：'知道了，姑娘是阳，我就是阴。'又道：'人家说主子为阳，奴才为阴。我连这个大道理也不懂得？'"是男为阳，主子亦为阳；女为阴，奴才亦为阴。本书明明揭出。清制，对于君主，汉〔满〕人自称奴才，汉人自称臣。臣与奴才，并无二义（《说文解字》"臣"字象屈服之形，是古义亦然）。以民族之对待言之，征服者为主，被征服者为奴。本书以"男女"影"满汉"，以此。③

在整体的论证思路上，蔡元培由主子与奴才的分界，论及阴阳

---

① 杨天才、张善文译注：《周易》，中华书局2011年版，第41页。
② 蔡元培：《石头记索隐》，上海书店出版社2008年版，第9页。
③ 蔡元培：《石头记索隐》，上海书店出版社2008年版，第9~10页。

之别，再到满人为君、汉人为臣，结合《红楼梦》中的男女之别，便得出女子多指汉人、男子多指满人的结论。

结论中也蕴含褒贬之意，这又与小说人物的评价相结合。如"拾汉人唾余"等，在表达影射的同时，也饱含着对民族文化的自豪。又如"女子是水作的骨肉，男人是泥作的骨肉"一句，在水与泥的洁与不洁之中，确立了评价的倾向。凡此种种，都是蔡元培对所谓作者持"民族主义"的理解。在这种基调下，《红楼梦》中的故事，就成为表达作者"民族主义"的"政治小说"。

这种"政治小说"的表达，在对贾宝玉的比附上表现得尤为突出。在诸多"明珠家事说"中，贾宝玉所隐的人物也各不相同。在赵烈文《能静居笔记》中，首现"明珠家事说"的内容：

> 谒宋于庭丈（翔凤）于蒋溪精舍，于翁言："曹雪芹《红楼梦》，高庙末年，和珅以呈上，然不知所指。高庙阅而然之，曰：'此盖为明珠家作也。'后遂以此书为珠遗事。"①

---

① 〔清〕赵烈文：《能静居笔记》，见一粟编《红楼梦资料汇编》，中华书局1964年版，第378页。

此种笔记模式，在清代文人中颇为常见，赵烈文所闻"明珠家事说"来自宋翔凤的闲语，此种结论式判断，既无论证，也难以明确其最初来源，毕竟宋翔凤所说也为传言。在这里并无宝玉影射何人的结论。因乾隆皇帝身份使然，这种说法得以广泛流传，且多有变种：一为贾宝玉影明珠，另一为贾宝玉影纳兰性德。前者以梁恭辰《北东园笔录》为代表：

> 《红楼梦》一书，诲淫之甚者也。乾隆五十年以后，其书始出。相传为演说故相明珠家事，以宝玉隐明珠之名，以甄（真）宝玉、贾（假）宝玉乱其绪……①

此种论说也自"相传"中来，较之于赵烈文所记，内容已丰富，但仍是传言性质。后者以张维屏《国朝诗人征略》为代表：

> 容若，原名成德，大学士明珠之子，世所传《红楼梦》贾宝玉，盖即其人也。《红楼梦》所云，乃其髫龄时事。其诗善言情，又好言愁，摘录两首，可想见其人："予生未三十，忧愁居其半。心事如落花，春风吹已断。行当适远道，作计殊汗漫。寒食百草长，薄暮烟溟

---

① 〔清〕梁恭辰：《北东园笔录》，见一粟编《红楼梦资料汇编》，中华书局1964年版，第366页。

溟。山桃一夜雨，茵箔随飘零。愿餐玉红草，一醉不复

醒。”“幽谷有佳人，无言若有思。含颦但斜睇，吁嗟怜

者谁？予本多情人，寸心聊自持。私心托远梦，初日照

帘帷。”诗中美人，即林黛玉耶？①

在张维屏的记载中，纳兰性德为贾宝玉也自“世所传”而来。根据这种传言，张维屏又以纳兰性德的诗予以佐证，这种方式也可理解为附会。

与这两种较为主流的“明珠家事说”相比，蔡元培虽以“金陵十二钗”影射“明珠食客”，但在《红楼梦》中最主要人物贾宝玉的影射上，有了大的更改。蔡元培认为贾宝玉影射胤礽，并以“衔玉而生”、宝玉挨打事由、宝玉被魇魔事、宝玉入学堂、海棠花妖等事比附胤礽的诸多事迹，从而确立贾宝玉与胤礽的影射关系。此种方式正是蔡元培所言三法中的“轶事有征者”。

因此，蔡元培确定《红楼梦》为政治小说，是从主旨、情节发生场域、主要人物等方面来进行分析的，其分析是建立在小说整体叙事之上的。

通过上文论述可见，《石头记索隐》的缺失是显而易见的。蔡元培首先确立了作者的创作模式，然而这种确立本身是

---

① 〔清〕张维屏：《国朝诗人征略》，见一粟编《红楼梦资料汇编》，中华书局1964年版，第363页。

建立在附会基础上的，并没有对作者本体进行深入了解，实质上也仅仅是蔡元培基于个体阅读体验及徐柳泉等人的影响而生成，属于蔡元培的个人观点与《红楼梦》的碰撞。于是，蔡元培对于《红楼梦》的理解从基础上就产生了偏差，且愈行愈远。这与蔡元培自身对于小说的理解和对"大义"的追求有关，是蔡元培小说观的整体反映。

第四章　胡适写作《〈红楼梦〉考证》考论

1925年2月，胡适与章士钊偶遇，章士钊提议两人合影，并在照片后各题一诗，胡适写道：

> "但开风气不为师"，龚生此言吾最喜。同是曾开风气人，愿长相亲不相鄙。①

其中，"但开风气不为师"一句，虽其"不为师"为谦辞，或指向不图名利，"但开风气"却可作为胡适一生的追求与写照。于《红楼梦》研究而言，胡适也开风气之先，他的《红楼梦考证》一文是"新红学"的开山之作，引领一时风气，改变了《红楼梦》的研究范式，其影响延续至今已达百年之久。

1923年，顾颉刚先生在《红楼梦辨》的序里写下了"旧红学的打倒，新红学的成立"一语，宣告了新红学的成立。在这

---

① 胡适：《题章士钊、胡适合照》，见胡明整理《胡适全集》第10卷，安徽教育出版社2003年9月版，第289页。

篇序言里，顾颉刚强调了"正确的科学方法"①，此方法即胡适作《〈红楼梦〉考证》之法。在1978至1979年间，俞平伯先生写下一组文章，名为《乐知儿语说〈红楼〉》，其中《漫谈红学》一文中，俞平伯写道：

> 《红楼梦》好像断纹琴，却有两种黑漆：一索隐，二考证。自传说是也，我深中其毒，又屡发为文章，推波助澜，迷悟后人。②

作为新红学开山宗师之一的俞平伯，在晚年将考证斥为"黑漆"，前后相差如此之大，是需要认真思考的。

胡适是新红学的开创者，他研究《红楼梦》的方法对后世学人有着极大影响。然而，胡适仅认为《红楼梦》是一部具有悲剧思想的书，最高评价也不过是一本"自然主义的杰作"，对《红楼梦》的思想性、艺术性、文学性等少有言语。③夏志清在《胡适杂忆·序》中也曾提到这一点："《红楼梦》《水

---

① 俞平伯：《红楼梦辨》，商务印书馆2010年版，第6页。

② 俞平伯：《漫谈红学》，见俞平伯著《俞平伯全集》第6卷，花山文艺出版社1997年版，第403页。

③ 胡适先生对于《红楼梦》的评价并不很高。从思想角度来说，他在《文学进化观念与戏剧改良》一文中称许《红楼梦》为中国文学中有悲剧观念的小说，并对《红楼梦》的悲剧进行了简单阐释；从艺术角度来说，他在《〈红楼梦〉考证》一文中也只说《红楼梦》是"自然主义的杰作"。

浒传》所刻画的中国社会都是极不人道的，所以他（胡适）对二书都不喜欢。《红楼》更表扬了释道的虚无思想，也是他所不喜的。"①但胡适却一直关注《红楼梦》的研究，更下了极大的考证功夫。评价不高，而又耗费极大精力，这是很矛盾的。纵观胡适治学，明显有着很强的规划，他对于自己应该从事何种研究、做何种事情，都有着明确的目的。因此，其中的矛盾都是学界亟须解决的问题。

　　随着时代的发展、学术的进步、学术理念的转变，《〈红楼梦〉考证》的内容与研究方法均需反思，但单纯以其内容为研究对象，则会忽略其在学术史上的价值。本章将从其产生的内在理路入手，去探究《〈红楼梦〉考证》的发生与价值。

第一节　胡适写作《〈红楼梦〉考证》的个体背景与方法论来源

　　胡适是安徽绩溪人，1891年生于松江府川沙县（今上海市浦东新区）。其父胡传，字铁花，号钝夫，25岁时进学为秀才，后经几次省试，均未能中式。27岁时，胡传入上海龙门书院学习，山长为刘熙载。刘熙载是当时扬州著名的经师，胡传

---

① 唐德刚：《胡适杂忆》，华文出版社1990年版，第20页。

随其读书三年，颇有精进。胡传的回忆录里记载了当时的学院生活，其中谈及学生须每日写一份日程和日记，所用纸张是有特别格式的，卷端有宋儒朱熹和张载的语录，其中有张载"为学要不疑处有疑，才是进步"[①]句，胡适在口述自传中称"这是个完全中国文明传统之内的书院精神"[②]。

胡传因政府及士大夫对世界地理和中国边疆，尤其是东三省地理的无知，下定决心致力于边疆地理的研究。胡传也因此到达了宁古塔，得识吴大澂。吴氏对胡传大为赏识，因而在巡行阅边之时总是偕胡传同行，在1882年中俄勘定边界之时，更与其一同会晤俄方勘界专员。

1887年，胡传受时任广东巡抚的吴大澂委派，到海南岛视

---

① 此据胡适口述自传而写。唐德刚对此曾作考证，此句以长注形式出现："不疑处有疑，才是进步！"这九个字是笔者在当年笔记残稿中找出的，近查1968年台北商务印书馆印行的《张子全书》却未见此条。其稍近似者有："在可疑而不疑者，不曾学，学则须疑。"（《学大原下》）"闻而不疑，则传言之。见而不殆，则行之，中人之德也。闻斯行，好学之徒也。见而识其善而未果于行，愈于不知者尔。"（《正蒙·中正篇》）又："无征而言，取不信，启诈妄之道也。杞宋不足征吾言，则不言；周足征，则从之。故无征不信，君子不言。"（《正蒙·有德篇》）这些都是胡适终生奉为圭臬的格言。然上述九字或出于宋儒其他语录。宋代的道学是清政府用以取士的官学。这个传统不但被胡适完全承继，我国东南一带的文士所研究的儒学也全是宋明之学，此风至台湾而不衰。

② 胡适口述，唐德刚译注：《胡适口述自传》，广西师范大学出版社2005年版，第24页。

察，报告了全岛的土著情况并作出了可能开发的报告。吴大澂奉调河道总督后，胡传也跟随至郑州，做辅助性的工作。胡传受宋儒的影响极深。其时河工迷信之风盛行，胡传曾作诗批判迷信：

> 纷纷歌舞赛蛇虫，酒醴牲牢告洁丰。果有神灵来护佑，天寒何故不临工？[①]

在胡适的口述自传及《四十自述》中，胡适都曾录入这首诗，可见这首诗对他的影响。胡适曾说：

> 我父亲受程朱理学的影响也很大，所以他毫不犹豫地对大清帝国内当时所流行的宗教，予以严肃的怀疑与批判。[②]

由于治河的功绩，吴大澂保举胡传以直隶州候补知州，胡传抽得前往江苏省候补的签，后被派往上海，担任"淞沪厘卡总巡"，胡适也就在这一时期出生了。

因胡传有能吏之名，各省对他竞相延揽。胡传因邵友濂之

---

① 胡适：《四十自述》，华文出版社2013年版，第42页。

② 胡适口述，唐德刚译注：《胡适口述自传》，广西师范大学出版社2005年版，第26页。

请，只身赴台任职。其间，胡传提议训练一支小型海军，作为全岛防务之用，又曾管理盐政，做出诸多变革。1893年，胡传任台东直隶州知州，又兼领后山驻军统领。在军中，胡传极力使全军戒毒。

中日甲午战争后，台湾被割让给日本作为赔偿，官吏被召回。台湾士绅极力反对，选唐景崧为"伯理玺天德"，意为"掌理玉玺、享有天德的人"，并宣布成立"台湾民主国"，这个所谓的"民主国"也仅存数周，台湾的抗日却延续了数月。胡传在返回台南之时，因患严重的脚气病不能行动，仍被刘永福留于台湾。直到胡传病重，刘永福才允许他离岛。胡传在离岛之后，也就病故了。

解说胡传，盖因胡传对胡适的影响极深。胡传去世之时，胡适年仅四岁，但胡传有诸多笔记等留存，胡适常常阅读。胡适曾随母亲至台南，在此期间，胡传亲自教授胡适认字，留给胡适的遗嘱中也让他努力读书。在回到家乡后，胡适入塾读书，读了胡传留给他的《学为人诗》。其中有句："穷理致知，反躬践实，黾勉于学，守道勿失。"①在《胡适口述自传》第二章，胡适更是专门介绍了父亲胡传的经历。从胡适治学及行事等来看，他身上也有着胡传的影子，譬如对迷信的反对、怀疑的态度、实践的精神，任事的责任感，等等。胡传对胡适的言传与身教，对胡适有着终生的影响。

---

① 胡适：《四十自述》，华文出版社2013年版，第25页。

胡适的母亲冯顺弟，对胡适的教育也非常重视。为了让胡适能够更好地学习，她往往多交学费。又因胡传给冯顺弟的遗嘱中曾叮嘱胡适的学业，冯顺弟又嘱托胡适的四叔及老师专门讲书。这种讲书也使胡适受益良多，在《四十自述》中，胡适回忆道：

> 我一生最得力的是讲书，父亲母亲为我讲方字，两位先生为我讲书。念古文而不讲解，等于念"揭谛揭谛，波罗揭谛"，全无用处。[1]

其时，科举制度已动摇，胡适的二哥、三哥在上海受到思潮的影响，因而不让胡适作八股文，他们要求先生只讲书，教胡适读书。

胡适九岁时，在一个偶然的机会下读到了《三国演义》，由此一发不可收拾。他的五叔、哥哥、姐夫等人均喜读小说，胡适也就将他们的存书变成了自己的藏书。在《四十自述》中，胡适曾列举书名，计有：《三国演义》《水浒传》《正德皇帝下江南》《七剑十三侠》《双珠凤》《琵琶记》《夜雨秋灯录》《夜谭随录》《兰苕馆外史》《寄园寄所寄》《虞初新志》《薛仁贵征东》《薛丁山征西》《五虎平西》《粉妆楼》《红楼梦》《儒林外史》《聊斋志异》等。这些小说良莠不

---

[1] 胡适：《四十自述》，华文出版社2013年版，第30页。

齐，但大多是白话小说，胡适亦自承"在不知不觉之中得了不少的白话散文的训练，在十几年后于我很有用处"[①]。

1904，胡适结束了九年的家乡教育，按其自述，"只学得了读书写字两件事。在文字和思想的方面，不能不算是打了一点底子"[②]。是年2月，他随三哥到了上海，进入张焕伦办的私立学校梅溪学堂。

梅溪学堂是上海最早的小学之一。胡适在这里读书近一年时间。在此期间，他读到了邹容的《革命军》、梁启超主办的《新民丛报》及其他著作。这使胡适在思想上产生了激烈的变动，也就自命为"新人物"了。时值日俄战争，胡适颇为关注，对此曾有记录：

> 上海的报纸每天登着很详细的战事新闻，爱看报的少年学生都感觉绝大的兴奋。这时候中国的舆论和民众心理都表同情于日本，都痛恨俄国，又都痛恨清政府的宣告中立。仇俄的心理增加了不少排满的心理。[③]

此时的胡适是激烈的，有着少年独有的任气。在胡适的行为中，这些也得到充分的表达。是年末，梅溪学堂派四个学生参

---

① 胡适：《四十自述》，华文出版社2013年版，第33页。
② 胡适：《四十自述》，华文出版社2013年版，第36页。
③ 胡适：《四十自述》，华文出版社2013年版，第62页。

加上海道衙门的考试，其中就有胡适。作为新人物的他们，自然要反对旧势力，这是新旧之间不可调和的矛盾，于是这四人中的王言、郑璋与胡适联合写了一封匿名信，痛骂上海道的官僚袁海观，并一起罢考，离开了学堂。

胡适在1905年进入了澄衷学堂。胡适在此读书有一年半时间，这一时期胡适受杨千里的影响较大。杨千里是新派人物，曾在胡适的作文稿本上题写"言论自由"四字，教书的读本是《天演论》。在当时，《天演论》是风靡一时的，尤其是其中"优胜劣败，适者生存"一语针对当时中国的国情，非常有影响力。胡适名字中的"适"字即来源于此。杨千里曾以此句为题，胡适用"进化论"的知识作答：

> 今日之世界，一强权之世界也。人亦有言，天下岂有公理哉！黑铁耳、赤血耳，又曰公法者，对于平等之国而生者也。呜乎！吾国民闻之，其有投袂奋兴者乎。国魂丧尽兵魂空，兵不能竞也；政治、学术西来是仿、学不能竞也；国债累累，人为债主，而我为借债者，财不能竞也。以劣败之地位资格，处天演潮流之中，既不足以赤血黑铁与他族角逐，又不能折冲樽俎战胜庙堂，如是而欲他族不以不平等相待，不渐渍以底于灭亡，亦难矣。①

---

① 转引自白吉庵著《胡适传》，红旗出版社2009年出版，第20~21页。

此种论述，体现出作为新人物的胡适的忧国忧民之情，也可看到他对进化论的接受。

《天演论》一书对胡适的影响是终生的。李敖在《胡适评传》中曾有分析：

> 赫胥黎的《天演论》影响到严复，使他变成一个"开明之保守主义者"，"以思想之通例衡之，凡《天演论》与历史学派之思想家殆均有此倾向"。这种倾向，使受过实验主义洗礼的胡适逐渐变为一个改良主义者，使他不能接受任何笼统的主义和进化观，不能接受"一蹴即到"式的"阶级斗争的方法"，不相信什么全面解决，解决以后又一成不变，"放之四海而皆准，俟诸百世而不惑"等等的高论。[①]

李敖的这一判断来自于事后的分析。结合胡适此后的行迹，如他对待政治的态度、对待实验主义的态度、对待问题与主义之间的选择等，此种判断具有很强的说服力。

在梅溪学堂时期，胡适就曾读过梁启超的文章。进入澄衷学堂后，胡适又读了梁启超的《新民说》及《中国学术思想变迁大势》。胡适承认"受了梁先生无穷的恩惠"[②]。梁启超的

---

① 李敖：《胡适评传》，文汇出版社2003年版，第94页。
② 胡适：《四十自述》，华文出版社2013年版，第67页。

文字饱含着满腔的血诚，对于"新人物"胡适，这些新鲜的、具有开拓性的、真诚的学说，有着无穷的吸引力。《新民说》使胡适知道需要将一个"病夫"民族改造成一个新鲜活泼的民族，又使胡适相信在中国之外还有其他优秀的民族与文化。《中国学术思想变迁大势》以历史的眼光来整理中国旧学术思想，使胡适知道"'四书''五经'之外中国还有学术思想"①。

胡适在澄衷学堂所接受的知识，奠定了其以后的道路。这为胡适后期"再造文明"的构想提供了依据，是其"整理国故"的根源，也为胡适后来写作《中国哲学史》埋下了种子。

胡适的思想决定了他的行为。他的一个同学被开除之后，作为班长的胡适向校方一再抗议，也被记了大过。胡适颇感不平，恰值中国公学招生，他就进入中国公学读书了。

1905年，日本文部省颁布"取缔中国留学生规则"，留日学生认为此举侮辱中国，其中部分人员愤而归国，于上海创办中国公学。因此，中国公学在创立之初就有着进步的属性。中国公学是中国第一所私立大学，进入中国公学之后的胡适如鱼得水，很快加入了"竞业学会"。据胡适回忆，竞业学会的目的是"对于社会，竞与改良；对于个人，争自濯磨"②，会中主要是革命党人。不久，竞业学会创办《竞业旬报》，为消

---

① 胡适：《四十自述》，华文出版社2013年版，第70页。

② 胡适：《四十自述》，华文出版社2013年版，第81页。

弭地界之区别，"期在文明普及，使国人自知奋勉振拔"①，胡
梓方作的《发刊辞》又强调了白话文的作用，《竞业旬报》也
就成为白话文的报纸。第一期中，胡适署名"期自胜生"，发
表了一篇介绍地理的文章，这也是他的第一篇白话文。对于此
文，胡适自我评价为长处是"明白清楚"，短处是"浅显"。胡
适道：

> 二十五年来，我抱定一个宗旨，做文字必须要叫人
> 懂得，所以我从来不怕人笑我的文字浅显。②

这也成为胡适的一贯行文宗旨。他由撰稿人至编辑，甚至有些
刊次的文章全部为胡适所作，《竞业旬刊》为胡适提供了一个
自由发表的平台。

胡适在《竞业旬报》上连载了长篇小说《真如岛》。小说
以"破除迷信，开通民智"为主要目的，但就是因为这种目的
性过于明确，表达自我思想的欲望也过于强烈，其创作脱离了
小说本质上需要的虚构，从而使得小说人物呆板，情节随意。
这种对小说的认知，也影响到他后期对小说的研究。

这一时期，胡适在《安徽白话报》上发表了《论承继之不
近人情》，其中明确表达了反对承继儿子，并对为什么一定要

---

① 梓方：《发刊辞》，见《竞业旬报》1906年10月28日。
② 胡适：《四十自述》，华文出版社2013年版，第84页。

儿子这个问题进行质疑。此文的出发点，起于胡适亲见他的三哥出继珍伯父家的痛苦情形。在胡适看来，这是"从一个真问题上慢慢想出来的一些结论"①。这种反思，是胡适四十岁时所做出的，但对于问题的强调、由问题出发的思维，在其就读于中国公学时已经出现了萌芽。在《竞业旬报》上发表的几十篇白话文，也使胡适熟练掌握了白话文这种工具。

中国公学时期的经历，使胡适抛弃了自然科学之路，最终走向了文学、史学的道路。在《四十自述》中，他回忆道：

> 偶然翻读吴汝纶选的一种古文读本，其中第四册全是古诗歌。这是我第一次读古体诗歌，我忽然感觉很大的兴趣。……这回看了这些乐府歌辞和五七言诗歌，才知道诗歌原来是这样自由的，才知道做诗原来不必先学对仗。……君剑很夸奖我的送别诗，但我终有点不自信。过了一天，他送了一首《留别适之即和赠别之作》来……他诗中有"天下英雄君与我，文章知己友兼师"两句，在我这刚满十五岁的小孩子的眼里，这真是受宠若惊了！
>
> ……
>
> 我在病脚气的几个月之中发现了一个新世界，同时

① 胡适：《四十自述》，华文出版社2013年版，第90页。

也决定了我一生的命运。我从此走上了文学史学的路，
后来几次想矫正回来，想走到自然科学的路上去，但兴
趣已深，习惯已成，终无法挽回了。[1]

自此之后，胡适也就成了一个少年诗人，常和同学唱和。其道
路之选择也非虚言。在胡适家族中，他的二哥掌握着家庭财
产，有着相当大的话语权。胡适的母亲为寡妇，年龄又与其二
哥相差无几，在家族之中并没有说话的分量。胡适到上海之
后，也一直由其二哥来安排读书与生活。胡适读什么书，他的
二哥给予了许多建议。胡适在留学美国时候，也听从他二哥的
建议学了农学，然而终因兴趣使然，转到了哲学方向。而此与
胡适在中国公学时期的经历，有着相当大的关联。

初建之时的中国公学，更像是一个共和制的团体。但中国
公学在既无校舍又无基金的情况下，亟需官款的补助，以维
持学校的正常工作，这样就需要消除外界对公学的猜忌。1906
年的冬天，中国公学成立了董事会，从体制上由学生主体转变
为董事会主体。这直接导致了章程的改变，评议部被取消了，
选举产生的干事也改为聘任。这样的情况，学生们自然是不满
的，他们成立了"校友会"与校方交涉，并争取到了修改校章
的机会，但新修改的校章又不被校方承认，因而全体学生签名
停课，但又受到校方的压制，部分学生被开除。所以部分学生

---

[1] 胡适：《四十自述》，华文出版社2013年版，第92~93页。

退学，另组了中国新公学。

　　胡适虽非"校友会"的组织者，但在学生和校方斗争最激烈的时候，他被推举为大会书记，负责做记录及撰写宣言等工作。所以他虽没有被学校开除，但也在主动退学的学生之列，于是也就进入了中国新公学。在新公学中，因为经济的压力，胡适一方面是学生，一方面又需充任低年级的英语老师来补贴生活。因为要教书，胡适也需要尽力提升自己，努力学习英语。受姚康侯与王云五的影响，胡适"虽不大能说英国话，却喜欢分析文法的结构，尤其喜欢拿中国文法来做比较"[1]，也就在文法方面得到了很好的练习。

　　因家族生意惨淡，胡适的大哥与二哥提出分家，胡适母亲的妹妹与弟弟先后去世，他的母亲也病倒了，又值新公学解散，少年胡适陷入彷徨之中。于是，他也堕落了一段时间。胡适对这一时期的回忆中，有着迷茫与无助：

　　　　我们这一班人都能喝酒，每人面前摆一大壶，自斟自饮。从打牌到喝酒，从喝酒又到叫局，从叫局到吃花酒，不到两个月，我都学会了。[2]

────────────

① 胡适：《四十自述》，华文出版社2013年版，第106页。
② 胡适：《四十自述》，华文出版社2013年版，第111页。

终于有一次闹出了乱子，胡适痛定思痛，决定参加留美的
考试。

两个月之后，胡适与他的二哥一同北上进京，蒙其二哥友
人杨景苏招待，住进了女子师范学校的校舍里，又受杨先生
指点，读《十三经注疏》。这也是胡适读汉儒经学之始。经过
考试，胡适以第五十五名的成绩获得了公费留美的名额，并于
1910年8月16日登上了由上海至美国的邮轮。

进入康奈尔大学之后，胡适很快融入了美国的生活。他
参加了诸多教友会组织的活动，几乎成为一个基督徒。在山
姆·奥兹教授的影响下，胡适深度参与了美国的选举，进而对
美国的政制有了深入研究。他看到为美国妇女争取选举权的游
行中，有许多知名人士参与，杜威夫妇也在游行队伍之中，并
且当众演讲，这对胡适造成了深刻的影响。胡适在口述自传中
曾言：

> 我对美国政治的兴趣和我对美国政制的研究，以及
> 我学生时代所目睹的两次美国大选，对我后来对［中
> 国］政治和政府的关心，都有着决定性的影响。其后
> 在我一生之中，除了一任四年的战时中国驻美大使之
> 外，我甚少参与实际政治。但是在我成年以后的生命
> 里，我对政治始终采取了我自己所说的不感兴趣的兴趣
> （disintereseted-interest）。我认为这种兴趣是一个知识

分子对社会应有的责任。[①]

胡适在选择专业时也颇为犹豫。他二哥叮嘱他，要学工矿或铁路等专业，且要求胡适不要选择文学、哲学等。胡适犹豫再三，选择了农科。一年以后的一次实验，使胡适很受打击，进而反思自己对专业的选择，最终胡适选择了文科。胡适曾总结选择文科的三条原因。

其一，胡适对哲学和史学的兴趣。中国古代哲学的基本著作以及宋明诸儒的论述，胡适幼年时基本都已读过，这是他个人的文化背景。

其二，辛亥革命胜利后，美国各地人民对这一新兴的共和体中国政府有着浓厚的兴趣，对有关中国问题的演讲也就有了较大的需求。为了准备演讲，胡适对促成中国革命的背景和革命领袖人物的生平进行认真研究，对政治史所产生的兴趣，也是影响胡适改行的重要因素。

其三，对文学的兴趣，是促使其改行的原因之一。除中国古典文学这一很早的兴趣点以外，胡适对英国、德国、法国的文学产生了兴趣。

在这三种因素影响之下，1912年年初，胡适进入了文学院，主修哲学，以政治、经济、文学等为副修。

---

① 胡适口述，唐德刚译注：《胡适口述自传》，广西师范大学出版社2005年版，第46页。

胡适学文科的必然性，在1911年5月胡适写成《诗三百篇言字解》的时候就已可见。这篇文章的特殊之处在于胡适运用了西方的归纳法理论，对《诗经》中的"言"字作了归类解析：第一类中"言"字为连词；第二类中"言"字为副词；第三类中"言"字为名词"之"字解。这篇文章在1913年8月的《神州丛报》发表之后，引起较大反响。章士钊在1915年写信给正在留学的胡适，其中写道：

> 足下论字学一文，比傅中西，得未曾有，倾慕之意，始于是时。①

这种中西结合的倾向，也造就了胡适治学的方法。但若要论及胡适的治学方法，尤其是其方法论来源的问题，是颇为不易的。他经历了旧学阶段的教育，又有长达七年的留学生涯，为其中西结合奠定了基础。关于旧学，胡适先受宋代诸儒影响，又受汉学影响，这些影响都在胡适的研究方法中有所留存。

1909年，胡适有一笔记，记录了他早期对《红楼梦》的认知：

> 《石头记》家庭小说也，社会小说也，而实则一部

---

① 中国社会科学院近代史研究所中华民国史研究室编：《胡适来往书信选》（上），社会科学文献出版社2013年版，第1页。

> 大政治小说也，故曰政，曰王，曰赦，曰刑，曰史，曰礼。为政而权操于内，故其妇曰王，其侄亦曰王。外赦而内刑，言不相孚也……①

此种论证方法有着索隐倾向，或这种说法本自当时学界对政治小说的重视而来，也或与胡适早期受到宋儒的影响有关，这与他后期严谨的历史考证形成鲜明对比。此种论说正可作为其留学前的方法样本，与后期的学术方法指导下形成的成果相互比较。

由此可知，胡适的研究方法并非一开始就有的，他也曾说过方法是"经过长期琢磨，逐渐发展出来的"②。既然有一个逐渐发展的过程，则必然会受到多方面的影响，因此，想要分析胡适方法论的来源，就需要做一些溯源工作。

"怀疑"的态度，在胡适的学术研究中是非常突出的。他的口述自传中提及，他幼年时就形成了怀疑的态度。留学期间，胡适又深受赫胥黎与杜威的影响，并将这种"疑古"上升到哲学层面，正如耿云志在《胡适研究论稿》中指出的"存疑主义成了他的哲学信仰"③，胡适的文章也充分证实了这一

---

① 宋广波：《胡适红学年谱》（修订版），黑龙江教育出版社2009年版，第63页。

② 胡适口述，唐德刚译注：《胡适口述自传》，广西师范大学出版社2005年版，第121页。

③ 耿云志：《胡适研究论稿》，社会科学文献出版社2007年版，第48页。

点。在《五十年来之世界哲学》中，胡适说："严格的不信任一切没有充分证据的东西。"[1]这一方面反映了怀疑的态度，另一方面也体现出他对证据的重视，而这种重视与胡适在1910年左右的思考有关。他在口述自传中记录了这一点："远在1910年，我第一次接触到汉朝的古典治学方法——这个较早期的古典学术，所谓'汉学'。"[2]"汉学"是重训诂考据之学，重视证据。在1916年12月26日的日记中，胡适专门写了"论训诂之学"和"论校勘之学"，认为"考据"就是"有证据的探讨"，而"考据"之学之所以能够"卓然有成"，胡适认为原因就在于它能用"归纳之法"。[3]这种说法本身就体现了一种态度，胡适在用自认为的科学法则，来反观中国传统学术方法。

什么是科学呢？胡适有着明确的界定："'科学'则是一种思想和知识的法则。科学和民主两者都牵涉一种心理状态和一种行为的习惯、一种生活方式。"[4]从这段阐述中，我们可以获知，科学首先是法则，形之于外就成为人的心理状态、行为

———————

[1] 胡适：《五十年来之世界哲学》，见郑大华整理《胡适全集》第2卷，安徽教育出版社2003年版，第359页。

[2] 胡适口述，唐德刚译注：《胡适口述自传》，广西师范大学出版社2005年版，第121页。

[3] 胡适口述，唐德刚译注：《胡适口述自传》，广西师范大学出版社2005年版，第127页。

[4] 胡适口述，唐德刚译注：《胡适口述自传》，广西师范大学出版社2005年版，第187页。

习惯与生活方式。在这段话之后，胡适以他的小说考证为例，进一步阐述了他对科学法则的理解："科学的法则便是大胆的假设，小心的求证。"①

这种对科学的理解，与他在留美期间主修哲学的经历是密不可分的。杜威对胡适有着非常重要的影响，这在《胡适口述自传》中有着详细记载，他将杜威称为对自己"有终身影响的学者"②。杜威是实验主义的集大成者，胡适在他的影响下，对实验主义也曾做过细致的研究。1919年，胡适撰写《实验主义》一文，发表于《新青年》第6卷第4号。该文介绍了"实验主义"是"近代科学发达"的结果，根本观念是"科学实验室的态度"与"历史的态度"，实验的方法是"科学家在实验室里用的方法"，而"科学律例"则是"最适用的假设"，"历史的态度"则来源于达尔文的"进化观念"。总体而言，实验主义是科学方法在哲学上的应用。"历史的态度"对胡适也有着极大的影响，他将"白话文"视为文学正统的观点，多由此理论而生。在文章中，胡适将重点放在了杜威的思想这一部分，他首先定义了杜威哲学的基本观念："经验即是生活，生活即是应付环境。"最大目的是"怎样能使人有创造的思想力……

---

① 胡适口述，唐德刚译注：《胡适口述自传》，广西师范大学出版社2005年版，第188页。

② 胡适口述，唐德刚译注：《胡适口述自传》，广西师范大学出版社2005年版，第97页。

从而能够从已知的物事推到未知的物事，有前者作根据，使人
对于后者发生信用"。这是胡适对杜威思想的认知，而这种认
知也决定了胡适的行为。胡适一直是在"应付环境"的，从白
话文运动到推广自己的科学方法，再到与陈独秀等人的不同政
治取向，无不如是。杜威说"疑难的问题，定思想的目的；思
想的目的，定思想的进行"，如果将当时中国的问题作为疑难
的问题，则推动德先生与赛先生就是思想的目的，而思想的进
行，就是"解决问题，输入学理，整理国故，再造文明"这一
过程。如此解读，尤可显示出杜威对胡适的影响。

在该文中，胡适系统地学习了杜威的方法，并将之总结为
"五步说"：

> （一）疑难的境地；（二）指定疑难之点究竟在什
> 么地方；（三）假定种种解决疑难的方法；（四）把每
> 种假定所涵的结果，一一想出来，看那一个假定能够解
> 决这个困难；（五）证实这种解决使人信用；或证明这
> 种解决的谬误，使人不信用。[①]

对于这五步，胡适有着深刻的认知，并进行了归纳总结：

---

① 胡适：《实验主义》，见欧阳哲生编《胡适文集》第2册，北京大学
出版社1998年版，第233页。

　　杜威一系的哲学家论思想的作用，最注意"假设"。试看上文所说的五步之中，最重要的就是第三步。第一步和第二步的工夫只是要引起这第三步的种种假设；以下第四第五两步只是把第三步的假设演绎出来，加上评判，加上证验，以定那种假设是否适用的解决法。这第三步的假设是承上起下的关键，是归纳法和演绎法的关头。[①]

于是，胡适学术方法中最重要的部分就形成了：归纳、假设、演绎，而目的则是对"假设"的"求证"。这来自于他对杜威思想的接受与提炼。

　　同样在1919年，胡适在《北京大学月刊》第五号发表了《清代汉学家的科学方法》一文。该文起始部分就总结了实验主义的方法论：

　　　　近来的科学家和哲学家渐渐的懂得假设和证验都是科学方法所不可少的主要分子，渐渐的明白科学方法不单是归纳法，是演绎和归纳相互为用的，忽而归纳，忽而演绎，忽而又归纳——时而由个体事物到全称的通则，时而由全称的假设到个体的事实——都是

---

　　① 胡适：《实验主义》，见欧阳哲生编《胡适文集》第2册，北京大学出版社1998年版，第238页。

不可少的。①

这段阐述就更加清晰了。在胡适认为的科学方法中，演绎应与归纳相互为用，而假设在其中起到了连接的作用，即归纳出一个小通则，然后进行假设，再通过演绎的方式来对这个小通则进行验证。文中，胡适对清代的文字学、训诂学、校勘学、考订学等进行分析，从而得出汉学家们治学的方法中有着科学的因素，即演绎、归纳与假设，并认为汉学家的长处，就在于他们有"假设通则"的能力，尤应注意的是，在探讨"训诂学"的时候，胡适提出了自己的观点，这一点在胡适研究《红楼梦》时有着非常显著的表现：

> 但是以我自己的经验看起来，这种方法实行的时候，决不能等到把这些同类的例都收集齐了，然后下一个大断案。当我们寻得几条少数同类的例时，我们心里已起了一种假设的通则。有了这个假设的通则，若再遇着同类的例，便把已有的假设去解释他们，看他能否把所有同类的例都解释的满意。这就是演绎的方法了。演绎的结果，若能充分满意，那个假设的通则便成了一条

① 胡适：《清代汉学家的科学方法》，载《北京大学月刊》1919年第5号。

已证实的定理。①

　　这样看来，演绎是论证过程中的灵活运用。由此可知，胡适的学术方法实质上吸纳了实验主义与乾嘉朴学的因子，在这一吸纳的过程中，胡适以实验主义的思想作为是否科学的评判标准，去衡量乾嘉朴学中科学的成分。蔡元培先生在《中国哲学史大纲》的序中指出胡适"禀有汉学的遗传性"，梁启超在《清代学术概论》中称胡适"亦用清儒方法治学"，这自是确论，可这是胡适经过"科学"确认之后的学术方法。唐德刚先生曾将胡适做学问的方法称为"三分洋货，七分传统"，这三分洋货是作为原则出现的，是挑选这七分传统的基础。"正确的科学方法"，实质上指的是"大胆的假设，小心的求证"，而汉学的考证，就成为方法论中的具体实施手段。

第二节　胡适写作《〈红楼梦〉考证》的社会背景与目的

　　自鸦片战争开始，清政府闭关锁国的大门被坚船利炮打开，中国自此进入动荡飘摇的时代。在与诸列强的战争中，清

---

① 胡适：《清代汉学家的科学方法》，载《北京大学月刊》1919年第5号。

政府屡战屡败，割地、赔款、开放口岸等种种丧权辱国的举动，已逐渐成为一种常态。这种社会的大动荡与大变革，使中国人的心态也有了非常大的变化，部分人更加麻木，执着于抱残守缺的心态，无视中国与世界其他强国巨大的差异。部分睁眼看世界的先进人士，却已认识到了中国与世界其他强国之间的差距：中国既无工业革命带来的经济基础，也无文艺复兴带来的科学理念与思想解放。中国传统社会中的特性，使中国的改革更加繁难。

中日甲午战争以清政府的失败而告终，这种由同为亚洲国家，原本又为弱国的日本所带来的耻辱，极大地刺激了中国的民众，求变之呼声达到高潮，中国进入了启蒙时代。

严复翻译的《天演论》，将进化的观念带入了中国。在《导言十五·最旨》的按语中，严复提出：

> 举凡水火工虞之事，要皆民智之见端，必智进而后事进也。事既进者，非智进者莫能用也。格致之家，孜孜焉以尽物之性为事。农工商之民，据其理以善术，而物产之出也，以之益多，非民智日开，能为是乎？①

"民智"的提出，代表了启蒙对象的明确。在严复看来，一

---

① ［英］赫胥黎著，严复译：《天演论》，中国青年出版社2009年版，第38~39页。

个民族的强弱取决于人，所以应"鼓民力""开民智""新民德"①。这就提出了国民性的问题：国民心理缺点如何改造？那么，就需要明确"启民智"的路径问题了。

1897年，严复与夏曾佑合著《国闻报馆付印说部缘起》②，这是我国第一篇关于文学的宣言。该文第一次从理论上论证小说、戏曲的功用，对于白话的功用也有涉及。文中提出"若其书之所陈，与口说之语言相近者，则其书易传"，基于说部为人们喜闻乐见的经验，指出其具有"入人之深，行世之远"的功效，且"出于经史上"。这种从文学的角度来提升民智的行为，为其后诸人开阔了眼界。其后，无论是梁启超提出的小说界革命，还是后期出现的白话文运动，实质上均是沿着这一思路在进行。

1898年，康有为与梁启超四处联络，终于促成"清朝二百余年未有之大举"——"戊戌变法"。他们向光绪皇帝上万言书，提出了拒和、迁都、变法的主张。在光绪皇帝的支持之下，变法之诏书屡出，但因慈禧太后等人的抵制，新政的效果仅停留于文本之上。变法不过百日，即不得已宣告失败。将改革之希望寄托于一人身上，寄望于由上而下的推进模式，这在

---

① 严复：《原强修订稿》，见王栻主编《严复集》第1册，中华书局1986年版，第27页。

② 关于这篇社论文字的作者归属问题有争议。阿英在《晚清小说的繁荣》一文中，将作者列为严复与夏曾佑，但据《严复集》的编辑组考辨，该文作者为夏曾佑，但并不排除严复参与过意见。

民智不兴的晚清时代本属荒唐。光绪皇帝被幽禁于瀛台之中，变法领袖也纷纷出逃，星散各地，如戊戌六君子者，以血为鉴，宣告了在没落体制之中开出文明之花的不可能。此后，中国的进步人士也分化为相辅相成又相互驳难的两类：一为革命派，一为改良派。然而关于民智一节，二者却是共通的，毕竟在经过了鲜血的浇灌之后，此已成为进步人士的共识。

在这样的大环境下，先有了切音字运动，以使民众能够更加容易地接受知识，又有了诗界革命与小说界革命。这些运动都围绕着提升民智而来。

为此，梁启超提出"新民"的口号。在梁启超看来，"新民"是中国"第一急务"，在《新民说》中，梁启超认为一国能立于世界，在于"国民独具之特质"，其中包括道德法律、风俗习惯、文学美术，都需要具有"独立之精神"，而这些是民族主义的根源。

如何"新民"？梁启超提出了"小说界革命"的倡议。1902年，梁启超发表《论小说与群治关系》一文，该文起始即言：

> 欲新一国之民，不可不先新一国之小说。故欲新道德，必新小说；欲新宗教，必新小说；欲新政治，必新小说；欲新风俗，必新小说；欲新学艺，必新小说；乃至欲新人心，欲新人格，必新小说。何以故？小说有不

可思议之力支配人道故。①

在梁启超看来，小说具有"浅而易解""乐而多趣"的特质，又因"凡人之性，长非能以现境界而自满足者也"，小说能在自身"以触以受"之外，"有所触有所受"，这就扩大了人生的范围。小说因此产生社会功用，即"熏""浸""刺""提"的效果，进而"入人""感人"，"支配人道"。如此，小说也就对"新民"有了作用。无论是新道德，还是新宗教、政治、风俗、学艺，都是对人的建设，对民智的启蒙，从而影响社会的改良。梁启超认为的"欲改良群治，必自小说界革命始""欲新民，必自新小说始"②，是文学之于社会的作用。

戊戌变法之后的梁启超走向了改良的道路，虽较之于变法时期的政治主张已有明显进步，但他并未进入民主革命主义者的行列。尽管如此，他提出的"维新吾民"的路径，还是为广大进步人士所接受，从文化入手提升国民的整体素质，成为许多志士的选择。

辛亥革命胜利之后，中国并未如革命者们期盼的那般成为一个民主的国家，仅仅在表面上统一了政权，却并未改变军

---

① 梁启超：《论小说与群治之关系》，见张品兴主编《梁启超全集》，北京出版社1999年版，第884页。

② 梁启超：《论小说与群治之关系》，见张品兴主编《梁启超全集》，北京出版社1999年版，第884~886页。

阀政府的本质，反而形成了军阀割据的局面。其中因由，"民智"仍然占据重要位置。

民国初建之时，教育总长蔡元培已在《对于新教育之意见》中批判了"忠君""尊孔"的宗旨。[1]1912年9月，教育部公布的《教育宗旨令》也明确教育宗旨为"注重道德教育，以实利教育、军国民教育辅之，更以美感教育完成其德"[2]，但袁世凯为了巩固自身的统治，打出了"尊孔复古"的旗号。同是1912年9月，袁世凯发布《申诰国人恪循礼法令》，其中明确"孝悌忠信、礼义廉耻为人道之大经"，强调"政体虽更，民彝无改"，要求全国人民"恪守礼法，共济时艰"。[3]1913年6月，又发布《重行祀孔典礼令》，其中写道：

> 值此诐邪充塞，法守荡然，以不服从为平等，以无忌惮为自由。民德如斯，国何以立？本大总统维持人道，夙夜兢兢，每于古今治乱之源，政学会通之故，反覆研求，务得真理，以为国家强弱存亡所系。惟此礼义廉耻之防，欲遏横流，在循正轨。总期宗仰时圣，道不

---

① 蔡元培：《对于新教育之意见》，见高平叔编《蔡元培全集》第1卷，中华书局1984年版，第136页。

② 转引自高平叔编《蔡元培全集》第2卷，中华书局1984年版，第130页。

③ 骆宝善、刘路生主编：《袁世凯全集》第20卷，河南大学出版社2013年版，第420页。

虚行，以正人心，以立民极。于以祈国命于无疆，巩共
和于不敝。凡我国民，同有责焉。[①]

此令是一种思想上的逆潮流之举措，袁世凯欲以孔教来束缚、规范人心，以利于军阀政府的统治。这也是针对进步人士所倡导的自由与平等的反击。1915年2月，在《教育纲要》中，袁世凯又明确"各学校均应崇奉古圣贤为师法，宜尊孔以端其基，尚孟以致其用"，"中小学教员宜研究性理，崇习陆、王之学，导生徒以实践"。[②]很多保守派欢呼鼓舞，如康有为首先提出儒学"国魂"说，并成立孔教会。1917年3月，山东等16个省的尊孔会社，在上海组建"全国公民尊孔联合会"，推张勋、康有为为名誉会长，并要求将孔教为国教这一内容写入宪法。

这种文化上的复辟，逆时代之潮流，自然会遭到有识之士的反对。在很多学人的眼中，未能进行深层次改革的原因依然是民智的缺乏，落后的传统文化阻碍了社会的进步。如欲发展，则必须打破这种固有格局，吸收西方先进文化。于是，新文化运动诞生了。

---

① 骆宝善、刘路生主编：《袁世凯全集》第23卷，河南大学出版社2013年版，第67页。

② 王文杰编：《民国初期大学制度研究》，复旦大学出版社2017年版，第138页。

新文化运动以1915年陈独秀在上海创办《青年杂志》为起始点。他在《敬告青年》一文中阐述六义：自主的而非奴隶的；进步的而非保守的；进取的而非退隐的；世界的而非锁国的；实利的而非虚文的；科学的而非想象的。[①]

陈独秀以此六义，呼唤青年人"力排陈腐朽败者"，将之视为"仇敌"与"洪水猛兽"，并提倡民主与科学，揭开了新文化运动的序幕。

1916年，《青年杂志》编辑部搬到北京，并更名为《新青年》。李大钊、胡适、鲁迅等成为主要撰稿人。此时蔡元培出任北京大学校长，邀请众多进步人士进入学校任教。于是，《新青年》与北京大学就成为新文化运动的中心，同时出现了四个提倡与四个反对的口号：提倡民主，反对专制；提倡科学，反对迷信；提倡新道德，反对旧道德；提倡新文学，反对旧文学。

在新文化运动中，胡适是其中的主将之一。他虽在美国留学，但时刻关注国内形势，在回国前夕更是以一篇《文学改良刍议》拉开"文学革命"的序幕，并最终与陈独秀、钱玄同等人共同促成新文化运动。相较于新文化运动中的其他潮流人物，胡适对中国变革路径的选择有着独特的个人理想化倾向。1914年，胡适发表于《留美学生年报》上的《非留学篇》最

---

① 陈独秀：《敬告青年》，见林文光选编《陈独秀文选》，四川文艺出版社2009年版，第15~19页。

能代表他的观点。他认为"留学者，吾国之大耻"，同时也是
"过渡之舟楫"，是"救急之计而非久远之图"。在谈及留学
的目的之时，胡适认为"留学当以不留学为目的"，在于"为
己国造新文明"。胡适又历数当时留学的弊病，其一为"苟且
速成"，其二为"重实业而轻文科"，其三为"不讲求祖国之
文字学术"。这又形成两大弊端，其一为"无自尊心"，另一为
"不能输入文明"。而最为重要的是：

> 　　吾国居今日而欲与欧美各国争存于世界也，非造一
> 新文明不可。造新文明，非易事也。尽去其旧而新是
> 谋，则有削趾适履之讥。取其形式而遗其精神，则有买
> 椟还珠之诮。必也，先周知我之精神与他人之精神果何
> 在，又须知人与我相异之处果何在，然后可以取他人所
> 长，补我所不足，折衷新旧，贯通东西，以成一新中国
> 之新文明。吾国今日之急务，无急于是者矣。二十世纪
> 之大事，无大于是者矣。[1]

这也说明，在胡适的内心，再造中国新文明，是最重要的事
情，需"折衷新旧，贯通东西"。胡适也正是如此践行的，
"整理国故"正是基于此而生成。这与胡适推行白话并行不
悖，推行白话本就是胡适的阶段性工作。

――――――――――

[1] 胡适：《非留学篇》，载《留美学生年报》1914年第3期。

胡适在《文学改良刍议》中提及"文学进化之理",并认为"其足与世界'第一流'文学比较而无愧色者,独有白话小说一项"①。在《历史的文学观念论》中,他已将白话文学称之为文学正宗,到《建设的文学革命论》时,他已提出"国语的文学,文学的国语"②这一口号。细观这一过程,胡适是基于白话小说的"功用",才致力于推进白话小说的研究,而其目的则是形成"文学的国语"。

这并非胡适的一时所想。从远端来看,有两方面的原因,其一是他受到了梁启超的影响。胡适在《四十自述》中坦承"受了梁先生无穷的恩惠"③,这或许是胡适认识到白话小说社会功用性的起点。其二是胡适读白话小说的切身体会,也使之认识到白话小说对于形成"国语的文学"的作用。从近端来说,白话文的主张是胡适与任叔永、梅觐庄、杨杏佛、唐擘黄等人相互驳难而生成的。④

在白话文运动的大环境下,《红楼梦》作为白话小说的典范,进入了学人的视野。它一方面具有非常高的社会关注度,

---

① 胡适:《文学改良刍议》,见郑大华整理《胡适全集》第1卷,安徽教育出版社2003年版,第6~7页。

② 胡适:《建设的文学革命论》,见郑大华整理《胡适全集》第1卷,安徽教育出版社2003年版,第52页。

③ 胡适:《四十自述》,华文出版社2013年版,第67页。

④ 此段经历,在胡适的《四十自述》中有着详细的记载,在《胡适口述自传》中又有补充。

另一方面又是白话文小说中的佳作。两种因素的结合，使之成为最理想的工具。这是胡适研究《红楼梦》的第一个原因：欲提高民智，推进科学与民主的进程，必须要经过白话文的运动。在《逼上梁山》中，胡适曾回顾自己的想法：

> 我也知道光有白话算不得新文学，我也知道新文学必须有新思想和新精神。但是我认定了：无论如何，死文字决不能产生活文学。若要造一种活的文学，必须有活的工具。那已产生的白话小说词曲，都可证明白话是最配做中国活文学的工具的。我们必须先把这个工具抬高起来，使他成为公认的中国文学工具，使他完全替代那半死的或全死的老工具。有了新工具，我们方才谈得到新思想和新精神等等其他方面。①

实际上，在《新思潮的意义》一文中，胡适就曾明确地表达了新思潮的意义在于拥护"德先生"与"赛先生"，提倡一种"评判的态度"，从而"重新估定一切价值"。这其中有两种手段：研究问题，输入学理。这是胡适认为的解决当时中国问题的方法，也是拥护科学与民主的具体手段。胡适的这些观点也就与陈独秀、李大钊等人的观点形成区别。胡适认为："当时所有的政党都想争取青年知识分子的支持，其结果便弄得

---

① 胡适：《四十自述》，华文出版社2013年版，第150页。

［知识界里］人人对政治都发生了兴趣。因此使我一直想做超政治构想的文化运动和文学改良活动[的影响]也就被大大地削减了。"①正是这种超越政治的文学改良的想法，使胡适一头扎进了故纸堆之中。

在此文中，他还着重提出了"整理国故"与"再造文明"。于是，这就形成了一个完整的脉络：以问题作为导向，以输入学理来帮助解决问题，通过科学的方法，把古代的思想弄明白，还它一个真正的价值，从而通过解决问题的方式来再造文明。②

如此来看，《红楼梦》的研究工作正是这进程中的一环。

另外，胡适一直以传播科学的方法为己任。这也属于输入学理之一端。他在许多文章中都曾提及方法的重要性，并且也明确表示自己的研究同时也是在传播一种做学问的方法。如《〈红楼梦〉考证》中写道："打破从前种种穿凿附会的'红

---

① 胡适口述，唐德刚译注：《胡适口述自传》，广西师范大学出版社2005年版，第184页。

② 胡适：《新思潮的意义》，见郑大华整理《胡适全集》第1卷，安徽教育出版社2003年版，第691页。《新思潮的意义》一文，实质上是胡适自剖思考起源的文章，他在文中写道："又如文学革命的问题。向来教育是少数'读书人'的特别权利，于大多数人是无关系的，故文字的艰深不成问题。近来教育成为全国人的公共权利，人人知道普及教育是不可少的，故渐渐的有人知道文言在教育上实在不适用，于是文言白话就成为问题了。"此段文字无疑是胡适发动白话文运动的思考原点。

学'，创作科学方法的《红楼梦》研究。"①在《介绍我自己的思想》中，胡适说道："我要读者学得一点科学精神，一点科学态度，一点科学方法。"②故可说，传播方法也是胡适研究《红楼梦》的一个原因。

当我们把这些原因统一放置于胡适所说的"解决问题""输入学理""整理国故""再造文明"这一过程中的时候，就会发现胡适研究《红楼梦》的规划。《红楼梦》首先是"文学的国语"，研究《红楼梦》有助于提高大家对白话小说的重视，最终形成"国语的文学"，这是为了推动科学与民主的进程。在这一过程中，要借助输入的学理，创制出科学的方法去"整理国故"，最终实现再造文明的目的。

如此我们就可以意识到，胡适重视《红楼梦》，主要不是因为《红楼梦》的文学性、艺术性、思想性，而是把它作为一种工具，借助它本身的白话小说属性以及知名度，来推动自我目的的实现。他关注的重点是《红楼梦》的功用，展现的是方法。这也是胡适对《红楼梦》评价不高，却又肯花费极大精力去做《红楼梦》研究的主要原因。

---

① 胡适：《〈红楼梦〉考证》，见欧阳哲生编《胡适文集》第2册，北京大学出版社1998年版，第465页。

② 胡适：《介绍我自己的思想》，见郑大华整理《胡适全集》第4卷，安徽教育出版社2003年版，第673页。

第三节 《〈红楼梦〉考证》的论证过程与得失

　　胡适将古典小说分为两类：逐渐演变而来的历史小说和个体作家创作的小说。对于不同的类别，胡适有选择地用不同方法来进行研究：针对逐渐演变而来的历史小说，运用历史演变法；针对个体作家创作的小说运用一般历史研究的法则，在传记的资料里找出该书真正作者的身世、社会背景和生活状况。[1]研究的共同点是版本，要做到"遍求别本"，而后"实事是正，多闻阙疑"。[2]

　　在确定了这些研究重点与基础原则之后，胡适对《红楼梦》进行了考证。1921年3月27日，胡适写成《〈红楼梦〉考证》初稿，作为亚东本《红楼梦》的前言。同年11月12日，写成《〈红楼梦〉考证》改定稿，据胡适自己说："共改了七八千字。"[3]二者差距如此之大的原因，主要是胡适掌握资料的扩充，导致了观点上的变化。如从方法论的角度来看，初

---

　　① 胡适口述，唐德刚译注：《胡适口述自传》，广西师范大学出版社2005年版，第228~231页。

　　② 胡适：《校勘学方法论》，见郑大华整理《胡适全集》第4卷，安徽教育出版社2003年版，第154页。

　　③ 曹伯言整理：《胡适日记全集》第3册，台湾联经出版事业股份有限公司2004年版，第393页。

稿与改定稿之间并无区别。

我们且来看《〈红楼梦〉考证》改定稿中的主要观点：

1.以往的红学研究者都走错了道路，所作的并非《红楼梦》的考证，而是《红楼梦》的附会。

2.在著者方面，考证作者为曹雪芹，名霑，汉军正白旗人，是曹頫的儿子、曹寅的孙子；曹家为织造世家，有文学与美术的遗传与环境，曹家极盛时曾接驾四次以上，终因亏空而被抄没；曹雪芹大约生于康熙末叶（约1715—1720），死于乾隆三十年（1765）左右，作书时间约在乾隆初年至乾隆三十年；《红楼梦》是曹雪芹的自叙传，甄、贾两宝玉即曹雪芹自己的化身，甄、贾两府即曹家的影子。

3.《红楼梦》最初只有八十回本，至乾隆五十六年（1791）始有一百二十回本《红楼梦》。

4.《红楼梦》后四十回的补作者为高鹗。[①]

在这篇考证宏文中，胡适将自己总结的"科学方法"运用得淋漓尽致。他本着存疑的态度，审视了红学既往的研究，又从这些既往研究的方法入手，展开这篇文章。整体来说，胡适采用"归纳—假设—演绎"的方法，处处以证据来说话。他在批驳王梦阮、沈瓶庵的《红楼梦索隐》之时，借助于孟森《董小宛考》的考据成果，揭示董小宛与顺治帝之间的年龄差距；

---

① 胡适：《〈红楼梦〉考证》，见郑大华整理《胡适全集》第1卷，安徽教育出版社2003年版，第545~587页。

批驳蔡元培的《石头记索隐》时，借用演绎之法，指出蔡元培研究方法的"猜谜"本质，等等。这一部分，也是"蔡胡论争"的第一步。

如果说在第一部分中，胡适的方法只是牛刀小试，那么在论证《红楼梦》是作者曹雪芹的自叙传的过程中，则可谓大展身手了。胡适通过周密的论证，凭借种种史料，以曹寅为线索，勾勒出曹氏家族的经历，又通过杨钟羲《雪桥诗话续集》中的记载，追踪曹雪芹的痕迹，最终考据出曹雪芹的大致情况。凭借这些归纳的成果，胡适提出《红楼梦》是曹雪芹自叙传的假设，而后又归纳演绎并用，进一步证实自叙传说。

在论证后四十回作者的过程中，胡适仍然延续了这种做法：首先通过有正本与程本之间的版本差异，得出"直到乾隆五十六年（1791）始有一百二十回的全本"这一结论，同时又因程、高序及引言中的"语焉不详"，对"后四十回的著者问题"产生了怀疑。胡适通过俞樾《小浮梅闲话》中记载的张问陶的诗注，得出高鹗是后四十回作者的假设，继而通过对高鹗的考证，以及《红楼梦》前八十回与后四十回脱榫之处，用演绎之法来进行论证证实。这一部分的论证方法与第二部分几乎一致。

当我们进入胡适的思考语境之中，我们就会发现，这个论证过程是非常成功的，是胡适所倡导的"科学方法"的成功演示，可称之为考据文的典范。

暂且不谈版本及后四十回著者问题，《〈红楼梦〉考证》

前部的重心在于作者以及《红楼梦》的内容两部分，并得出了
两个方面的结论：

其一，曹雪芹是《红楼梦》的作者，此为史学的考证。

其二，《红楼梦》是自叙传小说，是"自然主义"的杰
作，这是胡适对《红楼梦》文学艺术的判断。

从论证次序上看，作者的考证是服务于自叙传说的，此种
做法的原因是多层面的。一方面，《〈红楼梦〉考证》的第一
部分是对索隐派红学的总结与批判，而索隐派红学的研究本身
是为了探求《红楼梦》写了什么的问题，即"本事"是什么。
"自叙传说"的提出，可看作对索隐派红学的回应，解决的同
样是"本事"问题。在《跋〈红楼梦考证〉》一文中，胡适
写道："我以为作者的生平与时代是考证'著作之内容'的第
一步下手工夫。"[①]此语正可说明"著作之内容"是考证的目
的。

另一方面，这又是胡适研究个性的体现。在本章的第一节
中，我们探寻出胡适研究《红楼梦》的目的。研究目的是他
挑选研究对象的主要因素。但当深入研究本身时，研究个性反
而起到了关键作用。在胡适身上，我们会发现他的研究偏重证
实，一切都围绕证据而来，当胡适沉浸到《红楼梦》研究之中
时，这种研究个性就会凸显。胡适自称有"考据癖"与"历史

---

① 胡适：《跋〈红楼梦考证〉》，见郑大华整理《胡适全集》第2卷，
安徽教育出版社2003年版，第741页。

癖"，这深深地影响了他对《红楼梦》的研究过程，尤其是生成假设的过程。在《〈红楼梦〉考证》中，"曹贾互证"的部分正是"自叙传说"的证据，这足以说明，胡适要给"著作之内容"找出实际的来源。

这足以说明，胡适研究《红楼梦》的目的是对"本事"的考证。但这对"本事"考证的过程，实际上也是论证曹雪芹作者地位的加强。

关于后四十回作者问题的考辨，从方法上来讲，胡适同样是以"怀疑"的态度，以归纳、假设与演绎结合的方法来进行论证的。胡适疑点的生成，来自程伟元、高鹗的记述以及俞樾的《小浮梅闲话》，其论证之最主要者，却是因其不合于自叙传说的整体结论。《〈红楼梦〉考证》一文末尾处写道："我的许多结论也许有错误的——自从我第一次发表这篇《考证》以来，我已经改正了无数大错误了——也许有将来发现新证据后即须改正的。"红学发展至今，胡适的许多观点已有修正，如高鹗续书说等。但我们修正他的结论时所运用的方法与胡适是一致的，此亦可视作对胡适观点的补充。

从学术史的角度来看，《〈红楼梦〉考证》一文是有着奠基作用的，它一方面建立了以考据为主要方法的研究范式，另一方面又形成了以"本事"考证为目的的文本阐释模式。从结论上来说，此文同样有着重要意义：确立了曹雪芹的作者地位，确立了高鹗的续书作者地位。同时，在胡适的引导下，家世与版本研究成为红学研究的主要领域。

胡适以"科学"原则提炼乾嘉朴学的方法，而后用这种源于治经史之法的方法来作小说研究，这对小说作者、版本、时代等方面的探索，有着非常明显的作用。陈平原先生在《胡适文学史研究》一文中写道：

> 一旦胡适将小说作为与传统经学、史学平起平坐的学术主题，必然以清儒治经史的方法治小说。以本事考异与版本校勘为根基，再贯以历史的眼光与母题研究思路，如此中西合璧的学术视野，使胡适得以在章回小说研究中纵横驰骋。①

从《〈红楼梦〉考证》的结论来看，有关于曹家家世的部分内容，以及《红楼梦》作者为曹雪芹等结论是坚不可摧的，这些考证成果奠定了红学文献的基础。虽然目前关于《红楼梦》的作者有诸多说法，然而这些说法大多建立在比附的基础上，依附于胡适所批判的"猜笨谜"，与胡适严谨详密的论断自不可同日而语。

单纯从考证来说，胡适延续了乾嘉朴学的方式。乾嘉朴学继承汉儒治学方法，注重小学训诂，却并未忽略对义理的追求，如朴学大家戴震认为："故训明则古经明，古经明则贤人

———————

① 陈平原：《胡适文学史研究》，见王瑶主编《中国文学研究现代化进程》，北京大学出版社1998年版，第211页。

圣人之理义明，而我心之所同然者，乃因之而明。贤人圣人之
理义非它，存乎典章制度者是也。"①由此可知戴震的态度：
由考证而至义理，考证是明义理的手段与途径。与戴震观点相
同，钱大昕在《经籍籑诂·序》中亦曾言："有文字而后有诂
训，有诂训而后有义理。"②这与戴震的认知途径是一致的。
胡适同样继承了这一点。如果将乾嘉朴学对义理的认知，转移
到小说研究上，则义理可视为小说作者的创作主旨。针对于
此，在做完考证工作之后，胡适得出了《红楼梦》是曹雪芹的
自叙传的结论，进而认为《红楼梦》是自然主义的杰作，是
"老老实实的描写这一个'坐吃山空''树倒猢狲散'的自然
趋势"③，这与朴学的认知过程是相同的。

然而《红楼梦》并不是曹雪芹的自叙传，更不是"自然主
义"的杰作，此为学界共识，自不必多说。可为何胡适会得出
如此结论呢？笔者以为，这有两方面的原因。

其一，胡适的方法固然是科学的，但是方法受到研究对象
的限制。以治经史之法来证小说，则小说在研究者的眼中，
必然呈现出经史的特征，小说的特性本身则容易被忽略。陈
维昭先生在《红学通史》中曾将新红学的本质认识为"实证"

──────────

① 〔清〕戴震：《戴震文集》，中华书局2006年版，第168页。

② 张文治编，陈恕重校：《国学治要》第1册，南海出版公司2015年
版，第166页。

③ 胡适：《〈红楼梦〉考证》，见郑大华整理《胡适全集》第1卷，安
徽教育出版社2003年版，第577页。

与"实录"的合一，①笔者是十分认同的。由实证而出，必得实录的结论，这正是方法决定结论的表现，是因"实"而生的。胡适有着强烈的问题意识，他在《问题与主义》中倡议："请你们多多研究这个问题如何解决，那个问题如何解决，不要高谈这种主义如何新奇，那种主义如何奥妙。"②这种言论尤显胡适研究的倾向性。也正是这种以实证作为研究手段的做法，使他有着对"虚"的回避。在他的小说研究之中，对《水浒传》《红楼梦》等的研究均是如此。或因"诗无达诂"的缘故，小说本身的艺术研究无法证实，导致了胡适的"避虚就实"，这是胡适的研究个性决定的。

另外，中国自古以来有文史不分的传统。关于中国小说的起源有诸多说法，然总不脱稗官、史传、神话、传说诸种，这其中均有史的成分，呈现出文史皆俱的特性。在此传统影响之下的小说创作，自可被证实，如《孽海花》中的陈千秋即田千秋、孙汶即孙文，又如《儒林外史》中的马纯上即冯粹中、庄绍光即程绵庄。因袭这种创作传统，关于"本事"的研究才会出现，自传与他传之间、考证与索隐之间才会形成攻驳之势。两者之共同点为求"实"，然而又皆弱于"虚"。

《儒林外史》《孽海花》等"实"的成分比较多，《红楼

① 陈维昭：《红学通史》，上海人民出版社2005年版，第141页。
② 胡适：《问题与主义》，见郑大华整理《胡适全集》第1卷，安徽教育出版社2003年版，第327页。

梦》却是"虚"的成分更多一些，这就在于《红楼梦》高度的"典型化"。"本事"考证实为反"典型化"的，研究的目的只在于去思考《红楼梦》到底写了谁家事，却忽略了典型人物与典型环境，从而在根本上混淆了素材之于小说的关系。鲁迅曾因胡适纠结于谁是贾宝玉的模特，而称其为"特种学者"，实已指出此种研究方式的偏颇。鲁迅认知中的创作模式当分为两种：

> 作家的取人为模特儿，有两法。一是专用一个人……二是杂取种种人，合成一个，从和作者相关的人们里去找，是不能发见切合的了。……况且这方法也和中国人的习惯相合，例如画家的画人物，也是静观默察，烂熟于心，然后凝神结想，一挥而就，向来不用一个单独的模特儿的。[①]

这正是典型化的生动表述。胡适正是因为没有认识到《红楼梦》与其他中国古典小说的不同，从而走向了证实的道路，陷入了"经学家看见《易》，道学家看见淫，才子看见缠绵，革

---

① 鲁迅：《〈出关〉的"关"》，见《鲁迅全集》第6卷，人民文学出版社1981年版，第537~538页。

命家看见排满，流言家看见宫闱秘事……"①的认知之中。

其二，胡适的考证手段来源于乾嘉朴学，清代早期的学术中，与朴学相对应的是桐城派，二者之间论争的根本是"汉宋之争"，以及义理、考据与辞章之争等范畴。戴震在《与方希原书》中写道："古今学问之途，其大致有三：或事于理义；或事于制数；或事于文章。事于文章者，等而末者也。"②桐城三祖之一的姚鼐，在《复秦小岘书》中写道："天下学问之事，有义理、文章、考证三者之分，异趋而同不可废。"③这两段话正可反映两个学派对辞章的重视程度的不同。姚鼐认为三者当结合运用，而戴震视辞章为"等而末者"，这也影响了胡适研究的侧重点。胡适偏于"实"而忽视"虚"，从根本上来说，这是对"辞章"的认识不足所导致的。

何为"辞章"？钱穆先生认为："至于所谓辞章，诸位当知，一番义理，即是一番思想，思想即如一番不开口的讲话。中国古人说：'有德必有言'，言就该是辞章。"④对于三者之间的关系，钱穆先生有着深入的研究，他认为三者

---

① 鲁迅：《〈绛洞花主〉小引》，见《鲁迅全集》第8卷，人民文学出版社2005年版，第179页。

② 〔清〕戴震：《戴震文集》，中华书局2006年版，第143~144页。

③ 〔清〕姚鼐：《惜抱轩诗文集》，上海古籍出版社2019年版，第104页。

④ 钱穆：《中国史学发微》，生活·读书·新知三联书店2009年版，第35页。

是不同的学问，辞章、考据、义理正是"今天文学院里文、史、哲三科"①。同时，他又认为三者又是有机联系的方法，他在《学问的三方面》里写道："任何一项学问中，定涵有义理、考据、辞章三个主要的成分。此三者，合则成美，偏则成病。"②此论确立了三者之间贯通的关系。在《学与人》一文中，钱穆又从方法论的角度说道："考据应是考其义理，辞章则是义理之发挥。"③由此可见，"义理""考据""辞章"是密不可分的。

回归《〈红楼梦〉考证》一文，胡适由"考据"直至"义理"，这是"自叙传说"乃至"自然主义杰作"这一判断产生的内在逻辑，没有对"辞章"加以研究，这也是胡适研究《红楼梦》的一个弊端。正因缺少对"辞章"这一环节的研究，其结论出现偏差。

胡适对《红楼梦》的研究，在客观上提升了《红楼梦》的地位，从而使小说研究脱离了"戏说"的语境，成为严肃学术之一种，这是功不可没的。新红学至今已有百年，百年间无数学人继承这种方法，投入大量精力对《红楼梦》进行考证，成

---

① 钱穆：《中国史学发微》，生活·读书·新知三联书店2009年版，第38页

② 钱穆：《中国史学发微》，生活·读书·新知三联书店2009年版，第34页。

③ 钱穆：《历史与文化论丛》，见《钱宾四先生全集》第42册，九州出版社2011年版，第152页。

果斐然，这也奠定了《红楼梦》研究的文献基础。然而正如胡适先生自己承认的，他所做的工作是"文学史"的研究，并非"文学"的研究①，可后来者多继承了这种方法，却缺乏这种认知。针对于此，陈平原先生曾写道：

> 正因为胡适及其同道过于沉醉在以作者家世证小说的成功，忽略了小说家"假语村言"的权力，"红学"逐渐蜕变为"曹学"，"自传说"引来越来越多的批评。②

陈平原先生可谓一语中的。在胡适之后的很长一段时间里，诸多学者皆抱着本事考证的目的进行大量的研究，时至今日，此种做法仍有延续。又因如此，红学研究的侧重点转移到考证曹雪芹上，又囿于曹雪芹史料的匮乏，考证重心继续产生了偏移，有与《红楼梦》文本背离的倾向。

实质上，这与胡适的考证目的不一致。他虽承认自己做的是"文学史"的研究，却是考证为文章主体的缘故，毕竟《〈红楼梦〉考证》一文缺乏文学性的分析，但他考证曹雪芹依然是为《红楼梦》的文本服务，在《〈红楼梦〉考证》

---

① 胡适著，姚鹏、范桥编：《胡适讲演》，中国广播电视出版社1992年版，第274页。

② 陈平原：《胡适的文学史研究》，见王瑶主编《中国文学研究现代化进程》，北京大学出版社1998年版，第213页。

的开篇，他即确定考证的范畴为"著者""版本""时代"，其目的是"真正了解《红楼梦》"，①自叙传说的结论亦是针对文本而来的，这种目的性就非常明确了。在1921年4月27日的日记中，胡适有这样一段话："既已懂得《诗》的声音、训诂、文法三项了，然后可以求出三百篇的真意，作为《诗》的'新序'。"②这与他研究《红楼梦》的过程是一致的。考证的虽是著者、版本与时代，目的却是进行文学性的研究。

百年荏苒，红学已成显学，反思过往，才能清晰认知未来。我们固不用如俞平伯先生一样，将考证视为黑漆，却也应知考证对于文学的作用及局限，用合适的方法，研究适合的领域，以图红学新时期更大的发展。

---

① 胡适：《〈红楼梦〉考证》，见郑大华整理《胡适全集》第1册，安徽教育出版社2003年版，第556页。

② 曹伯言整理：《胡适日记全集》第3册，台湾联经出版事业股份有限公司2004年版，第5页。

第五章　"蔡胡论争"始末考论

红学的历史上从来不缺乏争论，如钗黛优劣之争、作者之争、大小脚之争、大观园在南在北之争，甚至林黛玉家产等问题也引发了讨论。其中有人物的臧否，有学术的讨论，有着诸多非学术的臆想，也夹杂有意气之争，于是形成了聚讼纷纭的局面。这当然是《红楼梦》的艺术魅力所致。《红楼梦》既能引人入胜，也能惑人眼目，使人深陷其中，难辨真伪虚实。

然而，红学的发展与红学的发展历程中所出现的诸多争议均有关联，虽然未必愈辩愈明，但论争本身也促进了学术的进步。抛开诸多因人而异的阅读感受形成的非学术之争，"蔡胡论争"可谓红学历史上第一次学术范围内的讨论。其影响之深远，直至百年后的今天仍有体现。因蔡元培、胡适特殊的身份，又因争论之时正当中国现代学术建立之初，这次论争的意义就更加深远。即使回归到红学这一相对狭小的领域，论争中所涉及的方法论、意义阐释等诸多问题，仍然是我们需要重视的。

"蔡胡论争"经历了三个阶段：其一为胡适写作《〈红楼梦〉考证》，此为论争的开端；其二为蔡元培对胡适观点的批驳与对自我观点的辩护；其三为顾颉刚与俞平伯等人的参与及胡适的再次批判。我们在本章中分节论述，以求清晰表现论争之经过。

第一节　胡适对蔡元培观点的批驳

我们之前论证了胡适写作《〈红楼梦〉考证》的目的。他按照"解决问题""输入学理""整理国故""再造文明"的进程，将对《红楼梦》的研究置于"输入学理"的演示之中，这说明胡适的目的是非常明确的，他并非出于对《红楼梦》的喜好，而是因为《红楼梦》的影响力，又因为《红楼梦》是"国语的文学"，才会倾注心力于《红楼梦》研究。在研究过程中，胡适着重展现的是科学方法的应用。他从怀疑的态度出发，到归纳、假设、演绎的运用，以史料为基础，步步推进，最终得出了史学方面可靠的结论。

回归到《红楼梦》研究，胡适的目的在于"打破从前种种穿凿附会的'红学'，创造科学方法的《红楼梦》研究"[①]。

---

① 胡适：《〈红楼梦〉考证》，见郑大华整理《胡适全集》第1册，安徽教育出版社2003年版，第587页。

他在自认为的科学与非科学的辩难之间，将蔡元培所力主的索隐作为对立面，就是理所当然的事情了。

在《〈红楼梦〉考证》中，胡适开篇即讲：

> 《红楼梦》的考证是不容易做的，一来因为材料太少，二来因为向来研究这部书的人都走错了道路。他们怎样走错了道路呢？他们不去搜求那些可以考定《红楼梦》的著者，时代，版本等等的材料，却去收罗许多不相干的零碎史事来附会《红楼梦》里的情节。他们并不曾做《红楼梦》的考证，其实只做了许多《红楼梦》的附会！①

胡适首先明确了一点，即考证《红楼梦》的范围是著者、时代、版本，而以往的《红楼梦》研究，是以"不相干的零碎史事"来"附会"《红楼梦》中的情节。而后胡适将蔡元培的"政治小说"论列为索隐派红学中的第二派，并加以批驳。

胡适以三个例子来论证蔡元培《石头记索隐》的不可信：

其一，蔡元培在以姓名相关者这一原则，来论证王熙凤影余国柱时提出，"'王'即'柱'字偏旁之省，'國'字俗写作

———

① 胡适：《〈红楼梦〉考证》，见郑大华整理《胡适全集》第1卷，安徽教育出版社2003年版，第545页。

'国'，故熙凤之夫曰琏，言二王字相连也"。胡适认为，曹雪芹如果真的这样去想，也仅涉及"国"字和"柱"字的一小部分，其余部分以及最为重要的"余"字并无着落。

其二，胡适认为，蔡元培得出的麒麟影"其年"的"其"、"迦陵"的"陵"，以及三姑娘影"乾学"的"乾"，与王熙凤影余国柱的论述一样，都属于"猜笨谜"。

其三，胡适认为，蔡元培论证刘姥姥影汤斌中有着诸多缺陷。蔡元培由汤斌联想到孙奇峰，再由孙奇峰联想到阳明学派，从阳明学派再联想到王夫人一家，继而由王家想到王狗儿的祖上，再转到刘姥姥，此是笨谜。刘姥姥讲"抽柴"故事影汤斌毁五通祠，板儿影汤斌买的《廿一史》，青儿影汤斌每天吃的韭菜，这种附会很滑稽。蔡元培在论证中，曾就汤斌死后徐乾学赠送二十金，以及死后唯剩俸银八两二事，在《红楼梦》中寻出对应的情节，但对于第四十二回中王夫人送刘姥姥的一百两银子，却没有寻出根由。

胡适以此三例，论证了蔡元培在《石头记索隐》中所展现出来的治学方法的荒谬。胡适举一灯谜的解谜过程来与之比较：

> 我记得从前有个灯谜，用杜诗"无边落木萧萧下"来打一个"日"字。这个谜，除了做谜的人自己，是没有人猜得中的。因为做谜的人先想着南北朝的齐和梁两朝都是姓萧的；其次把"萧萧下"的"萧萧"解作两个

姓萧的朝代;其次,二萧的下面是那姓陈的陈朝。想着了
"陈"字,然后把偏旁去掉(无边);再把"东"字里的
"木"字去掉(落木)。剩下的"日"字,才是谜底![1]

以此灯谜而言,解谜过程既与史相连,又与字形有关,周折之
处颇多。与其说这是一个灯谜,还不如说这是出谜之人炫才之
举。正如胡适所说,这个谜语也只有出谜的人才能答得出来。
胡适以此灯谜的解谜过程,形象地反映了蔡元培索隐过程中的
本事附会,这是极为贴切的。蔡元培的论证,也是史与字形的
结合,或者是史与字音的结合,其推想过程与此灯谜的索解并
无二致,均以周折为胜,而这些周折在胡适的眼中就成为"猜
笨谜"的过程:这既是任意的取舍,更是牵强的附会。此"牵
强"源于他们走错了道路,没有去搜求与《红楼梦》相关的著
者、时代、版本的资料。

　　实际上,这些批驳也反映了胡适的治学倾向。胡适是善于
"证实"的。在1916年12月26日的《论训诂之学》一文中,
他曾言及,"每立一说,必求其例证",例证之法有"引据本
书""引据他书""引据字书"等三法。同日日记中,还有《论
校勘之学》一文,认为校勘当"求古本",且"愈古愈好",也

――――――――――

　　[1] 胡适:《〈红楼梦〉考证》,见郑大华整理《胡适全集》第1卷,安
徽教育出版社2003年版,第550~551页。

需要"求旁证""求致误之故"。①这种态度也被引入这次论争之中。在胡适看来，蔡元培虽引书很多，用心很勤，但从根本而言，史实与小说情节之间缺乏联系，所做的仅是"每举一人，必先举他的事实，然后引《红楼梦》中情节来配合"②的工作，而"配合"二字正可体现胡适的态度。蔡元培认为的事实与情节的附会，是基于"轶事有征者"的佐证部分。但胡适认为蔡元培所做的研究是缺乏实证理念的，即缺乏必然的联系，难脱"附会"的范畴。此主要表现在《〈红楼梦〉考证》第一部分结束之处，胡适引钱静方之语作为总结：

> 要之，《红楼》一书，空中楼阁。作者第由其兴会所至，随手拈来，初无成意。即或有心影射，亦不过若即若离，轻描淡写，如画师所绘之百像图，类似者固多，苟细按之，终觉貌是而神非也。③

粗粗读来，钱氏此语是颇合创作之旨的。但钱氏《红楼梦考》一文，在综述了几种索隐结论之后，倾向于"明珠家事说"，

---

① 曹伯言整理：《胡适日记全集》第2册，台湾联经出版事业股份有限公司2004年版，第447~449页。

② 胡适：《〈红楼梦〉考证》，见郑大华整理《胡适全集》第1卷，安徽教育出版社2003年版，第550页。

③ 胡适：《〈红楼梦〉考证》，见郑大华整理《胡适全集》第1卷，安徽教育出版社2003年版，第555页。

只是他所用的方法较为谨慎，其中有考证成分。比如他在论证作者问题之时，写道：

> 袁子才《随园诗话》云："曹练〔楝〕亭康熙中为江宁织造，其子雪芹撰《红楼梦》一书，备极风月繁华之盛。"则曹雪芹固有可考矣。又《船山诗草》有赠高兰墅鹗同年一首云："艳情人自说红楼。"自注云："传奇《红楼梦》八十回以后俱兰墅所补。"然则此书非出一手。按乡会试增五言八韵诗，始于乾隆朝，使出曹手，必不备此体例，而是书叙科场事已有诗，则其为高君所补可证矣。①

钱氏的这种论证方法，仍归于索隐一脉，但已有实证的倾向，如他以"五言八韵诗"来限定作者的生活时代。虽然袁枚所记曹雪芹为曹寅之子的错误，导致钱静方对曹雪芹生活时代判断错误，但这已与方法无关了。这或是胡适关注此文的原因之一。

　　胡适引此段内容的关键在于："类似者固多，苟细按之，终觉貌是而神非也。"胡适批判索隐之特点，在于附会，附会生成之原因，在于小说与史实的类似，"貌是而神非"句正可

---

① 钱静方：《红楼梦考》，见一粟编《红楼梦资料汇编》，中华书局2005年版，第323页。

说明索隐结论不可靠。这是胡适对索隐派红学的整体评价，其中当然包含着对蔡元培《石头记索隐》的认知。

从态度上说，胡适对蔡元培《石头记索隐》的批判是颇为尖锐的，如以"猜笨谜"来形容蔡元培的索隐，又以"牵强的附会"来总结蔡元培《石头记索隐》的结论，所以蔡元培所做的工作，在胡适的眼中是"白白的浪费了"。

第二节 蔡元培对胡适观点的批驳与对自我观点的辩护

蔡元培于1920年11月24日由上海至法国，1921年9月14日回到上海，又于当月18日返回北京。当日，蔡元培就见到了胡适。胡适此日的日记中写道：

> 自浴堂打电话到蔡孑民先生家中。问知蔡先生已于早十一时到京，就约定时间去看他。四时半，到他家。蔡先生精神甚健，虽新遭两件大不幸的事——死了夫人与令弟——而壮气不少减退，甚可喜。小停，孟馀也来，我们谈甚久。①

---

① 曹伯言整理：《胡适日记全集》第3册，台湾联经出版事业股份有限公司2004年版，第316页。

蔡元培当日的日记也有记载:"沈士远、尹默兄弟来。兼士来,未晤。顾梦余、胡适之来。"①次日,胡适又到蔡元培家商定事务。当月25日,胡适有一日记,与《〈红楼梦〉考证》有关:

> 与蔡先生谈话。前几天,我送他一部《红楼梦》,他覆信说:《考证》已读过。所考曹雪芹家世及高兰墅轶事等,甚佩。然于索引一派,概以"附会"二字抹煞之,弟尚未能赞同。弟以为此派之谨严者,必与先生所用之考证法并行不悖。稍缓当详写奉告。

> 此老也不能忘情于此,可见人各有所蔽,虽蔡先生也不能免。②

按,胡适送蔡元培的《红楼梦》当为亚东初版,此版附有程伟元《序》、胡适《〈红楼梦〉考证》(初稿)与《考证后记》、顾颉刚《答胡适书》、陈独秀《红楼梦新叙》以及汪原放《校读后记》《标点符号说明》。故而蔡元培此时所读应为《〈红楼梦〉考证》初稿,至于"前几日",应是18日或

---

① 王世儒编:《蔡元培日记》,北京大学出版社2010年版,第298页。
② 曹伯言整理:《胡适日记全集》第3册,台湾联经出版事业股份有限公司2004年版,第326页。

19日。

蔡元培写给胡适的回信，应是他对于胡适批驳的第一次反馈。其中，他首先表达了"未能赞同"的态度，并且认为自己所做的索隐是谨严的。

1922年1月4日，蔡元培有函寄于胡适，其中有关于《〈红楼梦〉考证》的文字：

> 承赐大著《胡适文存》四册，拜领，谢谢。虽未遑即全读，亟检《红楼梦考证》读之，材料更增，排比亦更顺矣。弟对于"附会"之辨，须俟出院后始能为之。
>
> 公所觅而未得之《四松堂集》与《懋斋诗钞》，似可托人向晚晴簃诗社一询；弟如有便，亦当询之。[①]

1922年1月30日，蔡元培写就了《石头记索隐第六版自序——对于胡适之先生〈红楼梦考证〉之商榷》，在这篇专为与胡适商榷的文章中，蔡元培总结了自己的索隐三法，亦即前文所引的"品性相类者""轶事有征者""姓名相关者"。其在重申自己所做索隐态度审慎的同时，也是针对胡适所作驳论而言的。胡适在驳论中举例驳斥的为后二者，对于"品性相类者"却并未提及。蔡元培着重提出此三法，是故意点出胡适批判的缺

---

① 高平叔：《蔡元培年谱长编》第2卷，人民教育出版社1999年版，第458页。

漏，还是单纯对自我方法的说明，此已不可知，但在客观上也说明了胡适批判中的缺失。蔡元培对三法的结合运用，虽未遍及全部《石头记索隐》，但大略还是如此的，蔡元培自认审慎之至，因为他认为存疑的如元春隐徐元文、宝蟾隐翁宝林"近于孤证"，所以并未写入《石头记索隐》。对于胡适将他的著作列入"附会的红学"之中，"谓之'走错了道路'，谓之'大笨伯''笨谜'，谓之'很牵强的附会'"，蔡元培明确表示"不敢承认"。[①]其中或有委屈之意，盖为其耗费许多精力，却被称为"大笨伯"之故。

在这篇自序中，蔡元培首先从胡适提出的考证的正当范围入手：他一方面承认对"著者""时代""版本"的考证是必需的，对于胡适对《红楼梦》作者方面的考证是持支持态度的；另一方面，蔡元培认为对情节的考证是更重要的研究范畴。蔡元培认为：

> 惟吾人与文学书最密切之接触，本不在作者之生平，而在其著作。著作之内容，即胡先生所谓"情节"者，决非无考证之价值。[②]

---

① 蔡元培：《石头记索隐第六版自序》，见蔡元培著《石头记索隐》，上海书店出版社2008年版，第1~2页。

② 蔡元培：《石头记索隐第六版自序》，见蔡元培著《石头记索隐》，上海书店出版社2008年版，第2页。

蔡元培从中国传统文学中的意象入手，至西方文学中的影射，将之一概视为对情节的考证。

在第二部分中，蔡元培提出，胡适所谓的"笨谜"，正是中国文人的创作习惯，又举例胡适自己所作《吴敬梓传》中也有比附的内容。

第三部分中，针对胡适指出的刘姥姥的一百两银子在汤斌的生平中并没有与之相应的史实，蔡元培辩护道：

> 案《石头记》凡百二十回，而余之索隐尚不过数十则，有下落者记之，未有者姑阙之，此正余之审慎也。若必欲事事证明而后可，则《石头记》自言著作者有石头、空空道人、孔梅溪、曹雪芹等，而胡先生所考证者惟有曹雪芹；《石头记》中有多许大事，而胡先生所考证者惟南巡一事，将亦有任意去取、没有道理之诮与？[①]

在第四部分中，蔡元培着意指出胡适《〈红楼梦〉考证》的缺失，重点在于胡适的以偏概全以及小说情节与史实脱节的部分。后又论证《红楼梦》情节中定非曹家史实的部分内容，以此来否定胡适的《红楼梦》是"曹雪芹的自叙传"的结论。

[①] 蔡元培：《石头记索隐第六版自序》，见蔡元培著《石头记索隐》，上海书店出版社2008年版，第5页。

在此文结尾部分，蔡元培形成了新的结论。此或即蔡元培在给胡适信中所言的"并行不悖"之语的反映：

> 故鄙意《石头记》原本，必为康熙朝政治小说，为亲见高、徐、余、姜诸人者所草，后经曹雪芹增删，或亦许插入曹家故事，要未可以全书属之曹氏也。①

由此可见，蔡元培对胡适的观点是有接受的，如《红楼梦》中部分情节影射曹氏史实，以及《红楼梦》作者为曹雪芹的部分等。这种"并行不悖"是建立在双方所做均是"本事研究"基础之上的。

蔡元培对胡适的批评也是深刻的。从情节角度看，蔡元培予以极度重视，而胡适则难免疏忽。就中国文人传统的创作习惯而言，春秋笔法等是广泛存在的。蔡元培对"《红楼梦》这部书是曹雪芹的自叙传"结论的指摘，也点出了"自叙传说"的核心弊端。

但从蔡元培以《吴敬梓传》为例对胡适进行批判来看，他显然并没有发现自己与胡适的方法本质上的不同。胡适对蔡元培的批驳是以方法为纲，而蔡元培对胡适的批驳则落在观点上，亦即小说情节与史实的比附上。

---

① 蔡元培：《石头记索隐第六版自序》，见蔡元培著《石头记索隐》，上海书店出版社2008年版，第6页。

如前文曾引《〈红楼梦〉考证》中"却去收罗许多不相
干的零碎史事来附会《红楼梦》里的情节"句，以往研究
者多着重于从整体上来解读这句话，从而更看重"附会"二
字。固然，"附会"是索隐派学者在史实与小说情节之间构
建关系的最主要途径，但此并非胡适所着重批判的。毕竟在
《吴敬梓传》的《本传附录》中，胡适也曾做过附会的工
作，他说：

> 程晋芳字鱼门，是程廷祚（绵庄）的族侄孙，程绵
> 庄即是《儒林外史》的庄绍光，程鱼门大概即是他的侄
> 子庄濯江（名洁）。①

在这里，胡适将程晋芳与庄濯江、程廷祚与庄绍光之间联系了
起来，从表面看来这也是一种附会。但这与索隐派红学诸人所
做索隐相比，却有着极大的不同。胡适在《吴敬梓传》后附程
晋芳所作《吴敬梓传》，其中有记：

> 与余族祖绵庄为至契。绵庄好治经，先生晚年亦好
> 治经，曰："此人生立命处也。"

---

① 胡适：《吴敬梓传》，见郑大华整理《胡适全集》第1卷，安徽教育
出版社2003年版，第746页。

> 岁甲戌，与余遇于扬州，知余益贫，执余手以泣曰：
> "子亦到我地位，此境不易处也，奈何！"
>
> 余返淮，将解缆，先生登船言别，指新月谓余曰：
> "与子别后，会不可期。即景恨恨，欲构句相赠，而涩
> 于思，当俟异日耳。"时十月七日也。又七日而先生殁
> 矣。先数日，衰囊中余钱，召友朋酣饮。醉，辄诵樊川
> "人生只合扬州死"之句，而竟如所言，异哉。[1]

从此传可知，程晋芳、程廷祚与吴敬梓为至交好友，吴敬梓是
熟知他们经历的，将其写入《儒林外史》也在情理之中。胡适
在小说人物与历史人物之间建立的联系，是建立在考证的基础
之上的。

在《〈红楼梦〉考证》中，胡适是在论证完成曹雪芹为
作者之后，才进行的本事研究，以此与蔡元培所做之索隐相
比较，二者之间最大之不同，莫过于"不相干"三字。故而
在胡适的认知之中，二者一为考证，一为附会。也正因此，
蔡元培对自己观点的辩护相对无力，仅仅是在强调自己的审
慎而已。

---

[1] 胡适：《吴敬梓传》，见郑大华整理《胡适全集》第1卷，安徽教育
出版社2003年版，第747页。

第三节　顾颉刚、俞平伯的加入与胡适的再批驳

胡适于1921年3月27日，写定了《〈红楼梦〉考证》的初稿，但他并不满意。自同年4月始，胡适委托顾颉刚帮忙查找资料。在这些资料的基础上，胡适于1921年11月12日完成了《〈红楼梦〉考证》的改定稿。他在11月12日的日记中写道：

> 作《〈红楼梦〉考证》，完。此次共改了七八千字，两日而毕。因新材料甚多，故整理颇不易。①

"颇不易"三字，甚为传神。相比之下，初稿是较为粗疏的，其中也有错误资料导致的错误结论，如因使用袁枚《随园诗话》的记载，认为曹雪芹是曹寅之子等，此类问题在改定稿中都做了修订。这些修订与顾颉刚、俞平伯有着极为重要的联系。胡适在口述自传中对此有记录：

> 在寻找作者身世这项第一步工作里，我得到了我许多学生的帮助。这些学生后来在"红学"研究上都颇有

---

① 曹伯言整理：《胡适日记全集》第3册，台湾联经出版事业股份有限公司2004年版，第393页。

名气。其中之一便是后来成名的史学家顾颉刚，另一位便是俞平伯。平伯后来成为文学教授。这些学生——尤其是顾颉刚——他们帮助我找出曹雪芹的身世。雪芹原名曹霑，雪芹是他的别号。①

对他们参与的程度，苗怀明先生曾有过统计：

> 1921年4月至10月间，三人共写论红书信56封，其中胡适致顾颉刚13封，俞平伯致顾颉刚18封，顾颉刚致胡适16封，顾颉刚致俞平伯9封。②

正是在这些通信的基础上，胡适完成了《〈红楼梦〉考证》改定稿的写作。也是在这些通信过程中，顾颉刚与俞平伯完成了搜集、梳理、分析文献的学术训练。

在这些学术训练之余，却是他们对于《红楼梦》为曹雪芹自叙传的笃信。如俞平伯在1921年5月4日写给顾颉刚的信中说道：

> 我们总认定宝玉是作者自托，（此点大约已无疑

① 胡适口述，唐德刚译注：《胡适口述自传》，广西师范大学出版社2005年版，第233页。
② 苗怀明：《风起红楼》，中华书局2006年版，第55页。

义）即可以以曹雪芹著书时的光景，悬揣书中宝玉应有的结局。①

俞平伯在这里是欲以曹雪芹的事迹为基础，来推断贾宝玉的结局，这正是以"自叙传说"为基础做出的判断。

又如顾颉刚，他在1921年5月9日寄给胡适的信中写道：

> 我先前看贾政不是曹寅，现在想想，还不能下这个断语。第二回上说，"次子贾政，自幼酷喜读书，为人端方正直，祖父钟爱。原要他以科甲出身的；不料代善临终时，遗本一上，皇上因恤先臣，即时令长子袭官外……又额外赐了这政老爷一个主事之衔……如今已升了员外郎。"这一段话，除了"长子袭官"数语为有意错乱外，其余便写实了曹寅。至于贾政性情的方严，原是在宝玉眼光里看出来的；那时年纪大了，又是父亲，又是对着痴憨的儿子，自然不能和少年时朋友赠诗中所说的性情一样。我又猜想"省亲"便是影射"南巡接驾"时情形，若是雪芹迟生了，便见不到这种仪注了。②

---

① 俞平伯：《俞平伯全集》第5卷，花山文艺出版社1997年版，第3页。

② 顾颉刚：《顾颉刚答书》，见宋广波编校注释《胡适红学研究资料全编》，北京图书馆出版社2005年版，第92页。

顾颉刚此论，也是建立在"自叙传说"的基础上的。又如他给俞平伯的信中曾说道：

> 我疑心曹雪芹的穷苦，是给他弟兄所害。看《红楼梦》上，个个都欢喜宝玉，惟贾环母子乃是他的冤家；雪芹写贾环，也写得他卑琐猥鄙得狠：可见他们俩有彼此不相容的样子，应当有一个恶果。但在末四十回，也便不提起了。
>
> ……我的意思，《红楼梦》上把弟兄排行弄乱了，贾环应是比宝玉大，父死之后，由他袭职——七十五回末了，贾赦拍着贾环的脑袋笑道："以后就这样做去，这世袭的前程就跑不了你了"，似可作证……①

这种论证模式是典型的"曹贾互证"。顾颉刚对自叙传说的理解是非常机械的，他将现实中的曹雪芹与小说中的贾宝玉等同看待，小说中贾宝玉的生活，也即现实中曹雪芹的经历，而曹雪芹的经历，自然也会被小说中贾宝玉的故事所反映，二者之间可以互为佐证。

顾颉刚致力于史料的挖掘以及史料与文本之间的互证，俞平伯更多致力于后四十回与前八十回之间的错乱分析。二者的

---

① 顾颉刚：《顾颉刚答书》，见俞平伯著《俞平伯全集》第5卷，花山文艺出版社1997年版，第6页。

研究方向，均来自胡适《〈红楼梦〉考证》初稿中的内容，其目的或为夯实其中的论断，或是补充新的资料，更正初稿中的错误。三人的通信不仅催生了《〈红楼梦〉考证》的改定稿，也使得俞平伯与顾颉刚对于"自叙传说"越发信服。

蔡元培写完《石头记索隐第六版自序——对于胡适之先生〈红楼梦考证〉之商榷》之后，曾将文章送给胡适。1922年2月17日，蔡元培函寄胡适，其中写道：

> 承索《石头记索隐》第六版自序，奉上，请指正。[1]

在2月18日的日记中，胡适对此事有所反馈：

> 下午，国学门研究所开会，蔡先生主席。我自南方回来之后，这是第一次见他。他有一篇《石头记索隐》六版《自序》，是为我的考证作的。蔡先生对于此事，做的不很漂亮。我想再做一个跋，和他讨论一次。[2]

---

[1] 耿云志主编：《胡适遗稿及秘藏书信》第39卷，黄山书社1994年版，第278页。

[2] 曹伯言整理：《胡适日记全集》第3册，台湾联经出版事业股份有限公司2004年版，第436页。

胡适在日记后附录了蔡元培文章的全文，可见他对此事的重视。其中的"不很漂亮"等语尤显胡适的态度，他是想将此次讨论进行到底的。

蔡元培的这篇序言，发表在1922年2月28日《时事新报·学灯》，胡适尚未写反驳文章，顾颉刚与俞平伯对蔡元培的批驳就已经开始了。

1922年3月7日，俞平伯写成《对于石头记索隐第六版自序的批评》，同样发表于《时事新报·学灯》，署名"平"。俞平伯此文直接名为"批评"，其态度是甚为明确的。正如苗怀明先生所言："俞平伯的这篇文章是对蔡元培《石头记索隐第六版自序》一文的商榷，具有很强的针对性。"[①]这种针对性体现在俞平伯对蔡元培自序中所列四条的逐一批驳上。其中，俞平伯对蔡元培观点的形成有这样的分析：

> 他在第一节引言里，提出他所用以推求的三法，且自以为审慎之至，但依我看来，所谓"品性相类""轶事有征""姓名相关"，都可以算作偶合的事情，不能当作铁证。这都因为他自己先有了成见，才能一个一个的比

---

① 苗怀明：《一篇不该被遗忘的红学文献——读俞平伯〈对于《石头记索隐》第六版自序的批评〉》，载《红楼梦学刊》2022年第4辑。

附上去。①

"偶合"与"附会"还是略有不同的。以"偶合"论，是蔡元培发现了史实与小说情节之间的相似性，进而认为这种联系是确定的。而"附会"更多体现出比附者的主观性。俞平伯以"偶合"论之，较之于胡适所用的"附会"，要更为精确一些。但无论是"偶合"还是"附会"，都不能作为铁证。基于此，俞平伯提出了三种研究《红楼梦》的途径，以针对蔡元培的三法：（1）同时人的旁证；（2）作者底生平事迹及其性格；（3）本书底叙言。②

俞平伯的这三法，更像是对胡适写作《〈红楼梦〉考证》的总结。《〈红楼梦〉考证》正是围绕这三点来组织运用资料的。

胡适对于俞平伯的这篇文章是有意见的，他在1922年3月13日的日记中写道："平伯的驳论不很好；中有误点，如云'宝玉逢魔乃后四十回内的事。'（实乃二十五回中事）内中只有一段可取。"③胡适所言误点，实为俞平伯此文硬

———————

① 平：《对于石头记索隐第六版自序的批评》，见《时事新报·学灯》1921年3月7日。

② 平：《对于石头记索隐第六版自序的批评》，见《时事新报·学灯》1921年3月7日。

③ 曹伯言整理：《胡适日记全集》第3册，台湾联经出版事业股份有限公司2004年版，第461页。

伤。按照俞平伯对《红楼梦》的熟悉程度，此种错误本不应发生，苗怀明先生推测俞平伯将"'宝玉逢魔'理解为贾宝玉失玉之后的疯癫"①，这种可能性最大。该段内容在文章的第二段，也使胡适对此文的观感不佳。同时，胡适也指出此文有一段可取：

> 这序底本文共分四节。第一节底大意是说著作底内容有考证底价值，这我极为同意。但我却不懂这一点与所辨论的何干？考证情节底有无价值是一件事，用附会的方法来考证情节是否有价值，又是一件事，万不能并为一谈。考证情节未必定须附会，但《石头记索隐》确是用附会的方法来考证情节的。我始终不懂，为什么《红楼梦》底情节定须解成如此支离破碎？又为什么不如此便算不得情节底考证？为什么以《红楼梦》影射人物是考证情节，以《红楼梦》为自传，便不是考证情节？况且托尔斯泰底小说，后人说他是自传，蔡先生便不反对；而对于胡适之底话，便云"不能强我以承认"，则又何说？至于说《离骚》有寓意，但这亦并不与《红楼梦》相干。屈平是如此，曹雪芹并不因屈平如此而他也须如此，这其间无丝毫

---

① 苗怀明：《一篇不该被遗忘的红学文献——读俞平伯〈对于《石头记索隐》第六版自序的批评〉》，载《红楼梦学刊》2022年第4辑。

之因果关系，不成正当的推论。①

胡适之所以有如此评价，或因二人的风格不同。胡适是重视方法的，在他认为好的这部分中，俞平伯从方法的角度直指蔡元培的荒谬之处，称其结论为"不成正当的推论"。在其后的行文之中，俞平伯多纠结于细处，陷入内容的论辩。在胡适看来，这本身脱离了方法论的论争范围。

在胡适的日记中，还记有顾颉刚对蔡元培的批评，胡适认为"甚有理"。其中，顾颉刚提出蔡元培的根本错误为两点：

> 第一，别种小说的影射人物只是换了他的姓名，男还是男，女还是女，所做的职业还是这项职业。何以一到《红楼梦》就会男变为女，官僚和文人都会变成宅眷？第二，别种小说的影射事情，总是保存他们原来的关系。何以一到《红楼梦》就会从无关系发生关系。②

这种认知的前提，是承认中国传统小说创作中有影射存在的。在胡适眼中，顾颉刚以归谬之法来说明蔡元培观点的错误，这种归谬之法具有方法指引的功用，且也击中了蔡元培索隐观点

---

① 俞平伯：《对于石头记索隐第六版自序的批评》，见《时事新报·学灯》1921年3月7日。

② 曹伯言整理：《胡适日记全集》第3册，台湾联经出版事业股份有限公司2004年版，第459页。

的缺陷之处，即蔡元培的索隐与史实中关系的割裂。顾颉刚提出："实在蔡先生这种见解是汉以来的经学家给与他的。"①此句直指蔡元培研究的根底，既指向研究方法，也指向研究目的。

顾颉刚的观点为胡适提供了依据。在1922年5月10日写就的《答蔡孑民先生的商榷》中，胡适从两方面对蔡元培的观点做出批驳。

其一，胡适指出，蔡元培的方法不适用于《红楼梦》的研究。胡适提出有几类小说可以用蔡元培的索隐之法，如《孽海花》，又如《儒林外史》。在胡适看来，《孽海花》是写时事的书，《儒林外史》是写实在人物的书，故而适用。但大多数的小说不适用蔡元培的方法，如《三国演义》《水浒传》《西游记》《红楼梦》。胡适用顾颉刚的观点来反驳蔡元培。

其二，胡适认为考证作者的生平与时代是考证"著作之内容"的第一步，而《红楼梦》之所以容易被人穿凿附会，正因为人们向来都忽略了"作者之生平"的问题。胡适讲道："若离开了作者，时代，版本等项，那么，引《东华录》与引《红礁画桨录》是同样的'不相干'……若离开了'作者之生平'而别求'性情相近，轶事有证，姓名相关'的证据，那么古往今来无数万有名的人，那一个不可以化男成女搬进大观园里

---

① 曹伯言整理：《胡适日记全集》第3册，台湾联经出版事业股份有限公司2004年版，第459页。

去？"①

在第一部分中，胡适显然受到了顾颉刚的影响，所以也就承认了部分小说适用索隐这一观点。胡适举例道：

> 但这部书里的人物，很有不容易猜的；如向鼎，我曾猜是商盘，但我读完《质园诗集》三十二卷，不曾寻着一毫证据，只好把这个好谜牺牲了。又如杜少卿之为吴敬梓，姓名上全无关系；直到我寻着了《文木山房集》，我才敢相信。②

这说明，胡适所谓的"写时事的书""写实在人物的书"的定义，将小说中的情节等同于史实，故而他认为这部分小说是可索隐的。胡适也曾对这些内容加以"索隐"，只是他的索隐还是从实证的角度出发，他虽然发现了商盘与向鼎之间的相似性但因"不曾寻着一毫证据"，所以不敢加以确认。但胡适仅以"写时事的书""写实在人物的书"与"历史的小说""传奇的小说""游戏的小说"之间的对立来确定何种可索隐，何种又不可索隐，显然这并未抓住问题的本质。此论说或与胡适曾提

---

① 胡适：《跋〈红楼梦考证〉》，见宋广波编校注释《胡适红学研究资料全编》，北京图书馆出版社2005年版，第200~203页。

② 胡适：《跋〈红楼梦考证〉》，见宋广波编校注释《胡适红学研究资料全编》，北京图书馆出版社2005年版，第201页。

及两类小说的研究方法有关，只是世代累积的小说，并非不能写"实在人物"与"时事"。如此阐释使胡适在"《红楼梦》为什么不能索隐"这个问题上缺乏说服力。又因他所引用的顾颉刚的观点，仅说明了蔡元培索隐结论的不正确，这就使得该部分的驳论出现断层：假使蔡元培最开始如接受"明珠家事说"那般接受了"曹家家世说"，并将索隐范畴集中于曹家，抑或可得出"自叙传说"的结论，那是否就说明《红楼梦》可索隐？

此文对蔡元培的批驳最有力的在第二部分。蔡元培重情节；胡适重作者之生平，并由此出发进行对情节的考证。这是二者的区别。这一部分中，胡适着重谈到作者、时代与小说情节之间的关系，此等论说符合创作之规律，也击中了蔡元培论断的要害，"不相干"三字，正是蔡元培索隐的缺陷。

总体而言，胡适对蔡元培的二次批驳，是对《〈红楼梦〉考证》中批驳索隐观点的提炼与加强，正如苗怀明先生认为的：

> 这个回答加上先前的《红楼梦考证》改定稿，应该说基本上批倒了蔡元培的索隐式研究法，蔡氏无法为自己作更有力的辩护，也就没有再专门写文章回应。①

---

① 苗怀明：《风起红楼》，中华书局2006年版，第88页。

文末，胡适以亚里士多德《尼各马可伦理学》中的一句话来表达了此次论争的基调：

> 朋友和真理既然都是我们心爱的东西，我们就不得不爱真理过于爱朋友了。[①]

二人的论争，无疑都是"求是"的，当然这是就他们认为的《红楼梦》的"是"而言的。二人都将这次论争置于学术讨论的范畴，并未影响他们之间的关系。有关刻本《四松堂集》的事情尤可显示此种情谊。在1922年4月21日的日记中，胡适写道：

> 今天蔡先生送来他从晚晴簃（徐世昌的诗社）借来的《四松堂集》五册，系刻本，分五卷。[②]

作为论辩的对手，蔡元培主动为胡适提供其所需要的资料，这种雅量是令人钦佩的。在此日的日记里，胡适录有蔡元培写给他的信，信中摘录了与曹雪芹有关的诗词，又对曹雪芹卒年加

---

① 胡适：《跋〈红楼梦考证〉》，见宋广波编校注释《胡适红学研究资料全编》，北京图书馆出版社2005年版，第204页。

② 曹伯言整理：《胡适日记全集》第3册，台湾联经出版事业股份有限公司2004年版，第524页。

以考证，这也说明蔡元培在有意识地接触曹雪芹的资料。当日，胡适就阅读了《四松堂集》，并将自己的日记送给蔡元培，其中记有刻本未收的材料。

第六章 "蔡胡论争"的余脉、接受与反思

　　胡适的《跋〈红楼梦考证〉》发表后，"蔡胡论争"落下帷幕。1922年5月亚东本《红楼梦》再版，刊载了《〈红楼梦〉考证》改定稿，文后加了一篇《附记》，同时将《〈石头记索隐〉第六版自序——对于胡适之先生〈红楼梦考证〉的商榷》《跋〈红楼梦考证〉》《答蔡孑民先生的商榷》作为附录，这也是对"蔡胡论争"的记录。其后的亚东本第三版至第七版中，一直延续了这些内容。而"蔡胡论争"也随着亚东本《红楼梦》的发行，被广大读者所了解与接受。

　　"蔡胡论争"之后，蔡元培、胡适、顾颉刚、俞平伯等人均继续着对《红楼梦》的研究，并对"新红学"的研究范畴加以拓展，如随着论争的深入出现了探佚，又随着脂本的陆续发现，出现了对脂本的研究、对脂砚斋的研究等。

　　随着"蔡胡论争"的结束，对蔡元培与胡适的红学研究的反思就开始了，其中涉及方法论及观点等方面。

　　就红学史的断代而言，1949年常被作为一个时间界限，本书也以此为界。本章拟从"蔡胡论争"的余脉，以及学界对

"蔡胡论争"的接受、反思三个方面，来加以探究。

第一节 "蔡胡论争"的余脉

俞平伯本身对《红楼梦》缺乏兴趣，正如他在《红楼梦辨》的《引论》中所言：

> 我从前不但没有研究《红楼梦》底兴趣，十二三岁时候，第一次当他闲书读，且并不觉得十分好。那时我心目中的好书，是《西游》《三国》《荡寇志》之类，《红楼梦》算不得什么的。我还记得，那时有人告诉我姊姊说："《红楼梦》是不可不读的。"这种"像煞有介事"的空气，使我不禁失笑，觉得说话的人，他为什么这样傻？[①]

十二三岁的少年，正是喜欢热闹的年龄，《红楼梦》这种于平淡中显不平凡思考的书，自然不会引发少年的阅读兴趣。

俞平伯与《红楼梦》的结缘，始于1920年与傅斯年赴

---

① 俞平伯：《红楼梦辨·引论》，见俞平伯著《俞平伯全集》第5卷，花山文艺出版社1997年版，第69页。

欧，二人在船上以谈《红楼梦》为消遣。这也使俞平伯对《红楼梦》有了初步的认知，但他并没有打算深入研究《红楼梦》。

在欧洲并未停留多久的俞平伯，不顾傅斯年的挽留，执意回到了国内，计划中的留学也就成了一趟旅行。俞平伯的一生也因此发生了改变，俞平伯终是与《红楼梦》有着不解之缘的。

胡适写就《〈红楼梦〉考证》初稿之后，并不满意，因而委托顾颉刚查找史料，两人频繁通信，也就影响到了俞平伯。顾颉刚在《红楼梦辨》的序中回忆：

> 平伯向来欢喜读《红楼梦》，这时又正在北京，所以常到我的寓里，探询我们找到的材料，就把这些材料做谈话的材料。①

这种讨论，渐次成为通信。从通信日期来分析，顾颉刚与俞平伯之间有关《红楼梦》的讨论，集中于1921年4月至10月之间，并且以5、6月间最为集中。

随着胡适写完《〈红楼梦〉考证》改定稿，这种讨论逐渐减少，俞平伯对于《红楼梦》的兴趣或许也就到此为止了。

---

① 顾颉刚：《红楼梦辨·序》，见俞平伯著《俞平伯全集》第5卷，花山文艺出版社1997年版，第62页。

但蔡元培在《时事新报》上发表的驳论，再次激发了俞平伯的兴趣，俞平伯也在很短时间内写就针对蔡元培的批驳文章，并在与顾颉刚通信的基础上，完成了《红楼梦辨》。也正是在这本书的序言中，顾颉刚写道："我希望大家看着这旧红学的打倒，新红学的成立。"①这也宣告了"新红学"的成立，而《红楼梦辨》也就成为新红学的奠基之作之一。

既然《红楼梦辨》的主体内容诞生于论争之中，其内容自然也会指向对胡适观点的加强，以及对蔡元培观点的批判，其目的也与胡适写作《〈红楼梦〉考证》的目的一脉相承。顾颉刚明确写道：

> 这部书出版之后，希望大家为了好读《红楼梦》而连带读它；为了连带读它而能感受到一点学问气息，知道小说中作者的品性、文字的异同、版本的先后，都是可以仔细研究的东西，无形之中，养成了他们的历史观念和科学方法。他们若是因为对于《红楼梦》有了正当的了解，引伸出来，对于别种小说以至别种书，以至别种事物，都有了这种态度了，于是一切"知其当然"的智识都要使它变成"知其所以然"的智识了，他们再不肯留下模糊的影像，做出盲从的行

① 顾颉刚：《红楼梦辨·序》，见俞平伯著《俞平伯全集》第5卷，花山文艺出版社1997年版，第66页。

为。这是何等可喜的事！①

其中，使阅读者养成"历史观念"与"科学方法"，并将之推广于《红楼梦》研究之外，这是顾颉刚的目的。回归到《红楼梦》研究之内，则是"从高鹗的意思，回到曹雪芹的意思"②，此是二人的共同想法。

与胡适不同，俞平伯对《红楼梦》的文本下功夫更多。胡适所做工作多为对旧红学索隐派的批判、作者的考证、续作者的考证，以及版本历史的考证等；俞平伯所做工作多为研究《红楼梦》的风格、作者的态度、续作者的态度、续作者的文本依据等。在延续"自叙传说"这一基本论说的同时，二人的研究范畴有着极大的差异，但其中又有着千丝万缕的联系。

俞平伯曾对《红楼梦辨》的章节设计予以说明：

> 这书共分三卷。上卷专论高鹗续书一事，因为如不把百二十回与八十回分清楚，《红楼梦》便无从谈起。中卷专就八十回立论，并述我个人对于八十回以后的揣测，附带讨论《红楼梦》底时与地这两个问题。下卷最

---

① 顾颉刚：《红楼梦辨·序》，见俞平伯著《俞平伯全集》第5卷，花山文艺出版社1997年版，第67页。

② 俞平伯：《红楼梦辨·引论》，见俞平伯著《俞平伯全集》第5卷，花山文艺出版社1997年版，第70页。

主要的，是考证两种高本以外的续书。其余便是些杂论，作为附录。①

这种章节设置，就目的而言，是为明确《红楼梦》前八十回与后四十回的分界；就方法而言，又为文本上的考证。

《红楼梦辨》第一篇为《论续书底不可能》，俞平伯提出："我以为凡书都不能续，不但《红楼梦》不能续；凡续书的人都失败，不但高鹗诸人失败而已。"②此种论点实为对胡适提出的后四十回与前八十回中前后错讹部分的补充论证。《辨原本回目只有八十》也是对胡适考证前八十回与后四十回分界的进一步证实。凡此种种，细读时自会发现其中的关联，区别在于俞平伯多从文本内寻找证据。

同样，俞平伯的《红楼梦辨》中也有对蔡元培观点的批驳。在蔡元培的眼中，《红楼梦》是有关于康熙朝的政治小说，此为蔡元培对《红楼梦》做完本事附会之后的判断。俞平伯针对这点，在《作者底态度》一文中提出，《红楼梦》"是感叹自己身世的"，是"为情场忏悔而作的"，是"为十二钗作

---

① 俞平伯：《红楼梦辨·引论》，见俞平伯著《俞平伯全集》第5卷，花山文艺出版社1997年版，第70~71页。

② 俞平伯：《论续书底不可能》，见俞平伯著《俞平伯全集》第5卷，花山文艺出版社1997年版，第73页。

本传的"。^①该文也直接针对索隐诸说进行了批判，这是《红楼梦辨》中批判最为明确的一篇。

另外，《红楼梦辨》中《高本戚本大体的比较》一文，对程高本与戚序本加以对勘，梳理了高鹗对前八十回的修改，并加以优劣评判。此种方式在红学领域也有开创之功。

尤应注意的是《八十回后的〈红楼梦〉》一文，该文确立了探佚这一红学独有的方向。俞平伯在论证"贾氏衰败"这个问题时，提出应该从三个方面来进行研究：

> （1）从本书看，（2）从曹家看，（3）从雪芹身世看。若三方面所得的结果相符合，便可以断定"书中贾氏应怎样衰败"这个问题。^②

在研究宝玉、金陵十二钗等人的结局时，俞平伯结合文本与脂批等进行推论，探究曹雪芹意中的结局。其中"曹贾互证"的方法，也为后续作探佚研究的学者做出示范。

写就《答蔡孑民先生的商榷》之后，胡适在很长的一段时间内并未再关注《红楼梦》的研究，因其本意为展示方法、推

---

① 俞平伯：《作者底态度》，见俞平伯著《俞平伯全集》第5卷，花山文艺出版社1997年版，第153~156页。

② 俞平伯：《八十回后的〈红楼梦〉》，见俞平伯著《俞平伯全集》第5卷，花山文艺出版社1997年版，第195页。

广方法。对胡适而言，他在"蔡胡论争"中对旧方法的批判，已足够揭示其荒谬之处。此后一段时间里，胡适多做整理国故的工作。至1925年12月，容庚发现一百二十回本的《红楼梦》抄本，并以此质疑胡适与俞平伯，胡适也并未公开发表答复，而是以信件的形式指出容庚所得抄本为程乙本的抄本。此事在《重印乾隆壬子本〈红楼梦〉序》中有记录。在该文中，胡适提出了一个判断版本早晚的标准：

> 凡作考据，有一个重要的原则，就是要注意可能性的大小。……试用此理来观察《红楼梦》里宝玉的生年，有二种可能：
>
> （1）原本作"隔了十几年"而后人改作了"次年"。
>
> （2）原本作"次年"，而后人改为"隔了十几年。"
>
> 以常理推之，若原本既作"隔了十几年"，与第十八回所记正相照应，决无仅改为"次年"之理。程乙本与抄本之改作"十几年"，正是他晚出之铁证。①

---

① 胡适：《重印乾隆壬子本〈红楼梦〉序》，见宋广波编校注释《胡适红学研究资料全编》，北京图书馆出版社2005年版，第210页。

这种出于常理的判断方式，为后来学者判断版本的早与晚起到了重要的作用。

1927年8月11日，胡适在寄给钱玄同的书信中，提及"近日收到一部乾隆甲戌抄本的脂砚斋重评《石头记》"一事，并作出部分判断：

（1）批者为曹雪芹的本家，与雪芹是好朋友。

（2）墨批作于雪芹生时，朱批作于他死后。

（3）以脂批为据，修正甲申说，认为曹雪芹死于壬午除夕。

（4）第十三回原回目"秦可卿淫丧天香楼"，后删去"天香楼"一节。①

这四条内容与胡适在日记中所存的作于1927年6月的札记相似。胡适将此视为一大喜事，其中很多批语也佐证了胡适的"自叙传说"。这也确为红学史上一重大事件，其中又有些许传奇色彩。苗怀明先生在《风起后楼》中对此多有论述，不再赘述。

胡适对这本新收到的抄本做了系统的研究，并以《考证〈红楼梦〉的新材料》为题，在1928年3月10日的《新月》第一卷第一号上发表文章。文章重点考证了"脂砚斋与曹雪芹""秦可卿之死""《红楼梦》的'凡例'""脂本与戚本""脂本的文字胜于各本""从脂本里推论曹雪芹未完之书"

---

① 胡适：《致钱玄同》，见欧阳哲生、耿云志整理《胡适全集》第23卷，安徽教育出版社2003年版，第456页。

等六个问题。其中，对于脂砚斋、脂批、凡例、脂本之间的关系、批语作者等的研究，极大拓展了《红楼梦》研究的范畴，这种拓展是基于资料的发现而产生的。1931年，俞平伯在《脂砚斋评〈石头记〉残本跋》中，提出"其非脂评原本乃由后人过录"的观点，考证出现存甲戌本为过录本。其后，胡适又发现了庚辰本，在研究方法、范畴上仍与此相似。

与胡适不同，蔡元培在胡适写完第二次批驳文章之后，就未再写辩驳文章，但蔡元培也并未终止对《红楼梦》研究的关注，他在1923年4月25日的日记中写道：

> 阅俞平伯所作《红楼梦辨》，论高鹗续书依据及于戚本中求出百十一本，甚善。
>
> 唐六如与林黛玉一章，考出葬花事本于六如集。①

俞平伯在考订《红楼梦》为一百一十回本的过程中，主要是依据戚序本中的批语。他在辨析"后三十回"与"后数十回"时，在大量的文本证据中抽丝剥茧，得出《红楼梦》为一百一十回的结论。但在此时，俞平伯并不知悉评者为谁，只能判断出"作者距雪芹极近，或和他同时"，"思想并不见十分高明"，"却颇有《红楼梦》是部作者自传这个观念"，是"正当解释底开山祖师"，而索隐者也被俞平伯冠以"荒唐可笑的

---

① 王世儒编：《蔡元培日记》，北京大学出版社2010年版，第315页。

'红学家'"的名目。①

俞平伯在前八十回中辑出高鹗续书的依据，也论及高鹗所续是否符合前八十回的依据等内容。其目的是证明顾颉刚所说"后四十回的事情，在前八十回都能找到他的线索"，但俞平伯也指出"四十回中也有许多无根之谈——即是没有依据的"②内容。此文目的虽如此，但也从侧面证明了后四十回为续书。此文也是建立在大量的文本证据上的，具有很强的说服力。

俞平伯论林黛玉与唐寅的关系之时，仍不忘批评蔡元培，他写道：

> 未有林黛玉底葬花，先有唐六如底葬花；且其神情亦复相同。……如依蔡孑民底三法之一（轶事可征）；那么，何必朱竹垞，唐六如岂不可以做黛玉底前身？
>
> 但我们既不敢如此傅会，武断，又不能把这两事，解作偶合的情况；便不得不作下列的两种假定。（1）黛玉底葬花，系受唐六如底暗示。（2）雪芹写黛玉葬花事，系受唐六如底暗示。依全书底态度看，似乎第一假定较

---

① 俞平伯：《后三十回的〈红楼梦〉》，见俞平伯著《俞平伯全集》第5卷，花山文艺出版社1997年版，第236~253页。

② 俞平伯：《高鹗续书底依据》，见俞平伯著《俞平伯全集》第5卷，花山文艺出版社1997年版，第107页。

> 近真一点。黛玉是无书不读的人，尽有受唐六如影响底
> 可能性。[①]

这就说明，俞平伯是将曹雪芹置于实录的位置，从而将黛玉单独列出，继而以假设的方式来做出推论。而在证明林黛玉因袭唐六如的同时，也证明了林黛玉的原型并非朱彝尊。

如此，蔡元培所言"甚善"，最大的可能是建立在对俞平伯从大量的文本中析出观点的认同。这似乎可说明蔡元培接受了后四十回续书作者为高鹗这一论断。"考出"二字有确定之意，但这种确定并非建立在林黛玉即唐六如的基础上，而是"葬花事"。前者与蔡元培的索隐观点相悖，而后者则可被蔡元培的观点所吸纳，正可以作为蔡元培所言"阙之"内容之补。毕竟，蔡元培的索隐中也有分合的先例。

蔡元培并未接受胡适的观点以及他考证的方法，他仍然坚持自己所作《石头记索隐》时的观点。1927年，寿鹏飞《红楼梦本事辨证》一书出版，蔡元培于1926年6月30日给这本书写了序：

> 余所草《石头记索隐》，虽注重于金陵十二钗所影之本人，而于当时大事，亦认为记中有特别影写之

---

① 俞平伯：《唐六如与林黛玉》，见俞平伯著《俞平伯全集》第5卷，花山文艺出版社1997年版，第266页。

例，如董妃逝而世祖出家，即黛玉死而宝玉为僧之本事。……惟不以全书为专演此两事中之一而已。王梦阮、沈瓶庵二君所著之《红楼梦索隐》，以全书为演董妃与世祖事，已出版十五年矣。同乡寿槃林先生新著《红楼梦本事辨证》，则以此书为专演清世宗与诸兄弟争立之事；虽与余所见不尽同，然言之成理，持之有故。此类考据，本不易即有定论；各尊所闻以待读者之继续研求，方以多歧为贵，不取苟同也。先生不赞成胡适之君以此书为曹雪芹自述生平之作，余所赞同。①

在《石头记索隐》中，蔡元培以不求全的方式，将自己确认的索隐内容写了出来，余则阙之。这是他自认为的审慎之处。又因他的索隐割裂了史实之间的联系，仅以"政治小说"之意将诸事关联，也就没有形成"专研"之事。这是蔡元培与其他索隐者之间的主要差异。这种方式使得他更容易接纳他人的索隐结果：蔡元培的索隐并不具有强烈的排他性。故蔡元培可以在"与余所见不尽同"的基础上，去接纳这些观点。但对于胡适的观点，蔡元培仍是持批判态度的，其所针对的是自叙传说。

在1937年4月11日的日记中，蔡元培回忆了一件事情：

---

① 蔡元培：《〈红楼梦本事辨证〉序》，见寿鹏飞著《红楼梦本事辨证》，商务印书馆1927年版，第1页。

忆在北平时，曾向胡适之君借阅初二集，然仅检读有关曹雪芹各条，未及全读也。①

所谓"初二集"者，乃是《雪桥诗话》，胡适在论证中曾引其中内容。"在北平时"一语，并未指明确切时间，故我们无法做出准确的判断，但最大的可能是"蔡胡论争"期间所发生的事情。蔡元培有意识地去搜集曹雪芹的资料。在论争中，蔡元培也部分认可了曹雪芹的著作权，如其所言"要未可以全书属之曹氏也"，此或也与他搜集曹雪芹的资料有关。

自1937年2月始，蔡元培集中时间读了《雪桥诗话》，并将很多内容辑于日记之中，如1937年3月7日的日记中辑：

第二十三叶记敬亭王孙尝为琵琶行传奇一折，曹雪芹（霑）题句，有云："白傅诗灵应喜甚，定教蛮素鬼排场。"雪芹为楝亭通政孙，平生为诗，大概如此，竟坎坷以终。敬亭挽雪芹诗，有"牛鬼遗文悲李贺，鹿车荷锸葬刘伶"之句。……第三十八叶，秦小岘《遂园修禊图书后》云："外高王父昆山司寇负经世才，激昂任事，为忌者所中，累疏乞归。后总督傅拉塔摭他事文致其子侄，劾公与立斋相国，罢相国而褫公职。山东巡抚拂伦

---

① 王世儒编：《蔡元培日记》，北京大学出版社2010年版，第483页。

又劾公。相公殁，抚苏者商丘宋公，公稍得从容游宴，
而不幸遽逝。当日同朝要人明珠、明珠子出公门，何以
必欲倾陷公？盖时成性已夭，明珠党科尔坤、佛伦皆与
公忤，而余国柱方与汤文正相龃龉，明珠亦恶文正。文
正抚苏，公为文送之。其殁也，作神道碑，据事直书不
讳，两人盖衔公深矣。他人构公，或与王鸿绪、高士奇
并列。两人皆与公有连，王又出公门，然公友文正，王
攻之。两人亦尝构公，王尤甚。先官谕主甲子顺天乡
试，公子侄皆取中，以磨勘兴大狱，实高为之。"[1]

在这份辑录中，蔡元培将曹雪芹、昆山司寇、余国柱、汤文
正、王鸿绪、高士奇等人名均加上着重符号。而其辑录重
心，均与其《红楼梦》研究有关，其中有涉曹雪芹事，更有
许多是《石头记索隐》中的影射人物。这种辑录还有很多，
不一一举出。这说明在这一时期，蔡元培仍在考虑《红楼
梦》的相关问题。

直到1940年2月所写的《自写年谱》，蔡元培仍未改变索
隐的观点，他仍"自信这本索隐，决不是牵强附会的"[2]。此

---

① 王世儒编：《蔡元培日记》，北京大学出版社2010年版，第469~470
页。

② 蔡元培：《自写年谱》，见蔡元培著、文明国编《蔡元培自述》，
人民日报出版社2011年版，第76页。

种坚持建立在蔡元培的深思基础上，毕竟他此时已经阅读了相当数量的与曹雪芹有关的史料，并且也有意识地去辑录与其索隐有关的资料。

胡适对蔡元培的坚持己见，有着些许不甘与不解。1961年2月16日的日记中，胡适仍对蔡元培为寿鹏飞《红楼梦本事辨证》作序一事耿耿于怀：

> 半夜看会稽寿鹏飞（字榘林）的《红楼梦本事辨证》。（商务民十六年六月初版，十七年六月再版——比俞平伯的《红楼梦辨》销的多多了！）
>
> 寿君大不满于我的"自述生平"说，而主张此书为专演清世宗与诸兄弟争立事。其说甚糊涂，甚至于引胡蕴玉《雍正外传》一类的书！
>
> 但书首有蔡孑民先生的短《序》，题"十五年六月三十日"，其中说：
>
> 先生不赞成胡适之君以此书为曹雪芹自述生平之说，余所赞同。
>
> 此《序》作于我《答蔡孑民先生的商榷》（十一，五，十）之后四年。①

① 曹伯言整理：《胡适日记全集》第9册，台湾联经出版事业股份有限公司2004年版，第730~731页。

　　胡适写此日记时，是明显带有情绪的：一本引用《雍正外传》这种野史中资料的书，竟然比俞平伯《红楼梦辨》发行得多许多，而蔡元培先生竟然给他写序，并且明确表示赞成他反对自己的观点，尤其是这本书还在胡适批驳蔡元培之后。时隔三十多年的胡适，仍是不解、不甘，又有些愤懑的。

　　在次日的日记中，胡适记载了读愿为明镜室主人的《读红楼梦杂记》以及《红楼梦书录》的事。胡适在日记中摘录了其中的两段内容，后评论"这是很彻底的自叙说""这也是很彻底的自叙说"，①这也是他前夜愤懑心态的体现。

　　1961年2月18日，胡适与胡颂平谈起了寿鹏飞的《红楼梦本事辨证》，胡适说道：

　　　　当年蔡先生的《红楼梦索隐》，我曾说了许多批评的话。那时蔡先生当校长，我当教授，但他并不生气，他有这种雅量。他对《红楼梦》的成见很深，像寿鹏飞的《红楼梦本事辨证》，说是影射清世宗与诸兄弟争立的故事，我早已答覆他提出的问题。到了十五年，蔡先生还怂恿他出这本书，还给他作序。可见一个人的成见之不易打破。②

---

　　① 曹伯言整理：《胡适日记全集》第9册，台湾联经出版事业股份有限公司2004年版，第732页。

　　② 胡适：《1961年2月18日与胡颂平的谈话》，见宋广波编校注释《胡适红学研究资料全编》，北京图书馆出版社2005年版，第427页。

时隔一日，胡适仍难释怀，只是将对蔡元培不肯接纳自己见解的想法总结为"一个人的成见之不易打破"的慨叹。而"怂恿"一词，也包含着胡适难以言说的无奈。

第二节 学界对"蔡胡论争"结论的接受

"蔡胡论争"之后，"新红学"诞生了。本质上，这是两种方法论的碰撞，同时这次论争产生了诸多结论。这次论争的方法论与结论为大众所接受，并使学者们在接受的前提下作更深一步的研究。从红学研究范畴角度来看，"蔡胡论争"也有着引领作用。在论争中，研究范畴虽未被明确提出，却对诸多学者的研究方向有着极大的影响。

王国维在《红楼梦评论》中曾说道："而《红楼梦》自足为我国美术上之唯一大著述，则其作者之姓名，与其著书之年月，固当为唯一考证之题目。"[①]王国维认为文学作品的考据，当以作者、著书时代为合理的范围。蔡元培在《石头记索隐第六版自序——对于胡适之先生〈红楼梦考证〉之商榷》一文中，也肯定了胡适对于曹雪芹与高鹗的考证，认为可以

---

① 俞晓红：《王国维〈红楼梦评论〉笺说》，中华书局2004年版，第165页。

"稍释王静庵先生之遗憾"①。在胡适作《〈红楼梦〉考证》之前，虽已有作者为曹雪芹的记载，甚至有了"自传说"的说法，但都是不确定的，也是含混笼统的。就性质而言，曹雪芹为作者与"胡老明公"或某孝廉为作者等说法是一样的，均自传言而来，也只能当作一种传言来对待。

"蔡胡论争"之后，作者的不确定性一扫而空，曹雪芹不再仅是小说中出现的作者，而是历史上的实有人物。胡适对《红楼梦》所进行的考证翔实细密，又因"科学的方法"的提出，《〈红楼梦〉考证》以及《红楼梦辨》中涉及《红楼梦》作者、版本、续书等问题的诸多结论，在短时间内为大众所接受，并成为研究《红楼梦》的基础。如众多从小说艺术角度进行的研究，多以曹雪芹为《红楼梦》作者出发。这种广泛的接受，本身说明了学界对于"蔡胡论争"的态度，其中最重要的是鲁迅对此观点的吸纳。鲁迅的《中国小说史略》为其在北京大学授课时的讲义，修订增补后于1923年12月、1924年6月由北京大学新潮社以上下册出版。在《清之人情小说》篇中，鲁迅历数有关于《红楼梦》的诸多说法，在论及康熙朝政治状态说时，鲁迅写道：

---

① 蔡元培：《石头记索隐第六版自序》，见蔡元培著《石头记索隐》，上海书店出版社2008年版，第2页。

此说即发端于徐时栋，而大备于蔡元培之《石头记索隐》……旁征博引，用力甚勤。然胡适既考得作者生平，而此说遂不立，最有力者即曹雪芹为汉军，而《石头记》实其自叙也。①

此段内容，为鲁迅对"蔡胡论争"的接受。显然，鲁迅认为蔡元培的《石头记索隐》虽"旁征博引""用力甚勤"，但胡适以翔实资料对作者做出的考证，自然比蔡元培的观点更有说服力，而"自叙传说"就被鲁迅所采纳。

鲁迅认为"自叙传说"与《红楼梦》开篇最为契合，"其说之出实最先，而确立反最后"，且胡适对曹雪芹生平的考证，可以驳王国维对自传说的诘难："所谓'亲见亲闻者，亦可自旁观者之后言之，未必躬为剧中之人物'。"胡适彰明了"曹雪芹生于荣华，终于苓落，半生经历，绝似'石头'，著书西郊，未就而没"。在该篇中，鲁迅还大量引用了胡适对于曹雪芹生平的考证。②可见在此时，鲁迅对于胡适的考证成果是深信不疑的。

关于整本书的回目数量，鲁迅接受了俞平伯的观点，他

① 鲁迅：《中国小说史略》，见《鲁迅全集》第9卷，人民文学出版社2005年版，第243页。
② 鲁迅：《中国小说史略》，见《鲁迅全集》第9卷，人民文学出版社2005年版，第244页。

说道：

> 俞平伯从戚蓼生所序之八十回本旧评中抉剔，知先
> 有续书三十回，似叙贾氏子孙流散，宝玉贫寒不堪，"悬
> 崖撒手"，终于为僧；然其详不可考（《红楼梦辨》下有
> 专论）。[①]

鲁迅对于考证成果的接受，是在对"蔡胡论争"有全面了解之
后做出的判断，他有着明确的取舍。鲁迅本身的影响力也扩大
了这些结论的影响范围。

牟宗三的《红楼梦悲剧之演成》一文对"蔡胡论争"的评
价也极具说服力。牟宗三认为："所谓红学大家之种种索隐附
会之谈，这已经失掉了鉴赏文学的本旨。后来有胡适之先生的
《红楼梦考证》，把那种索隐的观点打倒。用了历史的考据
法，换上了写实主义的眼镜，证明了《红楼梦》是作者的自
述，是老老实实把自己的盛衰兴亡之陈迹描写出来。这虽然是
一个正确的观点，然而对于《红楼梦》本身的解剖与理解，胡
先生还是没有作到。"[②]牟宗三从文学研究的角度出发，认为

---

① 鲁迅：《中国小说史略》，见《鲁迅全集》第9卷，人民文学出版社
2005年版，第245页。

② 牟宗三：《红楼梦悲剧之演成》，见吕启祥、林东海主编《红楼梦
研究稀见资料汇编》，人民文学出版社2001年版，第603页。

胡适的研究尚属考证工作，并非文学本身的研究。但牟宗三选择了胡适的研究结论，认为索隐派终是"附会之谈"，其中的差别是显而易见的。牟宗三的文章表达了文学批评家的态度，虽与胡适所作考证不同，但也是在吸纳了胡适的研究成果之后做出的研究。

"新红学"的创制，不仅建立在结论上，也对方法论、研究范畴有着示范与规定的作用。前者如考证的方式、"曹贾互证"的论证，后者如版本、家世、探佚等，后期又有了对脂批的研究。这都为后来人研究《红楼梦》提供了方向。

敦易在《红楼梦杂记》中对高鹗与张船山的关系进行了考证。本着怀疑的态度，敦易提出：

> 《船山诗草》上，有诗云赠高兰墅鹗同年，注有《红楼梦》自八十回后俱兰墅所补的话（见《红楼梦考证》）。倘若前条的材料属实，则高鹗续书，似在与张妹成婚之前；不然船山怎能泛泛地称他做同年呢！
>
> 这个话有一大疑点！据胡适之先生所考，赠诗在嘉庆六年（1801），到十四年时（1809），高鹗已大概将近六十岁了。照赠诗的口气，尚未联为姻娅……
>
> 或许胡先生年岁的猜测，有点不合事实，也未可知？[1]

---

[1] 敦易：《红楼梦杂记三则》，见吕启祥、林东海主编《红楼梦研究稀见资料汇编》，人民文学出版社2001年版，第112页。

其怀疑的态度、论证的方式均与胡适的方法有着直接的关联，
也是对"蔡胡论争"的接受。

在《〈红楼梦〉考证》中，胡适讲道：

> 若作者是曹雪芹，那么，曹雪芹即是《红楼梦》开
> 端时那个深自忏悔的"我"！即是书里的甄贾（真假）
> 两个宝玉的底本！懂得这个道理，便知书中的贾府与甄
> 府都只是曹雪芹家的影子。①

如此，则《红楼梦》也是曹雪芹的忏悔之作。熊润桐在《八十
回红楼梦里一个重要的思想》一文中，引"无才可去补苍
天""满纸荒唐言"两诗来补充胡适的论证，认为"此系身前
身后事"句，便是作者"自传"的声明，并以此为基础，从灵
与肉的角度，分析《红楼梦》中的思想。②

哀梨所作《红学之点滴》亦可为代表。在文中，他首先明
确了对"蔡胡论争"的取舍：

> 因为这个原故，《红楼梦索隐》《石头记索隐》

---

① 胡适：《〈红楼梦〉考证》（改定稿），见宋广波编校注释《胡适
红学研究资料全编》，北京图书馆出版社2005年版，第158页。

② 熊润桐：《八十回红楼梦里一个重要的思想》，见吕启祥、林东海主
编《红楼梦研究稀见资料汇编》，人民文学出版社2001年版，第86~92页。

《红楼梦考证》，纷纷的出世。等到有了胡氏的一篇"考证"，又把一件红学的考据家打倒。把一个续后四十回的高兰墅，从矿山里挖出来，重现于人世。胡氏为人，尽多谬妄之处，这一件大功，值得凌烟阁上标名，我并不因为我向来不信任胡氏的学说（他的《哲学史大纲》，就不如这一篇考证靠得住），抹煞他这一点。[①]

在这里，哀梨表达了明确的取舍。此文也可视为"探佚"之发挥，是在"蔡胡论争"所确立的研究范畴之内的研究。

另有张恂子《红楼梦新序》一文是应该重视的。该文虽未提及《红楼梦》的作者问题，但是对索隐诸说均有批判，并对索隐的原因做出推断：

这许多附会的红学家，大概都是生在清末，因为那时种族革命的火焰，渐次增高……拿着笔杆子的文人，眼见得甚么《民报》《革命军》这一类书籍很流行，便感觉到满洲人有痛骂的必要，要骂又苦没有资料，于是就来利用《红楼梦》，说：林黛玉便是董小宛，贾宝玉便是清世祖……本来思想、文学、艺术，都脱不了有时

---

① 哀梨：《红学之点滴》，见吕启祥、林东海主编《红楼梦研究稀见资料汇编》，人民文学出版社2001年版，第184页。

代做背景的！①

此等判断虽然武断，但也符合部分文人的心态。尤应注意的是，本文在论及"明珠家事说"时，以徐乾学的《纳兰成德墓志铭》和韩菼的《神道碑》中关于纳兰成德的资料，与贾宝玉的性情做比较，又从世系的角度，将纳兰性德的家世与《红楼梦》中荣国府的世系做比较，对贾宝玉即纳兰性德这一观点进行批驳，所用之法亦为考证。

"蔡胡论争"之后，基于曹雪芹为作者的结论，诸多学人对《红楼梦》中的地点、炕等问题展开讨论，如李玄伯、湛庐、延陵、俞平伯、刘大杰等人均有参与。这均是从《红楼梦》的写实出发而形成的讨论。诸如此类，尚有许多，不再一一胪列。

1930年至1942年，故宫博物院所属《文献丛编》陆续刊出康熙朝曹寅、曹顺、曹頫、李煦等人的奏折朱批。这为考证《红楼梦》提供了更多的线索。

李玄伯在1931年写就的《曹雪芹家世新考》一文，开曹雪芹家世研究之风气，并一直延续至今，这与胡适最终还是做出《红楼梦》为自然主义杰作的判断不同。该文以《文献丛刊》刊出的大量史料为基础，对曹家的旗籍、民族、世系、祖籍、

① 张恂子：《红楼梦新序》，见吕启祥、林东海主编《红楼梦研究稀见资料汇编》，人民文学出版社2001年版，第289页。

亲眷、姻亲，以及曹寅之子曹颙、嗣子曹𫖯等做出考证，并对曹雪芹为曹颙遗腹子做出推测，对曹氏与康熙皇帝的关系，以及曹寅与曹𫖯的亏空、曹氏的产业、曹𫖯被罢免等问题一一进行考证。此文对曹氏家族的史料发掘，极大丰富了关于曹氏家族的研究。

有关《红楼梦》的考证因新资料的出现逐渐火热起来，胡适的"曹贾互证"之法也被诸多学者因袭，且愈演愈烈。如严薇青《关于红楼梦作者家世的新材料》，该文对曹寅的生平及曹氏世系等问题做出考证，对胡适的诸多观点予以证实。严薇青又以"曹贾互证"的方式，以曹寅《奏谢复点巡盐并奉女北上及请假葬亲折》《奏王子迎娶情形折》，推断贾元春即曹寅的女儿，虽不是皇妃，却是王妃，在此基础上又大胆做出假设：

> 我们更可以知道这位以曹寅的女儿化身为《红楼梦》中之贾元妃的"福金"，和作者曹雪芹乃是姑母与侄儿的亲属关系；而在《红楼梦》里，和这位元妃有姑侄关系的则是贾兰。同时贾兰又是一个无父的孤儿，在母亲李纨手中长大起来的，这颇和我们在上一节里所推测的曹雪芹的身世相仿佛。因此我们很疑惑雪芹或即是曹颙的遗腹子，而曹颙之妻马氏即是李纨的正身。或者曹雪芹把自己写作贾宝玉，而实在却是

过着贾兰的生活！[①]

这种在史料、小说文本之间互证互立的论证模式，已体现得非常明显。

慧先的《曹雪芹家点滴》一文以新材料对胡适的结论进行质疑，如提出曹颙是曹寅的独子、曹頫为承嗣袭职、曹雪芹为曹頫之子等。又得出曹颙的遗腹子应为贾琏、史太君应为李煦的姊妹、史湘云为李煦的孙女辈、马氏应为邢夫人等结论。[②]慧先从资料的运用到小说人物与历史人物的互证方式，都源于胡适，只是随着"曹贾互证"的范围不断扩大，本事研究的本质越发显露。周黎庵《谈清代织造世家曹氏》一文与慧先的文章相似，二者均以新发现的史料来校正胡适文中的观点，但就方法论而言仍是胡适治学方式的延续。

1947年，周汝昌发现了《懋斋诗钞》，并据此撰写了《〈红楼梦〉作者曹雪芹生卒年之新推定》。周汝昌是深受"自叙传说"影响的，他将小说的年表与历史的年表互相配合，此为《红楼梦新证》史料编年及红楼年表的雏形。周汝昌又于1949年写成《真本石头记之脂砚斋评》，以脂批为依据，

---

① 严薇青：《关于红楼梦作者家世的新材料》，见吕启祥、林东海主编《红楼梦研究稀见资料汇编》，人民文学出版社2001年版，第647页。

② 慧先：《曹雪芹家点滴》，见吕启祥、林东海主编《红楼梦研究稀见资料汇编》，人民文学出版社2001年版，第732~735页。

更加确信《红楼梦》为曹雪芹的自传说。

相比于关于曹雪芹家世、生平的研究的火热，《红楼梦》的版本研究则相对沉寂。正如陈维昭先生所言，"这是一个《红楼梦》版本研究的独断时代"[①]。虽然这一时期戚序本、甲戌本、庚辰本、己卯本、舒序本等已被发现，但这些抄本均为少数收藏者所藏，大众见不到这些版本，则无法进行研究。

在胡适与俞平伯的研究之外，有关于版本研究的文章是比较少的，只有寥寥数篇。容庚的《红楼梦的本子问题质胡适之俞平伯先生》一文是其中较早的一篇，前文中也曾涉及。容庚就自己收藏的百二十回抄本《红楼梦》为基础，将此抄本与亚东本、程甲本进行比对，提出："百二十回本是曹氏的原本，后四十回不是高鹗补作的。"[②]他对胡适的观点进行质疑。胡适在驳论中认为容庚所据抄本是程乙本的抄本，故而容庚的论证也就没有说服力了。

素痴1934年3月10日于天津《大公报》发表了《跋今本红楼梦第一回》一文，文中写道："今本《红楼梦》以'此开卷第一回也'起，跟住的一段说明这书是一部化装的自叙传，并为这书作一些道德的解辩。第二段却突兀地问：'看官，你道此书从何而来？'以下便引入女娲补天的故事。假如今本的第

---

① 陈维昭：《红学通史》，上海人民出版社2005年版，第200页。

② 容庚：《红楼梦的本子问题质胡适之俞平伯先生》，见吕启祥、林东海主编《红楼梦研究稀见资料汇编》，人民文学出版社2001年版，第168页。

一段是原书的正文，则这里从文章技术上看来，实有显著的大缺憾。"本着这种疑惑，他提出"这一段是后人增添"的，并推测这段文字"就是这些评语的总序或首节，原与正文分开，或用小字，或低一格，或以空白与正文相隔别（因为这一段太长，不能写在书眉），而传抄者误以与正文相混，相沿至今"[①]。这也是因为素痴并未得见甲戌本，所以只能推测，再以旁证来加以佐证。

己卯本原藏主董康曾记陶洙写有《脂砚余闻》一文，惜不传。在《书舶庸谭》中，董康写道：

> 若《红楼》一书，评者皆扬林抑薛，且指薛为柔奸。余尝阅脂砚斋主人第四次定本，注中言林、薛属一人。脂砚斋主人即雪芹之号，实怡红公子之代名。[②]

《书舶庸谭》本为笔记体文字，关于脂砚斋即曹雪芹之号，亦即贾宝玉之代名的论断，董康并没有展开论述。然而他将此三人混为一体的判断，与胡适的自叙传说或有关联，而其所据的第四次定本，应为己卯本。

白衣香的《红楼梦问题总检讨》一文中有"《红楼梦》版本出现史"一节，对《红楼梦》各种版本出现的时间先后进行

---

① 素痴：《跋今本红楼梦第一回》，见《大公报》1934年3月10日。

② 董康：《书舶庸谭》，诵芬室自刻本，1939年，第499~500页。

了评介。但他并未意识到戚序本也是一种脂本。

索隐一派并未因"蔡胡论争"而销声匿迹，但与1910年代相比，已呈现出萧瑟之态。1927年，寿鹏飞的《红楼梦本事辨证》出版，书前有蔡元培所作之序，又有《会稽寿鹏飞榘林甫述》，其中写道：

> 二十年前即闻吾乡蔡孑民先生，有石头记索隐之作。每恨未睹……近如胡适之氏《红楼梦考证》，钱静方氏《红楼梦考》，俞平伯氏《红楼梦辨》卷，鲁迅氏（即同闬周树人君）《中国小说史略》第二十四篇，类皆博采群言，详语精择，足发后人之蒙。其间有根据前人成说，而引伸足成之者，有推倒一切、自创异说者，有就书面观察、不欲加以影事之推测者，有搜考成书及出版时代者。甚至彼此主奴，互为争辩，迄为聚讼公案。综观诸氏之说，自以蔡书为能窥见作者深意，而胡氏驳之独甚力。平心论之，蔡氏不免为徐柳泉之说所拘，更引当时诸名士以实之，致多牵强。若胡氏竟指为雪芹自述生平，则纯乎武断。①

---

① 寿鹏飞：《红楼梦本事辨证》，商务印书馆1927年版，第1~2页。

在寿鹏飞看来，蔡元培能窥见作者深意，其弊端在于受到徐柳泉观点的局限，又因过实，以致牵强。胡适的"自叙传说"则"纯乎武断"。这种评价的标准，自然与寿鹏飞的认知有关。寿鹏飞首先认为《红楼梦》是有"深意"的，探索深意需"以影事"来加以推测。从方法论角度看，寿鹏飞与蔡元培同属红学索隐一派，承认其能窥见深意不足为奇。寿鹏飞认为《红楼梦》影射胤禛与诸兄弟争夺皇位一事，又认为曹雪芹非胡适考出的曹霑，而是《四焉斋集》的作者曹一士，这也是他认为胡适所论"武断"的原因。

这一时期还有一部索隐派红学著作，那就是景梅九的《红楼梦真谛》。如果说《石头记索隐》是索隐派红学最有影响力的著作，那么《红楼梦真谛》则是索隐范畴最为广泛的著作。在《〈石头记真谛〉纲要》中，景梅九说道："读者非下一番索隐工夫，断无由知其真谛。王、蔡两索隐均有所发明，而遗漏粗疏之处尚多。不佞特以本著补缀之。"①可以看出，景梅九对于王梦阮、沈瓶庵的"顺治皇帝与董小宛的爱情故事"以及蔡元培的"康熙朝政治小说"等观点，均持支持的态度，他们的缺陷在于"遗漏粗疏"。景梅九提出了批评《红楼梦》的三义谛，作为他索隐的标准：

　　　　第一义谛，求之于明清间政治及宫闱事；第二义

---

① 景梅九：《红楼梦真谛》，辽宁古籍出版社1997年版，第1页。

谛，求之于明珠相国及其子性德事；第三义谛，求之于
著者及增删者本身及其家事。①

在这三义谛的指导之下，《红楼梦真谛》成为索隐派红学的
"集大成"者，诸多索隐派红学的观点均被吸纳，在兼收并蓄
的基础上，又有了发挥。其所用之法也具有综合性，拆字、附
会等，均竭尽所能。正因如此，景梅九的《红楼梦真谛》更显
索隐之谬。

荀玉《红楼梦考证》一文，虽以考证名之，实质上也属于
索隐范畴。如他将真真国女子附会为台湾郑氏，认为海疆即闽
海等，就方法而言与其他索隐派研究并无二致。②

湛卢的《我亦为红楼梦索隐》开篇即写道：

> 我是《红楼梦》之爱好者，特别因为它是民族意识
> 特高的一部小说。……但它对于真（甄）假（贾）之
> 分，持义甚明，显然是一部拥护明朝，斥清室为"伪组
> 织"的隐蔽的民族小说。……
>
> 我这种动机，完全受了蔡孑民（元培）先生所著

---

① 景梅九：《红楼梦真谛》，辽宁古籍出版社1997年版，第14页。
② 荀玉：《红楼梦考证》，见吕启祥、林东海主编《红楼梦研究稀见资料汇编》，人民文学出版社2001年版，第1156~1158页。

《石头记索隐》的影响……①

在这种思想的指引之下，湛卢认为贾宝玉影射福临、刘姥姥影射钱牧斋，关于满汉与阴阳的映射，则与蔡元培的观点截然相反，认为男子代表汉人，女子代表满人，贾政、贾赦影射多尔衮，等等。其方法也以附会为主。

　　综上，在"蔡胡论争"之后，考证派的诸多观点，如前八十回作者为曹雪芹，后四十回作者为高鹗，《红楼梦》为曹雪芹"自叙传"等，是被很多人接纳的。最为重要的是，胡适所谓"科学的方法"也逐渐被学界接受并应用。而考证派诸人所确立的"新红学"的研究范畴，除版本与脂砚斋研究这种因资料未被公布而受到局限的范畴以外，也得到了充足的发展。尤其是随着曹氏资料的陆续发现，对于曹雪芹家世的研究更加深入，《红楼梦》的文献学基础得以巩固，但同时也出现家世研究与文本研究脱节的问题。这与胡适最终将《红楼梦》确定为"自然主义的杰作"这种文学的判断背道而驰。

　　索隐派红学虽未绝迹，较之于兴盛时期已不可同日而语。考证派以资料为推进研究的主要原动力，这就使得考证在史证方面更有说服力。与之相比，索隐附会的本质也在显露，其随意性也逐渐为人所识，两相比较之下，学人做出取舍并不困

---

　　① 湛卢：《我亦为红楼梦索隐》，见吕启祥、林东海主编《红楼梦研究稀见资料汇编》，人民文学出版社2001年版，第1159页。

难。这也是"蔡胡论争"的直接结果。

第三节　学界对"蔡胡论争"的反思

如果说整部"红学史"是"分久必合，合久必分"的，那么"蔡胡论争"既是分久必合的开端，又埋下了合久必分的伏笔。就学术的发展而言，百花齐放与百家争鸣是学术进步的前提，在突破瓶颈之后，又会进入另一个百花齐放、百家争鸣的局面，这也是分合之间的转换。

"蔡胡论争"虽未结束索隐派红学一家独大的局面，但也将其荒谬的本质揭露出来。这是学术的进步，但这次论争也有着明显的局限。胡适的最终结论为《红楼梦》是自然主义的杰作，而"《红楼梦》只是老老实实的描写这一个'坐吃山空''树倒猢狲散'的自然趋势"[1]，《〈红楼梦〉考证》里关于作者的考证、本事的考证都服务于这个结论。蔡元培的结论为《红楼梦》是"康熙朝政治小说"，所作的本事比附也服务于此结论。如此，二者的主旨差异极为明显，但在论争之中，双方不约而同地抛弃了主旨之争，"自叙传说"与其他本

---

[1] 胡适：《〈红楼梦〉考证》（改定稿），见宋广波编校注释《胡适红学研究资料全编》，北京图书馆出版社2005年版，第166页。

事说的碰撞反而成为主体，方法的展示成为论争的主要目的。

"蔡胡论争"之后不久，学界对此的反思就已经开始了。

俞平伯是有考证与文艺差异的概念的。1922年，他在《札记十则》中曾言及"考证虽是近于科学的、历史的，但并无妨于文艺底领略，且岂但无妨，更可以引读者作深一层的领略"。这是对考证作者而言的。对于作者的考证，属于文学背景研究，本着知人论世的原则对作者深入了解，自然便于理解作品。俞平伯认为《红楼梦辨》能够帮助读者了解作者的身世性情，且排除文艺的伪托、讹脱等，求真返本。[①]这种定位，实际仍然建立在自叙传说的基础上。

在1925年，俞平伯发表了《〈红楼梦辨〉的修正》一文，对自叙传说提出了疑问：

> 《红楼梦》系作者自叙其生平，有感而作的，事本昭明不容疑虑。现在所应当仔细考虑的，是自叙生平的分子在全书究有若干？[②]

在"蔡胡论争"之时，蔡元培也曾触及此问题，如胡适仅考证

---

① 俞平伯：《札记十则》，见俞平伯著《俞平伯全集》第5卷，花山文艺出版社1997年版，第281页。

② 俞平伯：《〈红楼梦辨〉的修正》，见俞平伯著《俞平伯全集》第5卷，花山文艺出版社1997年版，第286页。

了数项与文本有关联的史实，就确定《红楼梦》为曹雪芹的自叙传，在蔡元培看来这是非常草率的。但他对于胡适的驳难是从胡适的考证角度进行的，与俞平伯的反思并不在一个维度。俞平伯立足于创作思维，对"自叙传说"进行反思。他认为自己写作《红楼梦辨》之时，虽也有论及"添饰处""点缀处"等非信史之处，提出考证或也有些矫枉过正的地方，但总体上眼光仍拘泥于考证，执着于自叙传说。在写这篇修正文章时，俞平伯的思考在慢慢地转型，进而去考虑《红楼梦》是自叙传，还是带有自叙传倾向的文学作品，以及这二者的区别。同时他也认识到，考证所得出的结论与索隐的"猜笨谜"有着相似的地方，"即非谜，亦类乎谜"①。这已经触及索隐派红学与考证派红学均是本事研究的内容。他以"怀忆"为例来阐释现实与创作的关系：

譬如怀忆，所忆的虽在昨日，而忆却为今刹那的新生。忆中所有的，即使逼近原本，活现得到了九分九；但究竟差此一厘，被认为冒牌。……以"似某"为文学的极则，则文学之多是一本靠得住的钞件而已，再贴上创作的签封，岂不羞死？……

若创造不释为无中生有，而释为经验的重构，则一

① 俞平伯：《〈红楼梦辨〉的修正》，见俞平伯著《俞平伯全集》第5卷，花山文艺出版社1997年版，第287页。

切真文艺皆为创造的。写实的与非写实的区别，只是一个把原经验的轮廓保留得略多，一个少些。……所以视写实的文艺为某实事的真影子，那就"失之毫厘，谬以千里"了。一切文学皆为新生的，而非再生的。①

俞平伯将事物理解为物质与经验的组合，而文艺的内涵也受作者的经验限制，创作即经验的重构，写实与非写实的区别在于原经验保留得多与少。然而即使是写实，也不会完全是实事，如怀忆一般，总会有差异。俞平伯的这种理解方式，加入了作者的主观能动性，从而使其脱离了"自叙传说"的小说文本与史实完全对应的束缚，进入了新的阐释领域。

于是，俞平伯也认识到"小说只是小说，文学只是文学，既不当误认作一部历史，亦不当误认作一篇科学的论文"，同时他也认识到方法与对象之间的关系，"历史的或科学的研究方法，即使精当极了；但所研究的对象既非历史或科学，则岂非有点驴唇不对马嘴的毛病"。②此言指向胡适所用的方法，前文已论述。胡适的方法论来自汉学，又经过实验主义科学方法的提炼，形成了一套实证的方法。然而这终归是经史之法，

① 俞平伯：《〈红楼梦辨〉的修正》，见俞平伯著《俞平伯全集》第5卷，花山文艺出版社1997年版，第288页。

② 俞平伯：《〈红楼梦辨〉的修正》，见俞平伯著《俞平伯全集》第5卷，花山文艺出版社1997年版，第290页。

以经史之法研究小说，就会忽略小说虚构的本质，从而在证实的环节产生偏差，将"虚"的内容实质化了，从而产生实录的错误认知，终归落入本事研究的范畴之中了。

俞平伯的反思，既涉及结论，也涉及方法论，是极为深刻的。他开始倡导一种趣味的研究，这种趣味的研究需要深入文本，即俞平伯所言的"不把复综的密缕看作疏剌剌的几条，不把圆浑的体看作平薄的片"，从而抱着"人各完成其所谓是，而不妨碍他人的"方式，来做趣味的研究者。[①]这显然已经有了读者本位的意味，与本事研究所标榜的作者本位形成了极大的差异。而俞平伯的反思，也就形成了跨越。

但俞平伯在随后的研究中，仍然以文本考证的方法在进行研究，对"实"的研究仍然占据着极大的比重，如对《红楼梦》中的北京方言、炕、地点等名物问题的研究。

晚年的俞平伯仍然在反思。1978年10月，俞平伯写了《索隐与自传说闲评》，其时他已78岁。文章开篇即言："斯学浩瀚，难窥涯涘。"[②]这种言语出自亲历"蔡胡论争"的俞平伯之口，尤显其求索中的困惑与慨叹。俞平伯将红学考证、自传说称为"黑漆"，又明言"我深中其毒，又屡发为文章，推

---

① 俞平伯：《〈红楼梦辨〉的修正》，见俞平伯著《俞平伯全集》第5卷，花山文艺出版社1997年版，第291页。

② 俞平伯：《索隐与自传说闲评》，见俞平伯著《俞平伯论红楼梦》，上海古籍出版社1988年版，第1141页。

波助澜，迷误后人"①，其言甚悔，其言甚挚，究其原因，在于：

> 《红楼》妙在一"意"字，不仅如本书第五回所云也。每意到而笔不到，一如蜻蜓点水稍纵即逝，因之不免有罅漏矛盾处，或动人疑或妙处不传。故曰有似断纹琴也。若夫两派，或以某人某事实之，或以曹氏家世比附之，虽偶有触着，而引申之便成障碍，说既不能自圆，舆评亦多不惬。……纵非求深反惑，总为无益之事。"好读书，不求甚解"，窃愿为爱读《红楼》者诵之。②

在这种反思中，俞平伯凸显了"意"与"实"之间的矛盾。他最终是倾向于"意"的，"实"的弊端，在于"引申之便成障碍"。尤当注意的是，对于自叙传说，俞平伯亦以"比附"言之。

黄乃秋的《评胡适红楼梦考证》一文，对胡适的方法也有反思。他认为："余尝细阅其文，觉其所以斥人者甚是；惟其

---

① 俞平伯：《乐知儿语说〈红楼〉》，见俞平伯著《俞平伯全集》第6卷，花山文艺出版社1997年版，第403页。

② 俞平伯：《乐知儿语说〈红楼〉》，见俞平伯著《俞平伯全集》第6卷，花山文艺出版社1997年版，第404页。

积极之论端，则尤不免武断，且似适蹈王梦阮、蔡孑民附会之覆辙。"①黄乃秋从本子之考证与著者之考证两个方面对胡适的观点加以驳难，对于张船山所记载的高鹗补作，他认为：

> 高鹗诚补作四十回，然其补作也，非于八十回后加上四十回，乃系逐渐插入原本八十回之间，将八十回扩充而成百二十回耳。②

这与胡适的观点有极大的不同。他认为胡适在论证中有许多疏漏，如"既已谓后四十回为高鹗补作矣，而又据贾府之抄没以推测曹家"，又如"既谓宝玉即雪芹，贾府即曹家，不知其何以又能据非出雪芹手笔者而推知曹家"，这些都是胡适考证中的矛盾之处。

在黄乃秋眼中，胡适的考证存在"立论之根本相抵触""立论证据之不充""人背于小说之原理"等三大问题，认为"为小说者，必观察古今人生之里面，明其真理之所在，然后抉精汰粗，择尤传述"。小说的表现"常归纳人生以就逻辑秩序"，并且是"改善之人生"的表达，而《红楼梦》为理想

---

① 黄乃秋：《评胡适红楼梦考证》，见吕启祥、林东海主编《红楼梦研究稀见资料汇编》，人民文学出版社2001年版，第130页。

② 黄乃秋：《评胡适红楼梦考证》，见吕启祥、林东海主编《红楼梦研究稀见资料汇编》，人民文学出版社2001年版，第131页。

小说，并不能以实际人生影射。

黄乃秋以考证来驳考证，其论虽有错解，但也指出了胡适的缺漏。他引入西方小说理论反观胡适的考证，这是有创见的。他认为《红楼梦》不能影射实际人生，实质上是将《红楼梦》的研究与本事研究加以区分，从而将红学的考证与索隐同等对待了。

与黄乃秋、俞平伯这种自考证而出的批判不同，另有许多学者直接针对"蔡胡论争"中双方表达的观点及方法论进行反思，这种反思迥异于本事研究的目的，转而从文学本位或者文学功用等角度，对红学索隐与考证进行反思。

许啸天对索隐派与考证派红学均持批判态度。在许啸天看来，红学索隐派是"白费心血，白费笔墨"，而考证与索隐"异曲同工"，只是"略有根据"而已。在他看来，小说当有"文学"上的价值与"教育"上的价值。这种观念颇有功利思想，尤其是他注重小说"'美'的教训"与"'情'的教训"①，关注小说教化功能。基于这种思考，索隐派与考证派红学就失去了立足点。

熊润桐在《红楼梦是什么主义的作品——八十回红楼梦里所表现的艺术思想》一文中，对胡适所提出的"自然主义杰作"一说进行了反思，认为此说法是违背因果律的。他从

---

① 许啸天：《〈红楼梦〉新序》（初稿），见吕启祥、林东海主编《红楼梦研究稀见资料汇编》，人民文学出版社2001年版，第94~105页。

自然主义的概念入手，认为自然主义文学是科学精神的产物，是冷的理智为主的文学，但曹雪芹并没有受到科学精神的影响，且《红楼梦》是作者含着"一把辛酸泪"写成的"满纸荒唐言"，感情是热烈的。这与自然主义是截然不同的。熊润桐认为：

> 《红楼梦》这部书完全是作者描写他自家一生灵肉冲突的经过，和他所得到的正觉。所以全部书的表面，虽然切切实实描写那一番"花柳繁华温柔富贵"的肉欲的生活，而骨子里却时时隐藏着一种他自创的"以肉遣肉，从肉生灵"的人生观。①

既然《红楼梦》中有解决灵肉冲突问题的人生观，而自然主义文学对于人生问题又"诊症不开方"，那么《红楼梦》就不可能是自然主义的文学作品。熊润桐从文本出发，通过对文本的阐释，完成了对胡适"自然主义杰作"这一观点的批驳。这种视角之下，胡适与王梦阮、蔡元培等人本质上是一致的，都没有承认《红楼梦》自身有独立的价值。

竟生《哭的表情》一文，也涉及对胡适"科学的方法"的

---

① 熊润桐：《红楼梦是什么主义的作品——八十回红楼梦里所表现的艺术思想》，见吕启祥、林东海主编《红楼梦研究稀见资料汇编》，人民文学出版社2001年版，第124页。

反思：

> 自来研究《红楼梦》者有"索隐""考证"等派。最近胡适先生用了科学方法，证明《红楼梦》的作者是什么人，这是第一步的成功，但与实际的工作相差还远。一本名著如《红楼梦》，不是用科学方法所能得到其精湛之所在的。因为科学方法重在返本探原，而将万绪变化的神情归纳为简单无味的逻辑。……
>
> 研究一个名人的心思或一本名著的创造，最重要的不是科学方法，乃是"创造的方法"（Constructive Method）。例如，我们要善于了解《红楼梦》时，知道作者是什么人之后，最要的在考究作者的心灵如何活动。惟从此心灵活动的趋势上，才能得到它的创造的妙谛。……
>
> 我当然赞同科学方法，不过我视它为治学的初步工夫而已，不是如胡先生辈以科学方法为至善独一的方法。①

竟生将胡适的研究视为文学研究的第一步，而不是终点，认为科学的方法并不是万能的，只能研究"现象的固定"问题，并

---

① 竟生：《哭的表情》，见吕启祥、林东海主编《红楼梦研究稀见资料汇编》，人民文学出版社2001年版，第262~263页。

不能探究"心灵的创造"问题。重视科学的方法，而忽视创造的方法，是"重视其原因而忽略其结果，注重其过去而忽视其未来的"的方式。竟生的观点指向了胡适研究方法的适用问题。胡适的方法是实验室的方法与经史之法的结合，对于史的研究是有效的。正如竟生所言的"返本探原"，当胡适用以研究《红楼梦》的作者及版本之时，会有着考镜源流的效果，得到让人信服的结论，而涉及文学问题时，就无法进行深入探究了。

怡墅的《各家关于红楼梦之解释的比较和批评》一文，将自叙传说与各种索隐并列，将它们皆列为不可靠的观点，并认为除了历史小说，不赞成使用考证的方法，而应从艺术的原理来研究小说。他还提出"小说非历史""历史小说亦非历史""小说除掉'闻见悉所亲历'以外，须加以艺术上的锻炼"，以及小说需要有想象力等观点。他认为《红楼梦》是经不起考证的，胡适的考证与索隐之间，是"五十步笑百步"，而要真正地了解《红楼梦》，"就是去读《红楼梦》"。

李长之的《红楼梦批判》是在胡适所考证出的曹雪芹史料基础上写作而成的。李长之认为，胡适的科学方法打倒了索隐的测字的方法，但就研究而言，有着"从不信到自传到太信是自传"的趋势，也是从"咬文嚼字的考据"到"事实上的考据"，但应该做的是"内容的欣赏"。李长之的这种理念是由作者至文本的研究次序而来的，并将胡适的研究成果视为基础，而认为"自叙传说"偏于实了。对于胡适"《红楼梦》为自然主义文学"的结论，李长之认为"胡适那样并没清楚那一致的特色在那里，就随便含混用起来"，这也确实是胡适的缺陷。胡适《〈红楼梦〉考证》一文，长于对作者的考辨，但在论及文本之时，除素材与文本的映射之间的考辨以外，得出自然主义杰作结论的论证过程却是草率的，对于自然主义的定义是含混的。

李长之首先从考证结果中梳理曹雪芹的人生，又从小说文本之中，提炼出曹雪芹对于文学的态度：

（1）对于中国过去文学的态度：喜欢纯文艺。

（2）对于当时流行的八股文的态度：痛骂。

（3）对于创作小说的态度：反对陈套，要求忠实。

（4）对于诗的态度：以创作论，他重内容，轻形式；以鉴赏论，他提出艺术的真。

李长之的这些总结，均从小说文本中来。小说本就能体现出作者的思想倾向，这也是最为真实的。就文学技巧而言，李长之认为曹雪芹能够"根据这真切的感印，施用着方便的手段，传达了高洁的悲剧情操"。李长之又从"艺术家的看见""实生活的活材料""活的语言之运用""自然主义""深刻的心理分析""清晰的个性的人物"等七个方面，形象地说明了曹雪芹对于生活的真实、人的真实的把握，以及语言的运用、人物的塑造等诸多问题。①

---

① 李长之：《红楼梦批判》，见吕启祥、林东海主编《红楼梦研究稀见资料汇编》，人民文学出版社2001年版，第389~454页。

从研究角度看，李长之此文更像是继胡适的方法展示之后的又一次展示。不过胡适倾向于本事研究，而李长之所做的是文学研究。

对"蔡胡论争"的反思尚有许多，以上所举数篇颇有代表性。"蔡胡论争"是考证派与索隐派红学之间的论战，实质上是以一种本事研究打败了另一种本事研究，二者的区别在本事研究的方法上，并未改变以本事求索为中心的本质，也并未将《红楼梦》的研究引入文学研究。而在这些反思中，对《红楼梦》的文学性进行研究的呼声逐渐高涨，与《红楼梦》的考证与索隐形成了鲜明的对比。

结　语

　　"蔡胡论争"作为红学史上的第一次学术碰撞，结果是非常明显的。正如顾颉刚所言，"旧红学"被打倒了，"新红学"创建了。这一结果，使小说的附会被小说的考证所取代。前文中，关于《石头记索隐》与《〈红楼梦〉考证》形成的背景、所用的方法、后续的影响等均有阐释。

　　但这只是一种研究风气。索隐派红学虽然被打倒，却仍是一种阅读方式的代表，并且至今仍然存在。就考证派红学而言，胡适虽以科学的方法名之，但这种方法所适用的领域，也仅限于《红楼梦》研究中与史实相关的部分。考证派红学为红学研究奠定了文献的基础，这是考证派红学较之于索隐派红学而言相对进步的一点，但在文本研究中存在研究方法与研究对象的隔阂。

　　红学发展至今，与"蔡胡论争"之时已有了很大不同。以今时之眼光，如何看待"蔡胡论争"？我们有必要对"蔡胡论争"的讨论进行总结。

　　我们首先要说明，蔡元培与胡适二人对《红楼梦》进行的研究，目的均是探索作者的创作意图，此为研究的出发点。如蔡元培所言：

> 作者持民族主义甚挚。书中本事，在吊明之亡，揭清之失，而尤于汉族名士仕清者，寓痛惜之意。当时既虑触文网，又欲别开生面，特于本事以上，加以数层障幂，使读者有"横看成岭侧成峰"之状况。[①]

这段内容是蔡元培的最终结论，是对《红楼梦》创作目的及创作手法的概括，也显示出蔡元培的研究目的。其余论证，均是对此结论的佐证。

再如胡适，他确定的小说的考证范围为作者身份、作者的事迹家世、著书的时代、不同的版本及版本的来历。在他得出的结论中，"自叙传说"是其核心，他认为甄、贾宝玉都是曹雪芹自己的化身，甄、贾二府都是曹家的影子，《红楼梦》就是曹雪芹的忏悔之作。这种论证本身也是围绕着曹雪芹与《红楼梦》展开的，以此探析曹雪芹的创作动机，确定《红楼梦》文本故事的来源。

如此看来，二者的出发点均是立足于作者本位，对文本的阐释均是为了探析作者的创作意图。这是二者之间的第一个共同点。

---

① 蔡元培：《石头记索隐》，上海书店出版社2008年版，第6页。

从小说观角度看，二人都深受中国传统小说创作理念的影响。在对传统小说的认知中，"稗史"是小说的别称。既然为史，当然就有史实存在。对史实的考索，就成为研究的最主要方向。

前文中我们曾经对蔡元培的小说观加以整理，实际上胡适的认知也与蔡元培类似。胡适曾将小说分为两类：逐渐演变而来的历史小说，运用历史演变法；个体作家创作的小说，运用一般历史研究的法则。《〈红楼梦〉考证》一文，足以显示其一般历史研究的法则。对于逐渐演变的历史小说而言，因其创作有累积的成分，故而作者与文本之间的关系较之于个体作家创作的小说要复杂得多。有着"历史癖"与"考据癖"的胡适，用的仍然是考证之法，只是其重心放在了小说的演变上，但其中也有对本事的考证。如他写的《〈水浒传〉考证》，仍从《宋史》中寻出历史的事实。

胡适眼中的"蔡胡论争"，首先是方法之争，是科学与非科学之争。但无论是考证还是索隐，实质上都是经史之法，都是为了掘取其中的微言大义与史实真相。二者一重知人论世，从对作者的考证出发；一重读诗逆志，从小说文本的本事附会出发。但二者都是有缺失的。

《石头记索隐》所用方法为"疏证"，并在"疏证"的基础上进行"索隐"。假如蔡元培不熟悉康熙朝诸文人的事迹，但又熟悉康熙朝武人的史实，基于《红楼梦》高度写实的特性，蔡元培也很可能会得出"康熙朝政治小说"的结论，但其索隐而出的本事或者就会以武人为主，蔡元培阅读中的主观性是非常明显的。这种假设说明了蔡元培以附会来进行《红楼梦》本事研究的荒谬性。蔡元培的论证过程可用"读诗逆志"来概括，只因在"读诗"的过程中就已经形成了先入为主的观念，那么"逆志"也只会是自认为的作者之志。这与蔡元培的"宋学"传承有着极大的关系。这充分说明，蔡元培的论证虽欲客观呈现作者的思考，但其主观性最终占据了主要位置。"我注六经"的愿望，终成了"六经注我"。在胡适看来，蔡元培所用方法为"附会"，是一种强行将史实与小说文本相联系的方法。胡适对蔡元培方法的评价是非常正确的。

胡适所用"考证"之法，在蔡元培看来，似乎与自己所用的并无二致，毕竟蔡元培也常将自己所做研究称为"考据"，二者都是以资料来论证小说文本。但实际上二者有着极大的差异。胡适之法虽自朴学而来，但这种方法是经过实验主义改造的，胡适称之为"科学的方法"也源于此。胡适以"大胆的假设，小心的求证"的方法，从对作者的确认，再到对作者生平的考证，继而与《红楼梦》文本联系，这种做法相比蔡元培的研究更为客观，以"知人论世"来形容也颇为妥帖。但因胡适执着于实，忽略了"辞章"的重要性，从而将结论落在了"自然主义"上。

两人都是从"本事研究"的角度出发，对《红楼梦》加以研究，而蔡元培得出了《红楼梦》是"康熙朝政治小说"的结论，胡适得出了《红楼梦》是"自然主义杰作"的结论。二人的论著，均着力于对"实"的追索，并由"实"生成结论。

归根到底，蔡元培与胡适都将《红楼梦》视作实录的文学从而去证实，那么《红楼梦》在他们的眼中，就呈现出史的特质。随着考证派红学的发展，对于"本事"的考索方法更为丰富，"曹贾互证"已不能满足研究需求，以"《红楼梦》背面故事证曹"就出现了，如刘心武先生所谓的"秦学"。至此，考证派红学与索隐派红学得以合流，并形成了考索结合的"新索隐"，而其根基就在于将《红楼梦》的研究旨趣定位为"本事研究"。

非文学的研究方法与"本事研究"的内核，是二者的第二个共同点。就蔡元培与胡适提出的命题而言，它们均具有合理与不合理成分。

说到"政治小说"，《红楼梦》中是否含有政治的因素？这个答案是肯定的。《红楼梦》中对贾府的环境、贾府中人的生存环境都有着忠实的描摹，对人与人之间的关系，对"欲望"之于社会与人的作用也都把握得很好。这本身就是对政治的反映。《红楼梦》虽明言不牵涉时事，但其中也有着许多对现实的批判与反思。《红楼梦》是不缺乏政治因素的，但这显然并非《红楼梦》的全部，也并非《红楼梦》的主旨。

又如"自然主义杰作"的结论，胡适认为：

> 《红楼梦》只是老老实实的描写这一个"坐吃山空""树倒猢狲散"的自然趋势。因为如此，所以《红楼

梦》是一部自然主义的杰作。[①]

按照胡适的定义，自然主义文学与自然趋势是相关的，是一种基于社会规律产生的文学作品。《红楼梦》中的故事，就主体而言是对凡尘故事的书写，围绕着贾宝玉，小说中的人物演绎出人生百态，贾府也由"鲜花着锦""烈火烹油"走向了"白茫茫大地真干净"。这是曹雪芹对于人物与家族走向的整体架构。胡适抓住了这规律，以"自然主义杰作"来形容，自然是合适的，但他忽略了曹雪芹关于人的探索。

再如"自叙传说"。胡适通过史实的考证，认为《红楼梦》是曹雪芹的自叙传，但胡适所完成的论证也仅有数项而已。正如蔡元培在《石头记索隐第六版自序》中所驳的那般，其并未论及《红楼梦》的全部。胡适显然进行了大胆的假设，但对于小心的求证则进行得并不完善。从胡适的角度出发，"演绎"的论证并不足以支撑起这样的结论。但实际上这是胡适对于《红楼梦》创作的误读。正如诸多学者所言，《红楼梦》最多能称为带有自传性质的小说，若说它是完整意义上的"自叙传"，则忽略了小说创作中虚构的成分。

所以，无论是胡适还是蔡元培，他们都有一个共同点，那就是以《红楼梦》中的某个点或面替代了《红楼梦》的整体，

---

① 胡适：《〈红楼梦〉考证》（改定稿），见郑大华整理《胡适全集》第1卷，安徽教育出版社2003年版，第577~578页。

并以这个点或面做出对整部《红楼梦》的判断。这是二者的第三个共同点。

从求是与致用的角度看，我们前文论证了蔡元培写作《石头记索隐》并非出于政治目的，而是自我与《红楼梦》的碰撞形成了对《红楼梦》的看法。这是读者与小说之间的互动，是阅读的自然反映。蔡元培创作《石头记索隐》的态度是极为审慎的，他在《石头记索隐第六版自序》中所言的"审慎之至"并非虚言。鲁迅与胡适对于《石头记索隐》的观点虽不接受，但对于蔡元培的态度，仍然是肯定的。

胡适写作《〈红楼梦〉考证》，是为了展示"科学的方法"。就目的而言，《红楼梦》只是他实现自己"再造文明"的终极目的之一环。从这个角度来说，胡适有着致用的需求。但胡适对于《红楼梦》的研究仍然本着求是的目的，我们前文对胡适论证过程的分析足以证明此点。整体上的致用与客观上的求是之间并不相悖。

均有着求是的目的，这是二者的第四个共同点。

蔡元培与胡适的论争有着"同中有异"的特点。他们的共同点在于研究的出发点与态度，在于对小说的认知；他们相异之处在于所用的研究方法。

就出发点而言，双方不约而同地选择从作者本位的角度来进行研究，这是对经史研究的继承。无论是疏证还是考证，其目的都是阐发作者本意，这与经史研究中阐发经典的态度相符合。胡适虽采用以实验主义对乾嘉朴学加以改造的方法，但仍未改变其角度的选择。这又与他们对小说的认知有关。在他们的眼中，小说并未摆脱"史之补"的地位，他们并未意识到《红楼梦》相较于其他古典小说的特殊性：《红楼梦》已经是一部有着高度思想性与艺术性的小说，《红楼梦》创造出了一系列典型人物。就这两点而言，虚构就成为必需。《红楼梦》中的实，来源于曹雪芹对社会、历史与人的认知，继而将这些认知虚化为小说中的人物与故事。胡适与蔡元培均对这些虚化了的故事加以研究，并将其实化为史实，这本身是研究方向上的错误。

"蔡胡论争"对于《红楼梦》的研究范畴而言，既有拓展，也有局限。从拓展方面来说，随着论争的深入，大量的史料被挖掘出来，许多红学的基础观点被提出，如作者问题、版本问题、脂批研究，等等。但就局限而言，也是相当明显的，更因此而出现"红学"概念之争。牟宗三在《红楼梦悲剧之演成》中，对于"蔡胡论争"有这样的表述：

> 他（胡适）所对付的是红学家的索隐，所以他的问题还是那红学家圈子中的问题，不是文学批评家圈子中的问题。①

---

① 牟宗三：《红楼梦悲剧之演成》，见吕启祥、林东海主编《红楼梦研究稀见资料汇编》，人民文学出版社2001年版，第603页。

牟宗三显然已经意识到，红学家所研究的对象与文学批评家所研究的对象，虽同为《红楼梦》，但双方所关注的问题是有区别的，红学家研究的问题并非文学批评，所以"总是猜谜的工作，总是饱暖生闲事，望风捕影之谈"[①]。

随着研究的深入，红学的概念也产生了争议，这就使得红学概念有了广义与狭义之分。从广义上说，红学当包含所有《红楼梦》研究的学问；从狭义上说，仅包含"新红学"时期所研究的范畴：作者家世、版本、脂批、探佚。

这种争议的原因在于红学的特殊性。随着红学研究的深入，"红学圈子"内所产生的问题，如作者祖籍、生卒年，脂批作者为谁，后四十回作者为谁，八十回后应有什么内容等问题均有着非常重要的学术价值，但解决这些问题的方法与文学批评有着极大的差异。

这种"蔡胡论争"过程中所形成的研究范畴的固化，虽使红学成为一门专学、一门独特之学，但在推动红学研究更加深入的同时，也限制了红学的发展。这显然是不合理的。正如我们在绪言中所提及的小说功用问题，"蔡胡论争"虽是基于求是而发生的，但"蔡胡论争"所产生的功用是不可估量的。这也是小说社会功用实现的一种方式。只有对《红楼梦》进行深入的挖掘，《红楼梦》对于社会的作用才会逐渐显现，但这种

---

① 牟宗三：《红楼梦悲剧之演成》，见吕启祥、林东海主编《红楼梦研究稀见资料汇编》，人民文学出版社2001年版，第603页。

挖掘本身不应执着于广义与狭义。

从阅读角度看，作者、文本、读者三者共同作用，才会形成阅读的闭环，只有完成这一闭环，小说的价值才能实现。对《红楼梦》的研究，理应服务于《红楼梦》的阅读，从而以《红楼梦》艺术上的伟大去影响人心。对《红楼梦》进行多角度、多层次的阐发，研究小说文本的艺术性、思想性等内容，才会起到这种服务的作用，此理应是研究的重心。

主要参考文献

一、古籍类

〔清〕王夫之等：《清诗话》，中华书局1963年版。

〔清〕平步青：《霞外攟屑》，上海古籍出版社1982年版。

〔清〕蒋良骐：《东华录》，齐鲁书社2005年版。

〔清〕朱彝尊著，王利民校点：《曝书亭全集》，吉林文史出版社2009年版。

〔清〕昭梿：《啸亭杂录》，中华书局1980年版。

〔清〕赵翼：《檐曝杂记》，中华书局1982年版。

〔清〕李光地著，陈祖武点校：《榕村全书》，福建人民出版社2013年版。

〔清〕周春：《阅红楼梦随笔》，浙江人民美术出版社2019年版。

〔清〕李元度纂，易孟醇校点：《国朝先正事略》，岳麓书社2008年版。

〔清〕姚鼐：《惜抱轩诗文集》，上海古籍出版社2019年版。

〔清〕全祖望著，朱铸禹汇校集注：《全祖望集汇校集注》，上海古籍出版社2000年版。

〔清〕陈维崧著，陈振鹏标点，李学颖校补：《陈维崧集》，上海古籍出版社2010年版。

《清代诗文集汇编》编纂委员会编：《清代诗文集汇编》，上海古籍出版社2010年版。

二、专著、编著类

詹福瑞：《论经典》，人民文学出版社2015年版。

蔡元培：《石头记索隐》，上海书店出版社2008年版。

白盾：《红楼梦研究史论》，天津人民出版社1997年版。

韩进廉：《红学史稿》，河北人民出版社1981年版。

陈维昭：《红学通史》，上海人民出版社2005年版。

苗怀明：《风起红楼》，中华书局2006年版。

张晓唯：《蔡元培评传》，百花洲文艺出版社1993年版。

俞平伯：《红楼梦辨》，商务印书馆2010年版。

胡适：《四十自述》，华文出版社2013年版。

俞晓红：《王国维〈红楼梦评论〉笺说》，中华书局2004年版。

寿鹏飞：《红楼梦本事辨证》，商务印书馆1927年版。

景梅九：《红楼梦真谛》，辽宁古籍出版社1997年版。

俞平伯：《俞平伯论红楼梦》，上海古籍出版社1988年版。

王世儒编：《蔡元培日记》，北京大学出版社2010年版。

曹伯言整理：《胡适日记全集》，台湾联经出版事业股份有限公司2004年版。

宋广波：《胡适红学年谱》（修订版），黑龙江教育出版社2009年版。

三、论文类

童庆炳：《文学经典建构诸因素及其关系》，见童庆炳、陶东风主编《文学经典的建构、解构与重构》，北京大学出版社2007年版。

张杰：《从"兴观群怨"到"薰浸刺提"——角度嬗变中的阅读效果研究》，载《武汉大学学报》（社会科学版）1992年第4期。

季新：《红楼梦新评》，载《小说海》1915年卷第1、2期。

苗怀明：《最是平生会心事——蔡元培和他的〈石头记索隐〉》，载《曹雪芹研究》2017年第4期。

陈荣阳：《文人蔡元培的心史：〈石头记索隐〉新谈》，载《红楼梦学刊》2015年第2辑。

胡适：《非留学篇》，载《留美学生年报》1914年第3期。

苗怀明：《一篇不该被遗忘的红学文献——读俞平伯〈对于《石头记索隐》第六版自序的批评〉》，载《红楼梦学刊》2022年第4辑。

平：《对于石头记索隐第六版自序的批评》，载《时事新报·学灯》1921年3月7日。

素痴：《跋今本红楼梦第一回》，见《大公报》1934年3月10日。

后 记

　　每次写到后记的时候，我总会有许多感慨想发，又总如鲠在喉，不知道从何说起方好。那么就从我为什么选择这个题目开始吧。

　　选择这个题目是有缘由的。因工作的关系，我常见到各种《红楼梦》的爱好者与研究者。《红楼梦》是有魔力的，梁启超所言小说的"熏刺浸提"之能，被《红楼梦》展现得淋漓尽致。只是在许多爱好者的眼中，《红楼梦》不只是小说，而是隐史、经卷。那么，对于《红楼梦》的阅读，就不应该以小说的读法为主。《红楼梦》既然是第一流的小说，其中所隐的内容，必然是第一流的大事。

　　在揭秘心态的作用下，诸多观点也就产生了。如果说20世纪初的诸多索隐派观点还体现出索隐者的主观目的，如将《红楼梦》作为工具，借助《红楼梦》的影响力宣扬自己的思想，那么现在的索隐就更为奇特了。现在的很多索隐者少有这种目的性，他们研究《红楼梦》，就是单纯为了破解这个谜题。于是，《红楼梦》是个藏宝图、《红楼梦》写了明清时期某某故事，等等，各种奇谈怪论就出现了。此类研究是非常排他的，他们均认为自己的研究成果至为重要，具有唯一正确性。

《红楼梦》的阅读与研究，为何会出现如此景况？这使我疑惑。我对于红学说不上有多了解，但本着这份疑惑，也就选择了这个题目。与其说我的写作是为了读者，去阐述自己对于《红楼梦》的看法以及对红学的认知，实不如说是为了给自己解惑。我是好奇心极重的人，西方谚语有"好奇心害死猫"一说，我也深受其害，总会去思考事情为什么会发生、发生了又有什么影响，于是也就胡思乱想起来，一发不可收拾。

与陈维昭先生聊天时，陈先生曾言"人人阅读均有索隐倾向"，我是颇为赞同的。这是一种自然而然产生的阅读认知，因为小说不会脱离现实独立存在。我们读小说总会有一种熟识感，这种熟识感来自我们对社会的观察与理解。贾宝玉说"这个妹妹我曾见过的"，我们读小说也会发现，"这个事情我见过"。

又因在传统认知里，小说一直是史的补充，也就有了稗史的名称。既然是史，就会与史实相连，史有春秋笔法，那么稗史也会有这种笔法。因此，去挖掘稗史背后的真事就成为阅读的目的。这应是以索隐之眼光阅读小说的基础。

自胡适《〈红楼梦〉考证》发表之后，缜密细致的考证派红学就取代了索隐派红学，成为红学研究的主流。通过考证之法，红学研究中的诸多基础问题被提出，并获得了大量的研究成果，如作者研究、版本研究等，与考证直接关联的"自叙传说"也在很长一段时间内成为定论。作为红学史上一种非常重要的论说,"自叙传说"影响至今。从方法上来说,"曹贾互证"是"自叙传说"的不二法门,实现了史实与小说情节之间的无缝连接,使诸多信从者得以循环论证。但如果细究,它们又有着各自的特色,如"以曹证贾""以贾证曹",甚至"以《红楼梦》的背面故事证曹",其中有差异,也有研究对象的混乱。

索隐与考证,毕竟不是文学研究的方法。这种证实的理念,也与小说创作中的虚构构成无法回避的矛盾。而本事研究的旨归,也非文学研究的目的。

假如我们要研究曹雪芹,那么《红楼梦》自可作为体现他思想的佐证;我们要研究《红楼梦》,那么曹雪芹的生平研究则可为我们提供其创作《红楼梦》的动机、思想的生成、素材的来源等多方面的帮助。如此看来,对于曹雪芹和《红楼梦》都是需要研究的,并且,将二者相结合更利于我们去把握《红楼梦》与曹雪芹的精神内核。

基于这些思考,我在本书的写作中尽量去还原"蔡胡论争"过程中的场景,考察其产生的依据以及学术研究上的传承。但因能力所限,于此也只能是尽力而已。

写作过程很枯燥,却也有着许多的乐趣。与诸位师友的交流探讨,是写作过程中的一大乐事。我习惯昼伏夜出,许多好友也有着同样的爱好,如刘青松、金昭鑫两位,他们对蔡元培与胡适的史料非常熟悉,常提出不同的解读路径,使我能够更深入地贴近历史的现场。感谢他们长久以来的陪伴与督促。

感谢张庆善先生、苗怀明先生与陈维昭先生，三位皆是我的前辈学者，在本书写作过程中也经常予以解惑，并提供许多珍贵的稀有资料。本书的成型，与他们的帮助是分不开的。

孙伟科先生在百忙之中为本书赐序，甚为感激。我常向孙先生请教各种问题，述说自己的思考，也总是会得到指点，这使我少走了许多弯路，在此一并致谢。

还需要感谢我的同事们，如石中琪、胡晴、王慧、陶玮、孙大海、姚姝含等各位老师，他们或为我答疑，或替我承担各种事务，使我能有相对集中的时间来完成本书的写作。这对我而言是极大的帮助，谢谢大家！

卜喜逢

2024年4月